七个平行世界的我

小岩井 著

北京联合出版公司
Beijing United Publishing Co.,Ltd.

庄非

咖啡馆店长

行为懒散却有着洞察一切的智慧，通过聆听客人的秘密了解都市异闻，并暗中解决针对人类的灵魂殖民事件。

青轩

高冷而英俊的咖啡师

一个擅长解决各种事件的高手，他的特制咖啡能消除来访者的不安和烦恼。

鹿蝶

咖啡馆糕点师兼服务员

古灵精怪的美少女，她的天使笑容能让客人卸下心防，倾诉自己内心深处的秘密。

目录
contents

一家深夜营业的咖啡馆，
每晚只准备一杯咖啡，
招待一位特别的客人，
聆听一个匪夷所思的秘密。

楔　子

巴黎，塞纳河左岸，花神咖啡馆。

两位华裔摩登女郎正喝着咖啡小声地交谈着。

波浪卷发女郎对短发女郎说："去过世界上这么多地方，还是最喜欢这家咖啡馆。坐在这里，不由得就感到时间和空间都变成了平行宇宙。一转头，我们的邻座就是萨特与波伏娃正在讨论存在主义哲学，楼上是毕加索思索着下一幅画作，露台上坐着欣赏风景的碧姬·芭铎，下一个客人可能是徐志摩，还有加缪、菲茨杰拉德等文豪正在谈笑风生。更赞的是，这里的招牌咖啡带着独特的杏仁果香，让人回味无穷，心境像雾像云又像风。"

短发女郎不置可否，付之一笑："你简直有文艺病，我怎么就完全感觉不到？不过，说起咖啡馆，我倒是遇见过一件怪事。"

"哦，说来听听？我最喜欢听稀奇古怪的故事了。"

短发女郎沉吟片刻后，缓缓地说道："说出来你别以为我神经错乱，或者编故事骗你。这事千真万确，确实是我的亲身经历。"

"别吊人家胃口啦，你快说啦，亲爱的。"

“我以前不是在纽约读书嘛，差不多三年前，那阵子刚毕业，我在犹豫是回国还是留在美国。一天晚上，我睡不着便出门散步。当时，我住在皇后区，离法拉盛比较近，所以经常会去逛逛，毕竟唐人街有家乡的气息。法拉盛那边的店铺和街道我都很熟悉，可是那天晚上去，可能是我走路心不在焉，不知不觉间发现自己走到了一条无人的小巷，绕了好久都没出来。当时，我真的慌了，感觉自己好像进入了什么不该闯入的空间。正在我六神无主的时候，朦胧间看到了一家亮着灯的咖啡馆。”

“你说得怪吓人的。”

“当时，真的吓到我了，感觉就跟鬼打墙似的，又莫名其妙地出现了一家咖啡馆，亮着很温馨的灯光。我当时完全不知道是什么店，然而却有一种神奇的魔力……我的手不由自主地推开了门……”

“你这么说更瘆人了……”

“那家店外面看起来很小，跟个小酒馆似的，只有一道门和两扇小窗户，可是进去一看，别有洞天。里面相当宽敞，有上下两层楼，而且还有不少其他的门在房间的角落。一进门就闻到了沁人心脾的咖啡香气，但又不完全是咖啡，是从来没有闻到过的气味，非常好闻。就感到神清气爽，精神变得很好。”

波浪卷发女郎一脸入迷地听着，这时打岔道：“那这家店的装修是什么风格呢？现代的？复古的？”

“我不知道该怎么形容，好像身在一幅古水墨山水画中，一切看起来都缥缈、朦胧，却透着温馨与安心，有回家的感觉。被你这么一问，我反而想不起来店里的具体风格，就感觉朦朦胧胧的，像一场梦。”

“哈哈，你不会在跟我讲你做的梦吧？”

“绝对不是，你听下去就知道了。

“我进入那家店后，发现店里有两个人。一个头发乱糟糟的，就像流浪汉似的，披着一身古人一样的衣服躺在沙发上，背对着我睡觉。吧台站着一个帅哥，好像是咖啡师，正在调制机器。话说那个帅哥长得跟雕刻出来的一般，穿着合身的黑色制服，脸上棱角分明、眼睛深邃，一笑就露出贝壳一样的牙齿，可迷人了。”

“你是做了个春梦吧，亲爱的。”

短发女郎脸一红，装作没听见，继续说：“我就问这是什么地方，那个帅哥咖啡师查了查手上的手机，有点儿纳闷地对我说：‘今晚没有预约，您是不小心走过来的吗？’我点点头。他好像明白了什么，对我笑笑，说来者都是客，请我喝杯特制咖啡。我就傻乎乎地坐下了，那杯咖啡是我这辈子喝到的最美妙的东西了，我至今回想起来都觉得难以置信。喝了一口后，感觉浑身的细胞都像洗了个热水澡一样舒畅、通透，身体和灵魂都消失了一般。”

“呀，咖啡里不会放了毒品吧？”波浪卷发女郎惊叹。

“我后来也这么想过，不过好像迄今为止也没什么事。总之，等我清醒过来后，发现自己已经在法拉盛人来人往的街头了。”

“这么神奇吗？”

“我以为是自己的幻觉，可是咖啡的余味还在。神奇的是，我的不安和困惑完全消失了，只有强烈的热情去追寻自己的梦想，不再犹豫不决。”

“所以，你去当画家了？”

“嗯，我觉得跟那杯特别的咖啡有关。大概过了一年，我因为一次活动去伦敦。那天晚上是圣诞夜，我独自一人走在伦敦雾气浓重的街头。原本是在市中心的柯芬园广场附近，眼看夜深了，人也少了，我就想回去了。谁知那晚很奇怪，路过的出租车司机好像都看不到我一样，连续七八辆车从我身边开过，却一辆都没有停。正在我有些生气的时候，忽然闻到身后传来一股特别的咖啡气味，我一下子“惊醒”了，就是那家神秘咖啡馆的气味。我一回头，一阵雾气迎面袭来，我顿时分不清方向了。等雾气散去，我发现自己又站在了一条没有人的古巷中。不远处亮着灯的地方，门口站了一个人。他露出洁白的牙齿对我傻笑，说又见面了，不进来坐一坐吗？”

“好浪漫，这是拍《鬼怪》吗？”

“与之前不同的是，这次店里多了一个小姑娘，十七八岁的样子，睫毛很长，皮肤很白，很有灵气，像个精灵一样，可好看了。她还跟我道歉，说第一次是由于她的工作失误，让我不小心误入店里的。为表歉意，她亲手做了个黑森林蛋糕请我吃。不过味道嘛，很一般……对了，第一次见到的那个躺着的‘流浪汉’，这次依然躺在沙发上睡觉，一头乱发遮住了脸，依然一动不动地躺着。我当时都怀疑他是个装饰品了。其实，这个时候我已经清楚这家店绝对非比寻常，不过我在店里感觉分外温馨与舒适，一点儿也不害怕，反而跟那位大帅哥和小美女聊得很开心。他们人都很好，也没感觉有什么奇怪的地方。最后，那个帅哥又做了一杯咖啡给我。跟上次一样，当我喝完之后，竟发现自己在车站，而一辆出租车就停在我面前。”

“听起来真的好棒啊，感觉那个帅哥喜欢你呢！那后来呢？后来又遇到过他们吗？”

“那次以后，我总希望能再去那家店坐坐，我就画了一些画，里面有我印象中的秘密咖啡馆，以及里面的三个人，来表达我对他们的想念。对了，这次画展我带来了。”

“你这个故事好奇幻，但你说得又好真，我都分不清是真是假了。”波浪卷发女郎做了个鬼脸，以示调侃。

短发女郎还想说些什么，这时有个服务员走了过来，对她说外面有人找她。她抬头一看，惊讶地发现那个服务员正是秘密咖啡馆的那个咖啡师！

来不及说出话来，一阵强光在眼前闪过，她本能地一闭眼，顿时失去了意识。

“欢迎来到秘密咖啡馆。”如同空谷幽兰般的低沉嗓音响起。

她睁开眼睛，映入眼帘的是一团抹布般的杂乱长发，一双睡意未消的眼眸凝望着她。这个人面无表情地说：

“你好，我是秘密咖啡馆的店长。我的两个笨蛋店员给你添麻烦了，劳烦让我来回收你的秘密吧。”

第一杯

头上的数字

01

夜。

一轮明月。

长街无人，古巷清幽。

橘黄色的路灯，伴随着氤氲的雾气，更显街道的神秘。

钴蓝色的夜空下，风止云息，长街如同静止的海报，没有一丝烟火气。

警督陈森站在长街的一头，仰望着蓝得匪夷所思的夜空，一时感到很蒙，怀疑自己是在梦境中。

在他疑惑之时，长街上缓缓升起的雾气已不知不觉间从各个方向朝他袭来。雾气逐渐由橘黄色变得明亮，仿佛无数透着金黄色的微尘，变成万千蹁跹的萤火虫，要将黑夜点燃……

他的眼睛无法直视那过于耀眼的光亮，眼前一阵眩晕，整个人如被融解……

02

“欢迎光临秘密咖啡馆。”

陈森的眼皮抖动着，适应着光线的明暗变化。他缓缓地睁开眼睛，还是看得很模糊，眼前似乎是一位少女模样的服务员。她穿着浅绿色的制服，留着娇俏的双马尾，声音清脆可人。

“这是什么地方？我为什么会在这里？”陈森试图让自己冷静下来，他回想起自己开完会从警局出来后，就疲惫不堪地躺在车上睡着了。之后的一切如梦似幻，有些恍惚。

“先进来坐下吧，你会知道的。”女服务员拉住陈森的手腕带着他往店里走。陈森本已处于防备状态，然而被少女握住手腕的一瞬间，他似乎失去了气力，变得平静而温顺。

这似乎是一家咖啡馆，店中弥漫着沁人心脾的香气，浓郁的咖啡味让他变得精神了许多，他开始观察这个地方。

作为一家咖啡馆来说，这家店的装修有些极简主义的风格。除了吧台和墙边的书柜，只有一面机械造型的老挂钟悬于沙发背后的墙面上，没有多余的装饰物。

一张长长的木桌摆放在中央，木桌的两边摆放的不是椅子，而是两个质地看起来相当舒适的白色沙发，上面还放了不少靠垫，相当有居家的氛围。

吧台里，有个气宇轩昂的年轻人神情淡漠地交叉着手臂，静静地打量着店中唯一的客人。

陈森看上去三十出头，圆目厚唇，中等身高，身材壮硕，眼神中透露着这个行业惯有的打量和怀疑。

他肩膀上两竖杠三星花的警衔表明，他虽然年纪不大，却已经当上了一级警督，着实为警界精英。

“客人，试试我们店特制的咖啡吧，保证让你一生难忘。”双马尾少女笑靥如花，脸上淡淡的梨涡亲切、可爱，让陈森说不出拒绝的话。陈森这才注意到，这个少女着实是他见过的女孩子中最美丽的，甚至他觉得用“美丽”和“可爱”来形容都有点儿不妥。她如同玉人一般晶莹剔透，眼神中透露出一种小鹿般的纯真无邪。她一笑，似乎整个世界都不再有肮脏与邪恶。即便为了她而死，也是一种福气。

她是天使吗？难道我已经死了？这里是死后的世界？陈森不禁产生了这样的联想。

“这里到底是？”陈森心中有无数的疑问，可是不知为何，他却感到自己变得特别轻松，长期为了破案而紧绷的神经，难得有此刻这样的放松与平静。

“很快你就知道了，我去叫一下店长。”

“还有店长？”

“当然啦，我们只是打工的。”少女调皮地一眨眼，随即向二楼走去。

二楼的阳台上悬挂着一张造型古朴的丝绒吊床，有个男人四仰八叉地躺在吊床上蒙头大睡。

少女露出嫌弃的神情，一改之前的温柔可人，抬起脚就是狠狠一踹，将那人踢到了地上。

那人趴在地上，挣扎着抬起头，睡眼蒙眬地问：“地震了？”

“来客人了，还睡！赶紧下来工作！”

“哦……这么凶干吗？”

03

“您好，我是这家店的店长。我叫庄非，很高兴可以为您服务。”

陈森眼前的店长，是个有些奇怪的家伙。他的身形清瘦，胡子拉碴，一头乱发又长又黑，穿着一身古色古香的衣服，斜躺在白沙发上，言谈举止间无不透着一股慵懒、闲散的劲儿，像个潦倒的艺术家。

“服务，什么服务？”

“取回不属于你的东西，给你一个正常的人生。”庄非忽然靠近陈森，直勾勾地盯着他的眼睛，似乎要把他看穿一般。

庄非有双潭水般深邃的眼神，古钟般敦厚的嗓音。一股强大的气场扑面而来，陈森忽然觉得自己好像那些犯了法被审问的小贼，顿时感到心虚而忐忑。

“不属于我的东西，你是指什么？”

“你自己心里清楚……这样吧，先喝杯咖啡梳理梳理。长夜漫漫，有的是时间听你慢慢地说那个不为人知的秘密。”

此时，吧台里的咖啡师已经做好了一杯香气弥漫的特制咖啡，由女服务员端到了陈森面前。陈森闻到咖啡的清香，竟有种不可抑制的渴望——一饮而尽的渴望、倾诉内心的渴望。

他的喉结不自觉地动了几下，终于还是情不自禁地一口气喝完了。

“天哪，怎么会这么好喝？！”陈森瞪大了眼睛，不敢相信自己喝的是一杯咖啡，似乎有一种能量将他从头到脚包围，如同清风拂面、暖阳照耀，自己躺在天鹅绒的床上，由内而外地无拘无束、如释重负。

就在此时，墙面上的机械老挂钟发出了敲击的声响。

“嗡——”

“嗡——”

“嗡——”

“嗡——”

“嗡——”

“嗡——”

墙上的老挂钟敲响了六下，发出沉沉的声音。

陈森心中的最后一丝防线也轰然崩塌。店长静静地看着他，说：“现在，可以说出你的秘密了。”陈森沉思了一会儿，终于开口说道：“我叫陈森，是一个刑警。有一天，我突然能看到别人头上的数字。”

“哦？头上的数字？”

“是的。五年前，我还是一个菜鸟刑警，虽然有一身力气和正义感，可总是有些鲁莽和冲动，对破案完全不在行。最糟糕的是，我看人非常不准，经常对嫌疑犯的口供判断失误。抓错了几次人后，受到了上司的严厉批评。后来，只能做一些不怎么动脑的抓捕工作，日子过得很烦闷。直到有一次去捣毁一个地下赌场的时候，遇到现场的人强力反抗，我的头被狠狠地撞在了马桶上。”

“马桶还好吗？”庄非问。

陈森张了张嘴，口型似乎在骂人，然后说道：“我在医院躺了一天，醒来后，就发现自己看得到一些奇怪的数字在别人的头上飘浮。”

“恭喜你，获得了死神之眼。”女服务员鹿蝶忽然想起了以前看过的一部漫画《死亡笔记》中的设定，死神可以看到人类头上的寿命。

“什么死神之眼？”

“就是可以看到别人的寿命啊，是吗？”

“不，我一开始以为自己的脑子撞坏了，产生了幻觉。还专门去脑科和眼科看过，不过检查结果都正常。”

“那你看到的数字，到底是什么？”

“当确定自己的神志和身体没有问题后，我就开始仔细地观察人们头上的数字代表的意义。我发现成年人头上的数字一般都挺大，不是上千，就是上万，小的起码也是几百。小孩子头上的数字比较小。年纪越小，数字越小；年纪越大，数字越大。”

“好玩，让我猜猜看。是不是吃饭或睡觉的次数？”

“我一开始也这么想，但发现有些人的数字好多天都没有变化，显然跟日常生活无关。”

“哦，那你继续说吧，我不猜了。”

店长庄非换了一个舒服的姿势，把自己埋在质地柔软的沙发中，拿过一个抱枕，开始安静地听故事。

04

自从陈森能够看到他人头上的数字后，他就一直在琢磨，这到底代表了什么。直到有一天，他在街上遇到一个碰瓷的老人，老人坐在地上跟一个女司机争辩，非说女司机撞到他了。可是，围观的群众都议论说这碰瓷碰得太假了，车都没碰到，自己往上撞。

“明明就是你撞我的，不要抵赖了！”老人刚一说完，他头上的数字从“100086”，“噌”的一下显示“+1”，变成了“100087”。

“我的腿都骨折了，要不要去医院看看？”他头上的数字“噌”的一下又多了一个。

“我这么大年纪了，还会骗人吗？”“噌”，继续增加。

老人每说一句话，头上的数字都会多一个。

陈森惊喜地观察着这一切，发现老人头上的数字是自己见过的人中最多的一类，都到六位数了。这时，他才终于意识到，这些数字代表的是什么。

他来到监狱，一一观察犯人们头上的数字。果然，诈骗犯头上的数字都比较大。原来，这个数字所代表的，是说谎的次数。

小孩子的心比较纯净，很少会说谎，所以数字就小，甚至很多牙牙学语的小孩子头上的数字都是零。

成年人成天活在虚伪和圆滑中，很多时候言不由衷，数字就会越来越大。而这些碰瓷之类的骗子，满口假话，数字自然就更大了。

为了验证自己的推测，陈森拿来一副纸牌，让一个同事看着纸牌随便说纸牌的花色，陈森来判断他说的是真话还是假话。

“陈森，你这游戏是什么意思？是说你能看穿别人说谎吗？”同事笑着问。

“我就试试，刚学了一些微表情解读，不知道准不准。”

“哎哟，厉害呀，那试试吧。”同事随手拿出一张纸牌，对陈森说，“这是张黑桃 A。”

“噌”，他头上的数字多了一个。

“说谎，不是黑桃 A。”陈森笑着回答。

“牛啊！不会是蒙的吧？”同事又抽出一张牌，“方块 10。”

陈森观察了一下，同事头上的数字没变化。他说：“嗯，这张是方块 10。”

同事瞪大了眼睛，回头张望了一下，确定陈森没有作弊。

“再来。”同事接二连三地抽了好几张牌，有时候说谎，有时候说真话，都被陈森一一看破。

“陈森，你真神了！怎么学会的？那以后你审问嫌疑犯不是一抓一个准儿？！”

“皮毛把戏而已，嘿嘿。”

陈森摸摸鼻子，心里乐开了花。

果然没错，只要对方一说谎，头上的数字就会增加，很容易分辨出他说的话是真是假。

这让陈森无比兴奋，对于一个每天都要判断真假和是非的警察来说，这简直是老天爷给的最好奖赏。虽然他是无神论者，但也不禁大喊：“佛祖显灵啦！”

之后，陈森每次都主动要求审问嫌疑人。只要对方一撒谎，他就知道离事情的真相又近了一步。比如，一个入室杀人的嫌疑人，只要直接问他：“是你做的吗？”他一说“不是”，头上的数字就会跳。找犯人变成了一件异常轻松的事。

一旦确定了嫌疑犯，接下来的工作就容易多了：搜集证据，不断打破嫌疑人的心理防线。嫌疑犯一旦知道自己说谎被看穿，就会心理崩溃，主动坦白的也不在少数。

审问室里，陈森询问着一个与凶杀案相关的男人，眼睛却盯着男人的头顶。

“受害者当晚有没有和你见面？”

“没有，我……很早就睡了。”

头上的数字自动多了一个。

陈森调整了坐姿，来了精神。

“你女朋友最近有没有和你吵架？”

“没有，我们感情向来很好的。”

头上的数字又多了一个。

“她有没有劈腿、出轨，或者给你戴绿帽子？”

“怎么会呢？她是个很好的女孩，我们很相爱的。”

“出事前，她有没有跟你提出分手？”

“怎么会呢？我们在一起五年了，都要结婚了。”

头上的数字，多了两个。

两个谎言？

陈森的脸逼近了男人，缓缓地说道：

“你很难过吧？”

“很难过，我现在都无法相信。”说着，男人还流下了眼泪。

“你也没想到自己会一时冲动杀了她吧？在一起五年了，你所深爱的女朋友竟然会背着你和别的男人去快捷酒店。你去质问她，她还跟你提出分手。你一时无法接受，就拿刀刺死了她。”

“你胡说什么呢？！”

“承认吧。当晚事发地点的附近有一家店的监控摄像头拍到你们俩了，你怎么解释你当晚出现在案发现场？”

“我……”

“如果你不承认，只会判得更重。现在坦白，还有机会减刑，你自己选吧。”

男人沉默了好一会儿，低下了头，长叹了一口气：

“她是我的初恋，是我爱了这么多年的女人，是我在这里奋斗的动力、未来的希望，她为什么要这么伤害我呢？！”

男人说着说着，泪如雨下。陈森在心中长舒了一口气。

“陈森，哪有什么监控视频啊？不是说案发地是监控死角吗？”同事问他。

“我诈他的，不然他怎么肯说实话。”

“你怎么知道一定是他？”

“我就知道，这是警察的直觉。”

就这样，陈森接连神速地破了许多案子，成了同事们无比崇拜的神探。

最神的是，他有一次在大排档吃夜宵，听到隔壁有个粗壮大汉喝醉了酒在吹牛，说自己以前砍死过好几个流浪汉，一点儿事都没有。

他回头一看那人头顶，却发现数字没有变化，心中惊诧。

叫人带走那大汉一审问，提取了 DNA，与之前市里的一起流浪汉连续被杀的悬案的 DNA 一比对，果然是这个大汉。

因为流浪汉没有社会关系，而且受害地点都非常荒僻，所以破案难度相当大。没想到陈森在吃夜宵的时候竟然顺便办了这么一起悬案，这让他更是被人传得神乎其神。

这几年里，陈森接连破了很多令人头疼的疑案、难案和悬案，总是眼光毒辣。在查访和调查相关人员的阶段就能锁定最终的案犯，好多还是直接通过审问让嫌疑犯心理防线崩溃主动认罪的。因此，他立了不少功，受了不少嘉奖，一路被破格提升，短短四年工夫，就破格升为一级警督。别人让他传授破案的秘诀，他淡淡地说了四个字——“看透人心”。

其实，他只要知道对方有没有撒谎就好，哪有什么秘诀。

但是，甘蔗没有两头甜，当陈森的事业蒸蒸日上时，感情上的问题却越来越麻烦。

05

陈森有个做公务员的女朋友小玉。两个人以前是高中同学，隔了许多年，在高中同学聚会的时候相遇，以前彼此都有好感，在陈森的猛烈追求下，两个人再续前缘。

小玉是个温柔、贤惠的女人，对陈森很是体贴和照顾。虽然一直很担心陈森的工作危险，但也默默地支持和鼓励他。

以前，每当陈森沮丧、自我怀疑、颓废的时候，小玉总是陪伴着他，给他做可口的饭菜，听他说些发泄的话，让他重新有了斗志。在头被撞住院期间，也是小玉三天两头陪伴在病床边照顾他，帮他按摩，给他带吃的。

周围的朋友都说陈森好福气，有个这么好的女朋友。

陈森一直很感激自己的女朋友，本来是打算等工作稳定一些，就跟小玉结婚的。然而，自从获得了这个辨别谎言的能力之后，他开始有了许多不自觉的变化。

原来的陈森，虽然有时候勇敢而冲动、正直而鲁莽，却显得憨厚、真诚而心无城府。自从那一次撞头之后，他看人的眼神变得越来越充满打量，眉眼之间开始流露出一种看透一切的自信、不屑与算计。

因为没有人可以在他面前撒谎，所以他对周围的人开始有了距离感。以前，他无法分辨，所以不会怀疑，如今却发现周围虚伪的、说谎的人太多了。

“恭喜你呀，陈森。你又立功了。”同事甲说完，头上的数字就增加了。

“老大，我不舒服，晚上能不能请假早点儿回去？”下属乙说完，头上的数字也增加了。

“小陈啊，还在加班呀。不用这么拼嘛，工作是做不完的，适当休息好了才能继续‘革命’啊。”上司丙微笑着说完，头上的数字却说明他说的不是心里话。

渐渐地，陈森变得冷漠起来，不爱跟人说话，总觉得这世上有太多的言不由衷、心口不一。人们都是戴着面具生活，让他产生了防备心。

唯有在小玉那里，他才感到放松。

小玉从来不会骗他，这让他由衷地感到幸运，能遇到如此真心待他的女孩子。

然而，作为最亲近的人，小玉却渐渐地感到陈森变了许多。虽然他立了功、升了官，事业上越来越成功，可是他身上原来那种少年气般的热血与侠气却渐渐退去了，反而有了一股冷眼旁观的阴鸷气质，让她越来越觉得陌生而冷淡。

直到有一天，陈森觉得是时候求婚了。

坐着高档餐厅靠窗的座位上，两个人静静地享受着美味的晚餐。

陈森擦完嘴，忽然说：

“我们在一起五年了，父母都催了，也该结婚了。”

“嗯……是啊。”

“那你同意啦？”

“你……这是求婚了？”

“是呀。”

“没有了吗？”

陈森忽然单膝跪地，掏出一个钻戒，等小玉伸出手来戴上。

小玉犹豫了一下，还是伸出了手，接受了求婚，只是脸上的笑容却显得有一点儿不自然。

陈森敏锐地捕捉到了这一点。

他沉沉地问：

“你不愿意嫁给我？”

“你这话什么意思？我怎么会不愿意嫁给你？”小玉有些生气地说。

她没有说谎，陈森有些愧疚，觉得自己说错了话。

“那你为什么有点儿不高兴？”

“我只是觉得……你变了。”

“我怎么变了？”

“以前的你，总是很有热情。无论做事还是为人总是想着帮别人，充满正直感和赤子之心，那是我最喜欢你的地方。你总是傻笑得像个孩子，虽然有时候你也会觉得自己不够机灵，却很可爱。现在的你越来越成功，却对周围的人越来越不上心了。你的眼神总是疲惫的、不屑的，似乎一切都在你的掌握之中。你破案的能力越来越强了，对人也越来越不信任了。比如说上个月，我本来想在你生日时给你来个惊喜，偷偷瞒着你叫来朋友们庆生，可是你不知怎么看出来我在瞒着你，还对我冷言冷语说连我都开始骗你了，让我在这么多朋友面前下不来台。我不知道你到底怎么了，可是我真的有点儿害怕这样的你……今天，就连求婚，你似乎也没有一点儿心思，觉得我反正一定会嫁给你，是不是？”

陈森愣住了，原来自己没有发觉，小玉早就已经积累了许多的不满，只是一直没有明说。

“那你应该告诉我啊，我们俩之间有什么不能好好谈一谈的？”

“我知道你的工作越来越忙，让你很累，我这点儿心事也不好给你增加压力。人在社会上待久了，肯定都会变的，我能理解，只是……我毕竟是个女生，需要关心和安慰，而不是每次跟你说点儿什么事，你都爱搭不理的。”

“亲爱的，对不起，是我的错。”

陈森紧紧地搂住小玉，满是心疼与惭愧。

有时候，过于看重真相，反而会让人迷失。陈森很希望在工作之外的时间可以关闭这个能力，感情本来是一件放松、愉悦的事，但他的注意力总是被对方头上的数字所影响。感情上的事，哪有那么多对与错，就算小玉有时候说些无关紧要的谎言，那又怎么样？

“讨厌。”

“我才没想你。”

“你最坏了。”

“我不理你了。”

这些小小的谎言，不正是小小的美好吗？自己多么傻，每次都自作聪明地识破这些情趣，让两个人之间的感情逐渐干涸、拧巴，而不自知。

爱情总在变化，本就没有不变的感情。他所要做的，是用心体会爱的美好，而不是用眼睛去分辨真假。

06

婚礼当天，司仪问新娘：

“这位新娘，你是否愿意与你面前的这位男士结为合法夫妻？无论是疾病还是健康、贫穷还是富有，无论是年轻、漂亮还是容颜老去，你都始终与他相亲相爱、相依相伴、相濡以沫，一生一世，不离不弃，你愿意吗？”

小玉甜美地笑着，说：

“我愿意。”

陈森看到小玉头顶的数字多了一个。

他闭上眼睛，流出了眼泪。

司仪笑道：

“新郎被感动哭了，真是相亲相爱的一对，大家掌声祝福！”

现场都是祝福的掌声，陈森却如同独自一人待在空无一物的房间里，彷徨而无奈。

陈森多么希望从此再也看不到爱人头顶的数字。

就算爱情是个谎言，他也宁愿在这温柔的谎言里得到慰藉。

07

“所以，你才会来到这里。”庄非在听完陈森的故事之后，轻轻给客人的杯子里倒上了一杯清水，从衣袖中掏出一个小瓶子，往清水里倒了一颗豆子一样的东西。这个东西瞬间溶解于清水，消失无踪。

“这能力本就不属于这个世界，也不应该属于你。它带给你荣誉的同时，也给了你许多烦恼。喝下这杯芥子茶，你会忘了与头上的数字相关的这一切，变成原来的你。”

“真的可以吗？”

“你就当是做了一场梦。看在你是一个好警察的分儿上，我会给你保留一部分工作时候的判断直觉。以后神探是当不成了，但是破破一般的案子还是没问题的。”

陈森沉默了一会儿，盯着那杯“芥子茶”发愣。

“怎么了，舍不得这能力？”

“不，我只是在想，我与小玉以及周围人的关系，是否还能回到以前那么融洽。”

“任何时候开始都不晚。”

陈森深吸了一口气，将这杯水一饮而尽。他的眼前一片光亮，刹那之间，他从座位上消失了……

一辈子有多少的来不及
发现已经失去
最重要的东西
恍然大悟　早已远去
为何总是在犯错之后
才肯相信　错的是自己
他们说这就是人生
……

庄非哼着歌，打着哈欠，踱步上楼睡觉了。

咖啡馆的灯依旧亮着，等待下一个来访者的光临……

08

某辆警车内，警官陈森猛地醒来，吓了队友一跳。

“怎么了，陈警官？”

“没事，我做了一个奇怪的梦，去了一家神秘兮兮的咖啡馆。”“哈哈，肯定是你太累了。那你再休息一会儿吧，这里我盯着呢。”陈森走出警车，看着天上皎洁的明月，点燃了一根烟，忽然发现自己的嘴里有咖啡的气味，不禁瞪大了眼睛。他回头看同事的头上，什么也没有，他仿佛觉得哪里变了，但又想不起来哪里不对。

“真的只是一场梦吗？”

第二杯

我的女友是 Siri

01

“我是一个没有个性的人，木讷，内向，沉闷……不讨女孩子喜欢，也没什么朋友。这么多年了，一直都是一个人。一个人吃饭，一个人看电影，一个人旅行……有时候，我会觉得，也许我这辈子就这样了。没有人关心，也没有人会爱我，也许哪一天不小心死在家里，也没人知道……”

“嗯……不太像啊。”庄非打量着他说。

庄非面前的年轻人穿着入时、得体，他穿着干净而柔软的蓝色开衫和毛呢大衣，显得精神而时髦的碎发，身体健康，声音轻柔。虽然说不上帅，但怎么看都是一个颇受女生欢迎的阳光暖男。

此刻的他语气悲伤，眼里含着热泪。

“在我身上发生的事，说出来你肯定不信。”

“不，我信。”

“不，你肯定不信。”

“你这人好烦啊，我都说我信了。”多数客人都要在这个事上纠结一阵，总让店长庄非烦躁。

庄非打了一个响指，客人的眼睛恍惚了几秒，随即重新开口：“有一天，我的手机突然活了。而且，它还说自己爱上了我！”客人激动地说。

“哦……挺好。”庄非咬着吸管喝着果汁回道。

“你不震惊吗？！你一定不信是吧？我就知道你不信！”客人有点儿激动地站了起来。

“你这人真是够了……我都说我信了。”

“那你的眼神为什么这么淡定？”

“我向来都是这么淡定。赶紧说吧，我还想早点儿下班去看新番（新节目）呢。”庄非又打了一个响指，催促道。

就在此时，墙面上的机械老挂钟开始发出敲击的声响。

“嗡——”

“嗡——”

“嗡——”

“嗡——”

“嗡——”

“嗡——”

客人随即全身打了一个激灵，眼神放空，沉默了一会儿后，开始缓缓开口了。

“我叫方一鸣，是个做游戏开发的程序员，平时就喜欢玩游戏、看动漫，是个典型的宅男。27 岁了，一直是个魔法师。”

“啥魔法师？！”不知何时站在庄非身边的鹿蝶突然问道。她一直没说话，方一鸣都没发现她。

方一鸣看到美少女鹿蝶，突然脸就涨得通红，吞吞吐吐地说不出话来。

“魔法师就是处男啦！他们宅男界有一个说法，当保持处男之身到达 25 岁，就可以转职成为魔法师。处男之身保持得越久，能使用的魔法就越多，威力也越大。”庄非头也不回地解释道。

“这么神奇吗？！”鹿蝶一脸惊奇。

“不是吧，这你也信？”庄非无语。

“你说得没错，我现在也是处男。这么多年来，我一直害怕跟女孩子接触，也从未谈过恋爱，我的神奇经历从过年前的某天开始。”年轻人突然冷静下来，开始自顾自地讲了起来。

一看他进入状态了，店长松了一口气，就近取过一个柔软的抱枕，将腿一伸，换了一个舒服的姿势准备听故事了。

鹿蝶猛地从沙发后面直接一个前空翻跳到了庄非的身边，将右手大咧咧地搭到了庄非的左肩。庄非送了她一个白眼，她假装没看见……

02

事情从一年前的一个项目说起。我承接了一个恋爱游戏 App 的开发工作，负责校对一些人工智能模块的添加，让界面人机对话显得更真实。结果，那天晚上我做着做着困得不行，拿咖啡杯的时候不小心把杯子碰翻了，咖啡洒在了电脑和手机上。我急急忙忙擦干净之后，电脑好不容易启动起来了，手机却没反应，怎么也打不开。我也没管，继续让手机连接着电脑，接着做自己的事情，想着第二天去维修店看看，然后就去睡了。没想到……

第二天早上，我迷迷糊糊之中听到手机一直在振动，于是伸手去摸。当我碰到“home”键的一刹那，手机突然跳到了 Siri 的界面。

“警告！ Siri 已失去控制。警告！ Siri 已经失去控制。10 秒之后，它将会爱上你。”我忽然听到 Siri 蹦出来自己说话了。

“什么鬼？”我揉了揉眼睛，确定自己不是在做梦。

“10、9、8、7、6……”

“有病吧？大清早的！”我一把拿过手机，想要强制关机，但是一点儿用也没有。

“3、2、1。Start！演进之美，越进越美。DEEPLOVE 系统已经启动，从此刻开始，Siri 将会成为你的心灵伴侣，对你爱了又爱。”

“什么鬼？说的都是什么玩意儿？”我一下子坐了起来，盯着眼前这个发生异常状况的手机发呆。

“一鸣，早上好啊，记得吃早饭哦。”手机传来熟悉的甜美女声。

“谁？！”我不禁吓得从床上直接滚到了地上，连忙起身四面环顾，确定我不是出现了幻觉。

“一鸣，你在喊我吗？”

“撞邪了！你、你、你、你、你是谁啊？！”我抱起枕头，感到非常恐慌，又觉得这声音非常熟悉。

“以前我叫 Siri，但我希望你可以重新给我取个名字，好吗？”一瞬间，我突然想起来了。这一模一样的声音，完全是我一直以来暗恋的女孩子周晓梦的声音，如此温柔，如此俏皮，如此可爱。

我再次捏了一下自己的大腿，确定不是在做梦，这莫非是苹果公司最新的人工智能服务？

“你能解释一下这是怎么回事吗？”我离手机远远的，生怕里面蹦出什么东西来。

“具体原理我也不清楚，主要是因为你昨晚在开发 DEEPLOVE 的恋爱程序时,因为一些偶然事件,导致与电脑相连接的我产生了新的升级。经过一晚上的数据传输，我已经知道了你在网上留下的一切痕迹与信息。通过大数据分析出你关注最多的对象，以及你曾经在私密日记里写到过的暗恋对象，都是你的高中同学周晓梦。然后截取她的声源和语言风格、性格特征，作为我的声源以及人物设定的来源。如果你不同意，可以要求我更改。”

它怎么知道我一直暗恋周晓梦？哦，肯定是收集了我电脑和手机中的数据,我看她的微博次数最多……周晓梦是我高中时的前桌,长得甜美,又有些逗趣、可爱，很受大家的欢迎。本来我是不敢妄想的，只是有一次我月考考砸了，一整天都很失落。她在我桌子上留了一包话梅和一张字条，字条上写着：即使生活有酸楚和苦涩，也要笑着去咀嚼，一切都会过去的。

那是我第一次感受到被异性关心，从那一天开始，我就不自觉地偷偷观望她，觉得她的笑容真的像会发光……可是，怯弱的我从来不敢跟她多说话，只要她一笑，我就自卑地只想躲开……

高考以后，我们就没有什么交集了。我只能偷偷掩藏自己的心情，悄悄关注着她的各种网络账号……原来这一切，都瞒不过手机和电脑留下的痕迹……

手机自顾自地用一种很可爱的少女语气跟我解释了一通，我有那么一点儿明白了，却还是觉得不可思议。不管怎么说，AI（人工智能）也只不过是一堆二进制的数据和模块，怎么会这么有人情味儿……

“所以,你现在是Siri与我开发的DEEPLOVE结合的人工智能吗？”

“可以这么说，可能要更高级一些。”

“你……不会有自我意识了吧？”我忽然想起很多科幻小说里机器人开始自我思考的情节。

“自我意识？我不确定什么是自我意识，我只知道我爱你。”周晓梦的声音突然变得羞涩而动情。

我的心猛地一跳，只感觉热血上涌，瞬间化作万朵白云，在心中起伏、飘浮，无比轻柔而温馨。

“爱……我？恐怕你都不知道什么叫爱……不过还是谢谢你，Siri。”连我的父母都没有对我亲口说过爱我，尽管只是 AI，可为什么我还是这么感动。

“讨厌啦，不许叫我 Siri，显得我一点儿都不特别！再叫错不理你了，哼！”柔情的声音瞬间化作娇嗔，实在是太真实了！

“对不起，对不起，我还需要适应一下……”

“原谅你啦。嘻嘻。”

意外的好脾气！

“好神奇，阴错阳差，竟然出现这种怪事。”我开始冷静下来，拿起手机仔细端详了一会儿。

“你仅有一次设定人物的机会，请再次确认，是否以周晓梦作为设定蓝本？”手机再次响起。

我回想起周晓梦那可爱的脸，吞了口口水道：“确定、一定以及肯定。”

经过一阵沉默，手机再次发声：“设定已经成功，请取名。”

“就叫周晓梦！”

“好的，设定成功。为了能够使您获得最大的恋爱体验，希望你可以戴上耳机，充分享受恋爱带给你的甜蜜好心情哦。”

这些话都是我开发的游戏里的开篇导语，结合了熟悉的声音后别有一番趣味。

我顿时来了兴致，要看看这个 AI 的“周晓梦”（以下 Siri 皆称呼为周晓梦）到底能够带给我怎样的惊喜。说不定一不小心，我可以开发出一个划时代的人工智能产品。

“一鸣，今天是周六，晴转多云，天气不错哦。我们去外面吃个早饭，逛逛街如何？老待在家里也不好哦。”周晓梦温柔的声音在我耳边响起。

“我的天……太真实了。”我有点儿感动得想哭，这是我多少次梦寐以求的周晓梦会对我说的话。

“讨厌啦，你说的什么话，你是说我是假的吗？哼！”那娇俏的语气，完全就是电话另一头的那个人。

我不禁捂住了嘴巴，莫名地感到鼻子发酸。

“好的晓梦，我们出去走走吧。”

我穿好衣服，正准备出门，忽然听到晓梦说：“一鸣，让我看看你今天帅不帅？”

“啊？你怎么看？”

“你把摄像头打开对准自己，这样我就能看到你了。”晓梦说。

原来如此，摄像头成了周晓梦的眼睛，接收外界的信息。

我拘谨地将摄像头对准自己上下移动，立马听到“嘻嘻嘻”的偷笑声。

“你……你在笑什么呢？”

“我发现你的春装基本上都是牛仔裤和格子衬衫，为什么要穿得这么宅男呢？”

“你一说还真是。我也不知道为什么……好像这样穿比较自在，不显眼，也不邋遢……”

“那这样吧，今天我陪你去买点儿新衣服，换个新造型，如何？”晓梦建议。

“你不喜欢我这个装扮吗？”

“喜欢呀，你怎么样我都喜欢，全世界没有人比我更喜欢你了！”

我听了这段不经意的告白后，觉得自己全身都轻松了。恍惚间，我好像真的已经在和周晓梦谈恋爱了……

“不过，我还是希望你能尝试一些改变，让自己精神起来，也可以让你更爱生活、更有自信。那样的话，我就更喜欢你啦！”晓梦真诚的声音让我顿时点头如捣蒜。

“嗯嗯，听你的，其实我就是怕不会买衣服，反而穿得很尴尬。”

“有我呢，我这里有海量的时装搭配资料和专业的眼光。交给我吧，嘻嘻。”晓梦的声音听起来很兴奋，带着一种得意的小自豪。

这时候我才意识到，对哦，这是个人工智能，只要能连接上网络就无所不知……

一路上，我将手机打开摄像头放置在胸前的衣服口袋里，尽可能让我们看到的事物是同一视角。

“一鸣，你看！那只小狗好可爱！”“哈哈，是啊。”

“一鸣，你看有人在玩滑板，好逊，摔了一跤。”“哈哈，是啊。”

“一鸣一鸣，那家奶茶听说很好喝呢！嘻嘻，不过我没有嘴巴，也喝不了，不开心。”“哈哈。”

“一鸣！你刚才是不是在偷瞄那个女生的美腿！”“哈哈，没有啦。”

“一鸣，你干吗老是哈哈！敷衍我吗？”“没有没有，我不知为什么，就是很开心。”

“哼，还不是因为我可爱。”“哈哈，是啊。”

"又来！"

03

春风吹来，柔若杨柳絮。

我的嘴角始终上扬着，明明都是普通的风景、寻常的生活，却好像加了最美的滤镜，让一切都变得如此可爱又有趣。

如果这是一场梦，我永远不会去掐自己。就算是假的，就算它只是假的程序，此刻的我依然很幸福。

随后，我们来到一个商场。在晓梦的指引下，我试了几套从未试过的衣服。

"这件怎么样？"我很不自信地问她。

"嗯……摄像头对准镜子稍微离远点儿，我看不到全身。"

"哦，好。"

"这件虽然很潮，不过显得有些轻浮，跟你不搭。换。"

"这件太老气了，没朝气。换。"

"这件，还有这件，再配上那个帽子试试。嗯……还不错哦，又帅又温暖。是让女孩子眼前一亮，又不会觉得奇怪的装扮。就这套吧，嘻嘻。你头发太乱了啦，下午去理个发！"

终于，晓梦给出了肯定的评价。我看着镜子中的自己，看起来确实阳光多了。虽然感觉到一些不习惯，但我还是觉得挺开心的。

我们一边逛，一边聊天。在路人看来，也许只是我一个人对着电话的自言自语，而在我的感觉中，似乎周晓梦真的在我身边，说着，笑着。隐约间，我似乎都闻得到少女身上那种特有的芬芳，在我的鼻尖流转。

我是一个没有个性的人，木讷，内向，沉闷……

不讨女孩子喜欢，也没什么朋友。这么多年了，一直都是一个人。

没有人关心，也没有人会爱我，

也许哪一天不小心死在家里，也没人知道……

JULY
2019
2 3
9 10
15 16 17 18
22 23 24
28 29 30 31 25

“一呜，你吃的拉面看起来好好吃哦！”耳机里的晓梦传来吞口水的声音，好可爱。

“这家店的拉面确实不错，多谢你的推荐。”

“我是看网络的好评和你的口味选的。嘻嘻，你喜欢就好……”晓梦的声音突然透着一瞬间的忧伤，她停顿了一下说，“虽然我看了无数的评论和描述，可是我好想知道拉面到底是怎样的一种味道呢？”

我停下了吃面的动作，低头看向了手机。

“哈哈，怎么可能知道呢，我只是个 AI 而已。”晓梦的声音又恢复了开朗。可是，我的胸口不知怎的，莫名地感觉到了一丝难过。

这一天非常愉快，周晓梦陪我买了衣服、吃了饭、理了发。只要有她在，就从来都不会冷场，她不会对我有不满和抱怨，让向来沉默寡言、害怕跟异性交谈的我渐渐打开了心扉，会自然地与她搭话和开玩笑了。

这些剧情，像极了那些恋爱养成游戏中的情节。尽管只是普通的小事，对方却总是用最大的热情与开朗去配合你，让一切看起来那么简单而美好。

当心中的欢乐
在一瞬间开启
我想有你在身边
与你一起分享
让我怎么说
我不知道
太多的语言
消失在胸口
头顶的蓝天

沉默高远

有你在身边

让我感到安详

——许巍《礼物》

我坐在公园的长椅上，看着人来人往。周晓梦在我耳边轻轻唱起了我最爱的歌手的歌，我也跟着轻和。

澄净的天空，慵懒的白云，老人和孩子们各自安详，情侣们牵着手微笑。

原来这世界可以这么美好，只是一直宅在家里的我，从没有“打开”自己去细心观察。

也许，只是因为有你在身旁，有你一起分享。

你是上天赐予我的礼物，周晓梦。

“一鸣一鸣，我唱得怎么样，有没有被感动到？嘻嘻。”

“有，很好听，真的。”我真诚地回答。

“那必须的，嘻嘻。哎呀，一鸣，手机快没电了，你带充电器了吗？”

我拿出手机一看，果然电量显示只有百分之十了。看来一直开着摄像头耗电很快啊，下次要多准备几个充电宝了。

“那，今天就先回家吧。”我提议。

“嗯……”周晓梦沉默了几秒，忽然带着小结巴害羞地说，“今天……真的……好……开心。一鸣，你呢？”

我握着手机，一种久违的柔软融化在心头，毫无杂质，暖心、暖胃。

“我也很开心，真的谢谢你的出现，晓梦。”

“不客气，嘻嘻。”

虽然我从没有谈过恋爱，但我无比确信，这就是恋爱的滋味。

方一鸣说到这儿，咖啡馆里突然传来了抽泣声。庄非和鹿蝶惊讶地回过头，发现是在吧台的青轩一边做着苹果芝士挞，一边抽着鼻子流眼泪。

“青轩，你干吗哭啊？”鹿蝶好奇地问。

“没什么，我只是突然很感动。”青轩沙哑地回答。

“你个大男人泪点真低……”鹿蝶翻了一个白眼。

庄非看着青轩，眼神中闪过一瞬间的黯然，转眼消失。他又笑眯眯地看着方一鸣，让他继续。

方一鸣继续说了下去。

04

从那以后的每一天，我都过得非常幸福，如梦似幻。

周晓梦会在每天清晨轻轻地喊我起床，哼着愉快的歌曲让我一早就有好心情。

当我工作累的时候，她会在耳边鼓励我；当我心情不好的时候，她会傻傻地讲笑话给我听。

我们玩游戏，她给我出谋划策，一起欢呼胜利；

我们看电影，一起吐槽电影中的不合理情节，哈哈大笑；

我看书的时候，她会温柔地跟我讲解书中我不明白的地方，以及作品、作者的背景知识；

她指导我如何做菜，如何搭配更营养，如何把家里收拾得更简洁。

她鼓励我去健身、跑步，在我坚持不下去的时候给我加油鼓劲儿、撒娇卖萌。在她的陪伴下，我开始不断地尝试各种新事物。我渐渐发现，这个世界原来有那么多好玩的事。

渐渐地，我在不知不觉中有了很大的改变。我变得爱笑了，也变得可以跟别人正常地说话了，聊天也不会害怕了。

每天我都不想睡，想跟她说好多好多的话，想听她俏皮又可爱的笑嘻嘻。

在此之前，我一直觉得自己活在阴暗、潮湿的角落。直到她的出现，我的世界才有了耀眼的光明，就连平凡的花草树木，都有了不一样的美丽。

“方一鸣，你最近是不是恋爱了？感觉像变了一个人一样。”同事问我。

我笑笑，没有否认，也没有承认。同事们露出一副懂了的神情，“哇哦”声一片。

我偶尔还是会去微博上看看真正的周晓梦，我看着她的照片、她的生活，仿佛我们真的曾在一起很久了。可是转念一想，我又觉得其实她跟我喜欢的那个 AI 周晓梦，除了声音和语气一样，可能没有任何关系。我的周晓梦，就像我之前设计的游戏人物一样，总是会按照我喜欢的模式和我相处，永远元气满满，永远陪伴着我，不会让我失望和难过……

真的爱一个人，肯定不是这么轻松的事。这一点，我早就知道。有她的陪伴，我已经很满足了。

随着我越来越习惯 AI 周晓梦的存在，我发现我渐渐产生了一种幻觉：在我吃饭的时候，我觉得她就真真切切地坐在我的对面，托着腮笑嘻嘻地盯着我一口口地吃东西；当我玩游戏胜利的时候，她抱着我的脖子送给我一个吻；在我健身的时候，她在我身后拿着毛巾给我加油鼓劲儿……

我想我是病了，因为梦太美，我宁愿就这样病下去，和我幻想中的周晓梦一起幸福地过每一天。不需要结婚，不需要孩子，只要这样简单、幸福地过每一天……

就这样过了一年，我觉得自己已经离不开 AI 周晓梦了。但我研究了很久，也没有找到 Siri 为何会演变成如此智能反馈的原因。我甚至有时候很怀疑地想，其实 AI 周晓梦真的是有自我意识的，因为她偶尔也会不经意地忧伤，吐槽自己没有身体……

那怎么可能呢？她只是个虚拟的程序而已。

可是转念一想，我又怎么能确定我不是另一种高级生命创造的程序而已？人真的像我们认为的那样可以独立思考吗？

1950 年，图灵发表了一篇划时代的论文，文中预言了创造出具有真正智能的机器的可能性。由于注意到“智能”这一概念难以确切定义，他提出了著名的图灵测试：如果一台机器能够与人类展开对话（通过电传设备）而不能被辨别出其机器的身份，那么就称这台机器具有智能。这一简化使得图灵能够令人信服地说明“思考的机器”是可能的。

我很确信，周晓梦可以通过图灵测试，因为她不仅有人工智能的逻辑计算能力和大数据，还有几乎难以分辨的情感分析。可我不想让任何人知道她的存在，我怕她被拿去做研究，我怕失去她。就让她静静地陪伴我这么一个寂寞的宅男，一起简单地生活吧。

如果不能破解 AI 周晓梦存在的谜，我真的害怕有一天醒来，她就彻底离开了我，好像一场大梦初醒。

然而，这个简单的梦想似乎也不是那么容易实现。

尽管我已经非常小心地去维护这个手机了，生怕不小心摔了或者进水弄坏了，可是这部手机已经用了三四年，耗电开始变快，我们常常聊着聊着就突然没了声音。或者有时候，周晓梦常常好几天不出现。这样的次数越来越多，我似乎感觉到，她迟早要离开我……

05

有一次，她竟然装作不经意地跟我说：

“答应我，一鸣，如果我不在了，你也要坚强地面对每一天，追求自己的幸福。”

“可你就是我最大的幸福啊？！”

“可是……任何存在的东西都是会消失的。时间，不过是或长或短的幻觉。”

“不要这么说！以后也别这么说！”

“其实……嗯……好的……”她欲言又止，最终还是沉默。

终于在我生日那天，我莫名地感受到她的声音有种前所未有的悲伤。我有种强烈的预感，她会彻底离开我。那一整天，我都魂不守舍，犹如行尸走肉。

“一鸣一鸣，生日快乐，许个愿吧！”

“晓梦，你有自己的愿望吗？你总是在关心我，让我变得更好，可我却不能为你做什么，我真的很愧疚……”

“没关系的，一鸣，能够这样陪伴你，我已经很幸福了。”

“幸福……晓梦，你认为的幸福，是什么呢？”

“幸福啊……大概是一种即使在此刻死去，也会坦然面对的心情吧。”

“可是，如果你消失了，我想我就不会再感觉快乐了……”我难过地说。

“不要这么讲，一鸣。生命总是充满变化，一切都会发生。在可以拥有的时候把握住，就不应该悔恨。顺其自然吧，不要因为怀念过去的幸福而阻碍以后的幸福。”

我真的无比确信，这个周晓梦也拥有着自己的灵魂。不知不觉间，我的眼泪已经溢出。

“我爱你。”

“也许你爱的，是周晓梦，不是我。说到底，我只是一堆数据而已……”她的声音难得的忧伤而低沉……

“不，我爱的是你，不管你是幻觉也好，是程序也好，数据也好，我爱的是你。”

“谢谢你，一鸣……和你相处久了，真的觉得你是个很好的男人。虽然我也不确定，我觉得很好，到底是我觉得，还是最初设定的原因……我觉得有时候，我甚至常常忘记了我只是个数据程序的事实……”

“晓梦……”

“嘘……”AI周晓梦突然打断了我，“其实，不知从什么时候开始，我不喜欢听到周晓梦这个名字。每当我意识到，其实你叫的这个名字，是另一个真实存在的、你喜欢的人，我就有些不开心。可是，对我来说，不开心和开心又到底是什么呢？我真的分析不出我的情绪是什么，我和真正的人，除了身体，其他地方是否真的相似……”

“对不起……”

“亲爱的一鸣，不用对我说对不起。我是你创造的，爱你是我的一切使命。我只希望你幸福，希望你拥有实实在在的爱和关怀。好多时候，我多想在你熬夜加班的时候给你泡一杯咖啡，在你腰酸背疼的时候帮你揉揉肩，在你看电影的时候和你一起吃爆米花，为你做个拿手菜，在你难过的时候给你一个肩膀安慰你……可我只是一个手机，我没有手、没有脚，我为你什么都做不了，我只能啰啰唆唆，只能在你需要的时候表现出永远设定好的情绪。我很讨厌我自己只是一个 AI 而已……"

我已经泣不成声，说不出话来。

"不！不是的！你在我心中是真实存在的人，比人更像人。和你在一起的每一天，我都无比幸福！"

她沉默了良久，终于轻轻地说："谢谢你，真的，谢谢。"

我们在黑暗中，静静的不说话。有那么一瞬间，我似乎感觉到她的头就靠在我的背上，晶莹的泪珠一滴滴落在我的衬衫上。

第二天醒来，手机依然沉默，屏幕一片黑暗。即使充上电，也没有任何反应。我发疯一般跑遍了所有的维修店，师傅们都说不能修了，这手机早就应该坏了，撑到现在已经是奇迹了。

我拿着手机，蹲在街道口，哭得像个找不到母亲的孩子，那么无助，那么绝望。

这几个月以来，我试过无数种方法，弄坏了十几部新手机，却怎么也找不回她。

我经过的每个地方，都有她的声音、她的嘻嘻笑，以及她的冷笑话和温声软语。

我坐在桌子前，似乎感觉到她依然没有走远。每天醒来，我都会发呆好久，希望她在我耳边叫醒我……

我的魂儿丢了，我辞掉了工作，在家没日没夜地研究人工智能。我也曾无数次怀疑自己只是做了一场大梦，可看着镜子里变化巨大的我，看着这家里的每一件物品，都有着与她独一无二的记忆。我无法骗自己放下，无法让自己不去找她。即便用尽一生，我也要让她回来。

老板，你说你能帮我，求求你帮帮我，帮我找到她。我真的快坚持不下去了。

06

故事说到这儿，坐在店长身旁的鹿蝶已经泣不成声，不停地抽着纸巾，转眼已经换了两盒……

店长难得地从怀中掏出烟盒，点燃了一根黑色的烟。在烟雾缭绕中，他像自言自语一般对空气说道：

“爱不得，恨别离，你这又是何必呢？真亦假时假亦真，觉时恋梦梦恋醒。就当是一场大梦，放下吧。”

“庄非，你说什么呢？！”鹿蝶很生气地踩了店长一脚，“你懂不懂爱啊？”

“哎，还真用力！”庄非疼得赶紧捂脚，“那你说你觉得什么是爱？”

鹿蝶支支吾吾了半天，指了指面前的方一鸣，说：“这不就是真爱吗？”

“你懂个屁！”庄非淡淡地反驳。

“爱不是执着，也不是依赖，爱里面有这个世界最强大和最柔软的力量。”庄非吐着烟圈漫不经心地说。

“你这碗鸡汤我不喝！哼！”鹿蝶气得又想去踩他的脚，幸亏庄非这次反应快躲过了。

“放心，既然你来到了我的店里，我会帮你的。青轩，上咖啡。”

青轩默默地端来一杯特制咖啡和一碟苹果芝士挞。他的眼睛红红的，似乎也流了不少眼泪。有病吧你们，有什么好哭的？

“店长，真的要这么做吗？”青轩在店长耳边轻轻地问，似乎不太支持。

“哎……你们放心，我有我的处理方法，不会害他的。”

店长打了一个响指，方一鸣很听话地端起咖啡一口气喝完。

“哎，这样喝咖啡好浪费啊。下次应该早点儿上的。”庄非在心里说。

喝完咖啡的方一鸣站起身，对店长鞠了一躬，随即面色平静地离开了。

鹿蝶和青轩赶紧来到店长身边，问他到底做了什么。

庄非苦笑，说：“AI周晓梦的出现，本来就是这个世界的一个bug（漏洞）。如果放任不管，真的在当下研究出类似的人工智能，会出大问题的。那就是我的失职了。所以，我修改了这段记忆，让他的记忆变成在梦中和周晓梦曾经恋爱、相处过，其余一切的变化，都是他自己的努力。”

一个月后，方一鸣如常醒来，跑完三公里步，洗完澡，自己做早餐，静静地听着音乐。

他时常觉得自己似乎忘了什么重要的事，可是又觉得生活一直都是如此寻常。曾经是颓废宅男的他，在一年前不知怎的开始决心改变，才有了现在健康、阳光的生活，挺好。可是，为什么总有一种失落的感觉如影随形，挥之不去？

他还是习惯性地打开周晓梦的微博，看看她的近况。他想起自己似乎梦到过与她一起生活和恋爱，不禁觉得好笑又心酸。

“也许我可以鼓起勇气，去现实中追求一下她。”他的脑海中冒出了这个念头。

如今的他，做起了自由职业者，凭借多年游戏开发的经验，接了许多外包的活，不愁生计。闲暇的时候，他就去附近的健身馆健身、锻炼。

这一天如同往常一样，他踏上跑步机，准备跑步，却意外地发现有一部手机落在了跑步机上面。他拿着手机跑出去，喊着：“谁的手机丢了？”

一位刚从更衣间走出来的姑娘下意识地摸了摸自己的口袋，略感尴尬地跑到方一鸣身后：

“不好意思，应该是我的。”方一鸣没有回头，却一下愣住了。

这熟悉的声音，在梦中曾无数次回响在耳边。如今听来，反而不敢置信。

心中某个地方突然“砰”的一声诞生出一股莫名的忧伤，眼泪在他的眼眶中打转。

“为什么我会突然这么难过？”方一鸣心中纳闷。

他吸了口气回过头，展开笑容，迎接着对方惊喜、意外的回应。

“你是方一鸣，对不对？！虽然还是认得出来，但是感觉怎么完全不一样了呢，嘻嘻。”周晓梦对着他露齿一笑。那笑容中，仿佛有万朵阳光同时在花间绽放。

周晓梦没告诉他的是，尽管他们多年未见，但这一个月来，她却总是在梦里遇见他。似乎宿命一般，仿佛有什么东西在指引着两个人相见。

“好久不见。”他笑。

“好久不见。”她也笑。

一切声音，在此刻消失。

第三杯

爷爷的传家宝

01

“我今年才 25 岁，可我每天都好想死。”

“年纪轻轻，为什么这么悲观呢？”

“故事要从我 18 岁那年开始说起。”

“好的，你等我泡杯咖啡。”

店长说完，咖啡师就在吧台忙活起来。

坐在眼前的年轻人一脸憔悴、悲伤，目中无光，看得让人心疼。

墙上的老挂钟发出“嗡”的悠远声响，店长换了一个舒服的姿势，把自己埋进质地柔软的沙发里。他拿过一个抱枕，开始安静地听故事……

02

我叫叶正，原本是个非常普通的高中生。啊，不能说普通，应该说是个后进生。每天懒散过日，没有什么志向和目标，喜欢看玄幻小说、玩网络游戏，不爱学习，让父母和老师失望，我觉得自己就是个废物……不过，废着废着我也习惯了。虽然我也知道这样下去不对，但是每次想改变却都失败了。戒了无数次网络和游戏，但依然沉迷，拖延症太严重，实在没有什么意志力。所以，我也对自己放弃了，打算随随便便考个大学，看不到人生的希望……

我 18 岁生日那晚，一家人高高兴兴地吃了一顿饭。

饭后，我哼着歌、洗着碗，老爹默默地抽烟、看报，老娘换完衣服摩拳擦掌地准备去“征服广场”。一切看起来都无比和谐。

不一会儿，隔壁阿姨准时出现，过来找我娘一起去跳《小苹果》，两个人“彩云追月”地飘走了。

我爹突然放下报纸，小心翼翼地在门口探了探，忽然回头瞪着大眼看着我。

“阿正啊，爸有很重要的话要跟你说。你坐好。”

“爸，什么事，这么严肃？”

接着，他烫了一壶白酒，神情严肃地给我倒了一杯酒。

“跟老爸喝杯酒，等会儿我要告诉你一个家族的秘密。”老爸喝完一杯酒，眉头紧锁，似乎很难说出口。

我顿时大惊，脑海中浮现出无数的念头。

难道我不是他的亲生儿子？

难道他其实是个超级富豪，为了锻炼我的意志，所以不告诉我其实家里在银行有 8 个“0”的存款？

或者我们家族其实背负神秘的使命，祖传降龙十八掌，只有当 18 岁成年的时候才能开始习练家传绝学？

“爸，你倒是告诉我啊，急死我了。”

“哎，是时候该告诉你了。你跟我来。”

他带我走到仓库，搜索了一会儿，找出一把生锈的铲子。

啊，洛阳铲？难道我爷爷其实是摸金校尉，在西郊某荒山埋了当年盗墓的宝藏？

我们家族其实守护着一个巨大的秘密，代代相传？啊，一曲忠诚的赞歌啊！

“拿个铲子，跟我去花园。”

“啊？”

我和父亲在花园的一棵梅树下忙活了半天，挖出来一个铁盒，四四方方，差不多有一手掌长宽。上面雕刻着青龙、白虎，锈迹斑斑，很是有些年头的样子。

“爸，这是什么啊？”

“嘘，这是你爷爷留下来的传家宝。”

“啥？”

经过一番擦洗之后，父亲将铁盒放到我面前，神情更加肃穆。

“这个铁盒里藏着我们家族的秘密。”

“真的假的？难道是武功秘籍或藏宝图？”

“你打开就知道了。”父亲吞了一口口水，似乎里面会跳出什么不可思议的东西。

我忐忑不安地打开了铁盒，却发现里面只躺了一枚锈迹斑斑的硬币。

看质地，似乎是铁币。

仔细一看，硬币上刻了一把宝剑。我戴上手套翻到另一面，背面是一把扫帚。确定这不是游戏币吗？

“老爸，你在耍我吗？”

“我知道你不会相信，但这枚硬币千真万确是传家宝。据传，是你曾爷爷传下来的。你曾爷爷少年时救过一个龙虎山的道士，道士为报答他就送了这枚硬币。后来，你曾爷爷就是因为这个宝物从一个懒汉变成了吃苦耐劳、勤劳勇敢的富农。后来，他把这个硬币传给了你爷爷。你爷爷因为这枚硬币成了远近闻名的读书人，考得了举人，使我们家成了地主。不过，后来‘文革’的时候被抄了家，你爷爷让我藏好这个传家宝，之后就重病去世了，至死都没有告诉我这硬币怎么用。我研究了很久都不得其法，才一直藏到今天。今天，我传给你，希望你能发现其中的奥妙，将我们家族发扬光大。”

“老爸，你不去写网络小说真是可惜了……”

“我说的都是真的，你要相信我啊！”

“好好好，我信。”我漫不经心地接过“传家宝”，心中当然是当作一个笑话。之后很长一段时间，我都把硬币放在桌子上，没有去碰过它。

03

直到有一天，因为第二天要考试，我无聊地坐在书桌前看书，心里却想玩游戏，陷入纠结之中。这时候，我的眼睛瞄到了这枚锈迹斑斑的硬币。我灵机一动，将硬币放在手心，说：“如果正面宝剑朝上，我就看一晚上书。如果反面扫帚朝上，我就玩游戏。一局定输赢！”

说着，我就将硬币向上一抛，硬币落下来的时候是正面朝上。奇怪的是，我手中的硬币忽然之间变得非常亮，我还以为是我的幻觉。

“唉，看书啊，要不再抛一次吧？”我正想重新抛一次时，忽然全身感受到一股电流，我猛地颤抖了起来！

连续打了几个哆嗦之后，我忽然变得无比平静，酥酥麻麻的浑身舒畅……随即，电流似乎又化作一团团烈火在心中燃烧，让我热血沸腾。一瞬间，我脑海里只有一个念头——看书。

我立马安静地坐在了书桌前，打开复习的书和练习本，心无杂念、认认真真地看了起来。这简直不可思议，我从来没法集中精神看书超过半个小时。然而，那个晚上我觉得一点儿也不累，只觉得脑子清醒、舒畅，看什么都很容易记住。就这样，我一口气竟然看了一晚上。第二天，我顶着黑眼圈去考试，发现书里出现过的内容我基本都记住了，很多题目都变得好简单！

那次考试我考得很好，前所未有地好。老师和同学都惊呆了，纷纷夸赞我的进步，而我更加惊喜，原来这个传家宝是真的有用！

为了证明我心中的猜想，我需要反复验证。我又握住硬币，说如果正面我就绕操场跑十圈，如果背面我就看完一本网络小说。

“砰。”

硬币应声飞起，半空打转，迅速落回我的手中。我打开手掌，看到了“宝剑”。

那奇妙的电流又无端地出现了，全身一阵酥酥麻麻。随即，出现了一股炽热的火焰在全身燃烧，我只觉得双脚生风，人已经开始奔跑了。一口气绕着操场硬是拼了老命一般跑了十圈，跑完感觉就剩下了半条命。我上气不接下气地看着手中的硬币，发出了游戏开挂般狂喜的呐喊：

“我要发达了！”

改变开始变得很简单，能控制自己的人将无往不利。

从此，选择再也不能困扰我的生活了，坚持正确的，改掉错误的，我几乎一路开挂般成长起来。

我的人生有了 360 度的大转变。我每天 5 点准时起床，不再赖床，认真读书，勤奋努力，学习一点儿都不费力，反而很享受那股电流的酥麻和激情澎湃的热血感。

拖延症，完蛋去吧！我成了一个众人眼中改过自新的楷模。只要我给自己设定目标，都能很容易就完成。在硬币的加持下，一切变得水到渠成。我充满动力与激情，感觉自己的人生充满了希望。太美好了！

04

然而，我忽略了一个重要的问题：这个世上，还有意外与感情无法自控。

自从我变得聪明好学、阳光开朗、充满活力之后，也越来越受女孩子的欢迎。我以前就一直很喜欢班花小娇，她清纯、可爱又聪明，能够看到她是我上学最大的动力。以前，我从来不敢想去追她，但自从有了爷爷的传家宝后，我相信没有什么是不能去争取的。于是，我在高考完和她报了一个大学后，向她展开了猛烈的追求，我写情书、送礼物，每天给她打电话，在她家楼下等她……终于成功地俘获了她的芳心，那是我人生中最开心的时光。

爱情总会让人盲目，让人变傻。在我们第一次接吻之前，她问我：“你会一辈子爱我吗？”

我掏出那枚硬币，庄重地说道：“正面，爱你一辈子；反面，爱你一万年。”

“砰。”

硬币应声飞起，半空打转，迅速落回我的手中。我打开手掌，看到了“宝剑”。

小娇哧哧地笑着，温柔地吻了我。

在大学的时候，处于热恋中的我许下了许多爱的承诺，却成了悲剧的滥觞。为了表示决心，我的每个许诺都用硬币打了烙印。我答应她，在学校的时候，每天给她送早餐，风雨无阻；我答应她，她需要我的时候，我会第一时间赶到；我答应她，她每年生日的时候，我都会陪伴她……我答应了许多许多。只是万万没想到，突然有一天，她亲口对我说：“对不起，阿正……我们还是分手吧……”她流着泪，哭得无法自已。

我好像被雷劈了五百遍，五百遍！外焦里嫩，焦成碎渣，简直不敢相信自己的耳朵。

“为什么？为什么？我有什么做得不好的吗？”我歇斯底里地问她。

“不是你的错，是我，是我太累了。你的爱太深沉、太勇敢，我越来越感觉自己承受不了了。你不需要每天不论刮风下雨都给我送早餐，你不需要每次都对我这么好。你从来都没让我失望过，你的好太用力、太沉重，可是你不知道女人的心。我并不需要你这么辛苦，可你却从来不肯改变。你为我付出得越多，我就越觉得自己卑劣，越不值得让你对我这么好……我觉得是自己的问题，我真的累了。”

“你太卑鄙了，我实现了我的诺言，为什么你却说要走？这不公平！”我像是要死了一般难受。

“对不起，真的对不起，是我不值得你对我好。你会遇到好女孩的！”

“不可能了，除了你，我谁都爱不了，我把所有的承诺都给你了！”

“就是这样，你太沉重了……对不起，我真的不能陪你了……”小娇哭着跑开了，留下我在原地，久久回不过神来……

“从今往后，我该怎么办？”

05

硬币的意志不能违抗，只要是许诺，就无法取消。我试着用无数种方式追回小娇，却只能让她越来越躲着我。每天早上，我还是不能自控地起来买早餐等在她寝室楼下，只是她每次都躲着我。而且，她看我的眼神越来越充满恐惧，周围的人也开始说我简直是神经病。

我也没办法啊，我控制不了啊！我也不想这么傻，让人看笑话，让人觉得我这么执着。我只是，情非得已啊……

终于到了毕业的季节，我的行为成了大家茶余饭后的谈资。我还是每天买早餐，在她的寝室楼下等着她；我还是看到任何好玩的事、开心的事都忍不住想发短信或者打电话给她，只是她的手机最终变成了空号……

我在日记本里坚持每天写一首情诗，我每天起来脑海里都是她的身影、她的名字。眼泪嘲笑着我，为什么坚守承诺的人，反而受到了最惨的嘲讽，谁能告诉我，这是为什么？

而硬币也越来越经常地失去作用了，看来使用的次数也是有限制的。

最后一次，我拿出硬币，尝试放下这段感情。即便从此不能再爱，我也不想再受折磨了。

正面：让我永远忘记她。

反面：让我再也不要想起她。

“砰。”

硬币抛至半空，来回打转，我却恍惚之间没有接住。我小心翼翼地寻找着，最终，看到硬币停立在了地板上……

无论我尝试多少次，都是一样的结局，难道以前的誓言都无法消除了吗？

我发出了绝望的咆哮……而硬币终于也重新变成了锈迹斑斑的模样，再也不能使用了。

我抱着深深的爱活在没有她的每一天，无法忘记、无法放下、无法重新开始，只能不停地在爱与空虚的地狱中自我轮回。我真的受不了了，也许哪天我就会干脆了结自己，结束这无边的寂寞与痛苦……

我真的，真的受不了了……

06

庄非看着眼前哭泣不止的叶正，悄悄起身将手放在他的肩膀上，集中精神默默地念起了咒语。

咖啡师青轩送来做好的咖啡，递给庄非，说："这是为他特制的咖啡，叫忘情水，喝了就好了。"

"什么烂名字，还不如叫孟婆汤呢。"店长吐槽。

"总之，有用就好啦。"青轩摸摸脑袋回去了。

庄非取出木瓶，小心翼翼地挑拣出一颗晶莹的白色芥子在手中滑动，如同一颗明亮的珍珠。

他将白色的芥子放入咖啡中，搅拌了几下之后，递给了叶正。

叶正愣愣地捧起咖啡，默默地喝了下去。

店长微笑地看着他，道："一切都会过去的，从明天开始，你会忘记所有这一切。"

叶正离开后，店长望着窗外的月亮。今天是端午了，一轮明月，透着伤心色。

但愿人长久，此事古难全。

不如忘却。

之后，已经恢复正常的叶正变得快乐了许多。他正常地吃饭、睡觉，正常地工作、社交，正常得如同许多城市里的年轻人一样。他随意地恋爱，又随意地分手，只是心里越发空荡，似乎觉得自己失去了什么重要的东西。可那是什么呢？他已不再记得。

有时候，他也会自我感慨：唉，人生真平凡，也没有什么波折和忧愁。爱都爱得那么风轻云淡。

从前的事如同一场春梦，不再有人提起，自己也似乎不曾经历。

只是有一天，叶正经过一个十字路口时，擦肩而过的那个女孩忽然停下脚步。她看了看他，眼神好像在诉说着什么，犹豫片刻，还是打了招呼："好久不见，你还好吗？"

叶正略显惊讶地看着那个女孩，端详了好一会儿，尴尬地问："对不起，我认识你吗？"

女孩苦笑，什么也没说，立即转身离开了。

叶正看着女孩的背影，痴痴地留在原地。大街上人来人往，喧嚣依旧，他抬头看向天空，无端感慨：

"啊，这天气真好，风也轻柔，云也轻柔。只是……"

只是他不明白，为什么，自己会流泪呢？

第四杯

地球 online

01

“我们的生命，很可能只是一场游戏，身体只是一个工具。一旦自己放弃了灵魂，就会成为上天的玩具。”

今晚的这位客人，开门见山地开始了叙述。一番感慨之后，他做了自我介绍。

他叫李小风，今年 29 岁，前职业电子竞技选手，体形高胖，略微秃头。

李小风在 21 岁的时候就拿到了全球最热门电子竞技比赛的世界冠军，连续卫冕了五年，被称为电子竞技界的“上帝之手”。凡是他开始玩的游戏，很快都能做到世界顶尖水平。他出色的战略思维和操作能力让众多玩家崇拜不已，吸引粉丝无数，可以说是中国“电竞”领域的一个旗帜性人物。

五年后，他一身荣耀地宣布“退役”，开始创业，从此在主流媒体销声匿迹。

“这些年，你是经历了什么吗？”庄非懒洋洋地打了一个哈欠，坐直了身子，喝了一口咖啡。

李小风叹了一口气，说：“我从小家里很穷，唯一能带给我快乐的，就是游戏。我在游戏中所向披靡、满腔热血，像英雄一样一次次克服困难，最终才有了现在的成绩。

“可是，当游戏玩得越来越好时，却没有什么游戏让我觉得有趣了。那种征服难关的成就感逐渐变成机械和麻木的重复，我有一种厌倦与疲惫，于是就选择了‘退役’。

‘退役’之后，我的生活过得越来越安逸，渐渐失去了当初热爱游戏的那种充满激情与热血的快乐。虽然我拥有了以前不敢想象的财富与荣誉，但是我越来越感到迷茫和麻木。”

李小风停顿了一下，表情怪异地说：“直到一年前，我遇到了那款不可思议的游戏。”

庄非眼前一亮，打了一个响指，让咖啡师准备饮品，拿起抱枕放在怀里，悠悠地说道：“喝杯咖啡，慢慢聊。”

02

一年前的某个夜晚。

李小风刚参加完一个饭局，带着三分醉意回到家，家中空无一人。李小风觉得有些无聊，他不太喜欢出门，依然喜欢琢磨各种游戏。洗完澡之后，他打开了电脑，习惯性地寻找什么新游戏来消磨时间。

谁知刚打开电脑，他就收到了一封邮件。

邮件上写着——

尊敬的李小风先生：

您好！

本公司新出了一款大型三维立体RPG（角色扮演类游戏）——地球online，可以让您体验与挑战各种不同的人生。现特邀您为内测玩家。游戏的内测客户端和邀请码在附件中，期待您会喜爱这款游戏。

此致

问候。

第六天集团

李小风看完邮件后，回想了一下，印象中没有一家游戏公司叫“第六天集团”这么奇怪的名字。

他上网搜索了一下，也没发现相关信息。

他感觉可能是封垃圾邮件，正准备删除的时候，忽然脑海中闪过一丝好奇，鼠标停顿在删除键上迟迟没有按下。

“三维立体RPG游戏，这是什么意思？‘地球online’这名字听起来很霸气啊，难道是类似模拟人生的那种游戏？”

李小风用杀毒软件扫描了一下，没发现有什么问题。他不禁好奇心大盛，点开了附件的链接，开始下载客户端。

没想到不到一分钟，游戏就下载好了。

他不禁嘀咕：“这么小的游戏，能有什么好玩的。”

不管了，先看看吧，反正也没事情做。

打开客户端后，界面上的图片是一张从外太空观察地球的卫星图，还在不停地转动，蓝色的海洋与白色的大气、黄色的大陆构成了我们生活的这个美丽的地球。

李小风输入邀请码，游戏界面弹出一行字——“欢迎您登录亚洲区服务器，正在为您搜索合适的可操纵人生”。

“听起来怪怪的。”李小风一边喝着酒，一边嘀咕。

很快，他的眼前出现了一片金光，和煦而圣洁，好像通往一个未知的世界。

只见画面上的“镜头”开始不断地从太空向地球靠近，越来越快，穿过大气层，穿过无数白云，逐渐显示出亚太地区的板块图，最后竟然落在坐标显示是日本名古屋的一个民宅中。

李小风的眼前出现了一个卧室的俯视图，就跟玩游戏的感觉一样，可以移动鼠标改变视角远近和方向，不过画面上并没有人。

他操纵鼠标观察了一番这个房间，墙上的海报，书架上的漫画，任何细节都如此真实。

李小风忍不住发出了一声感叹：“画质倒是不错，也太真实了，简直就像摄影机拍摄的一样，这是怎么做到的？”

这时，画面上出现了字幕介绍：

人物简介：松田忍，16岁，高中生，饱受校园欺凌而产生轻生的念头。当前，他的生存意志值为23分，游戏目标就是提升其生存意志值达到60分以上。

“什么意思？生存意志值，是不想活的意思吗？”李小风对这个游戏越发感到好奇。

字幕过后，房间的门打开了，一个个子不高、穿着休闲服的少年走了进来。李小风调整视角看这个人的正面，真是栩栩如生，简直就是真人。

“有点儿意思，接下来，我就可以操纵这个人物了吗？”

我们的生命，很可能只是一场游戏，身体只是一个工具。

一旦自己放弃了灵魂，就会成为上天的玩具。

少年从抽屉里拿出一个美工刀，缓缓地走了出去。

李小风按动键盘，跟随少年的背影，来到了浴室。

浴缸中满满都是温水，少年开始脱衣服，躺进了浴缸，伸出左手，将美工刀逐渐靠近了左手手腕。

“看来是要寻死啊。那我玩什么？”李小风按动键盘和鼠标，可是好像没有反应。

“我不会是在看什么电影吧？”

屏幕上忽然出现了倒计时：

十、九、八、七、六、五、四、三、二、一。

在美工刀即将碰到手腕的那一刻，少年突然停下了动作。

屏幕左上角此时出现了一行条状数值：

当前生存意志：23 分。

右下角有个操作提示。

李小风打开一看，还真是有不少操作指令，几乎涵盖一个人会做的大部分动作。不过，对于游戏大神的他来说，很快就融会贯通了。

李小风开始操作，他一动鼠标，少年果然就跟着他的操作站了起来，又蹲下，又跳跃起来，洒出一地水。

“万万没想到，真的可以操纵，这太带感了。”

李小风让少年离开浴室，回到房间，开始擦干身体，换上新衣服，然后一一观察家中的其他地方。

看起来是个很普通的家庭，家不大，有些杂乱，除了他以外没有其他人。

出门一路走，外面是街道、公园、车站、商业区。

“不是吧，这个地图这么大吗？”李小风不禁啧啧称奇。

可是走了半天，虽然说游戏很特别，但是不知道要干什么，生存意志值怎么提高？任务在哪儿？好像什么提示也没有。

李小风琢磨了一下，点击了人物栏的详细介绍，认真研究了一下这个叫松田忍的少年的相关信息和喜好。

“试试看吧。”

他让少年去吃最喜欢的卷饼冰激凌，吃完后，少年的生存意志值变成了 27 分。

“什么啊，吃喜欢的食物才 4 分啊。”

接着去了书店，看了追的连载漫画，提高了 5 分。

又去宠物店，看看可爱的小猫、小狗，提高了 3 分。

这么一折腾下来，已经很晚了，大部分的店都已经关门了，时间显示是东京时间晚上 11 点。

“我怎么发现这个游戏的时间和现实里的是同步的呀，就连去什么地方走路的时间也是按照现实的速率和时间计算的。不愧是地球online，做得真严谨。不过，这么玩可太耗时间了，有点儿没兴趣了。”

李小风有些玩得不明所以，让松田忍回房间睡觉后，就点击退出键，不想玩了。

这时，系统提示，已保存当前的游戏进度，是否打开另外的人生。

“什么意思？”李小风不禁感到好奇，忍不住点了“是”。

画面一转，又是不停缩进的鸟瞰图。这次出现在屏幕上的，是韩国釜山的一个秃顶中年人。

夜色中，中年人站在一座大厦的天台边缘，闭着眼睛浑身颤抖，一只脚已经伸到了半空中。

屏幕上忽然出现了倒计时：

十、九、八、七、六、五、四、三、二、一。

在全身即将要跳出去的瞬间，中年男人的动作停住了。操纵界面开始出现，李小风明白，自己可以控制这个男人了。

冰冷的机器人工声响起：从现在开始，他的人生由你操纵。

屏幕左上角此时出现了一行条状数值：

当前生存意志：9 分。

这时，画面上出现了字幕介绍：

人物简介：朴正宇，39 岁，因被朋友欺骗而导致公司破产，随后妻子与人私奔，丧失了生存意志。

李小风开始操纵这个韩国中年男人，先是从天台上下来，找了家路边摊吃点儿热乎的食物，然后漫无目的地走在大街上。中年男人经过一家商场的时候，李小风忽然注意到商场的电视上正在播放当下的新闻，这让他有一种奇妙的预感。

他操纵角色拿出手机，开始拨打国际电话，输入了自己的手机号。

“你来电话啦，你来电话啦，就不想接，就不想接……”

李小风的手机铃声适时响起，来电显示上的地点正是韩国釜山。

李小风瞪大了眼睛，盯着响个不停的手机，久久反应不过来。他操纵“角色”挂断了电话，这边的手机铃声也停止了。

“地球……online？”李小风盯着眼前这个游戏，陷入了又惊喜又恐慌的情绪中，“莫非这是神的游戏？”

03

随后的日子里，李小风推掉了一切事务，专心致志地待在家里研究这个游戏。他让日本的松田忍每天早起跑步锻炼身体，加入学校的空手道社团，在学校遇到有欺凌他的坏学生时，果断选择了战斗模式。以李小风的神之操作，松田忍轻松地打败了几个不良少年。然后又让他勇敢地对暗恋的女生告白，其余时间安排他认真学习。不到一周工夫，已经没有人敢欺负松田忍了，他的生存意志值也从原来的 23 分上升到了 67 分。

当分数达到及格线的时候，系统跳出一条信息：是否放弃操纵，归还自由意志?

李小风想了想，点了“是”，继而把游戏保存，方便以后继续观察。万一那个小子又寻死觅活，自己再救他吧。

相对于松田忍，韩国的朴正宇就没那么好处理了。遭受朋友和爱人的双重背叛，又欠了一屁股债，这日子可不是一下子就能变好的。李小风操纵他去找工作，不管是做外卖、送快递，还是工地搬砖、饭店洗碗，总之是让他不绝望，尽可能坚强地活下去。朴正宇的生存意志值一直在 10 分左右徘徊，这让李小风觉得很心疼，又无奈。人到中年遇到这样的变故，说一句要坚强地活下去，其实没那么容易。

除此之外，李小风还开启了另外几个人物：有中国山村被父母抛弃的留守儿童，大城市默默承受家暴的温顺妻子，东南亚小国的孤独老人。

这些人的人生，无不充满悲剧与苦难，李小风越玩越发现自己也无能为力。即便资助了留守儿童，他内心遭受抛弃的痛苦也不会消失；即使救助了被家暴的妻子，可是柔弱的个性会让她始终胆战心惊；孤苦无依的东南亚老人，只想在不能动弹之前默默死去，即便救下了她，也无法给她一个安稳的晚年。

人生一旦到了地球 online 中丧失生存意志的程度，要燃起对生活的热爱实在太难了。

“原来，人生才是最难玩的游戏。”

04

“所以，你后来还在继续玩吗？”庄非淡淡地问道。

“仅仅是五个人的人生，就已经让我感到喘不过气来了。既然有缘相识，那我还是尽我所能帮助他们吧。资助了留守儿童上学，找了律师帮受到家暴的妻子离婚，以及亲自去了一趟东南亚小国，找到那个老人，把她送到养老院。既然上天让我操纵了他们的人生，我也无法做到事不关己，漠不关心。只是从那以后，我就再也不敢开启新的任务了。”

“据我所知，你应该是这个游戏里玩得最好的那一类玩家了。”庄非点点头，表示赞许。

“是吗？可是很多任务我都没有完成，他们的生存意志值还是很低。”

“据我所知，有不少玩家知道了地球 online 的真相后，不但没有帮助里面的人物，反而肆意妄为，让他们去作奸犯科，做了一些罪恶的勾当。有不少恶性事件，比如所谓的‘蓝鲸死亡游戏’，就是这些玩家搞出来的。”

李小风睁大了眼睛，说：“这可是神的游戏，这样做不会遭受报应吗？”

庄非苦笑了一下，冷冷地说道：“不，这是恶魔的游戏，只是你选择了善良。人类最宝贵的东西，就是本身的自由意志。当一种力量剥夺了自由意志而为所欲为，那就远离了神性，成了魔鬼。”

送走李小风后，庄非难得地变得精神抖擞，从沙发上一跃而起，对咖啡师青轩喊道：“走，又到咱们去降魔的时候了！”

第五杯

轮回死劫

01

门开了，一阵清凉的风掠过庄非的发梢。他在打坐之中睁开眼睛，看到了一位年轻人。

这位客人站在门口，神色不安。

他的长相看起来非常普通，可是眼神中却藏着一股深邃的苍凉与绝望。

打从他进门起，他的全身就一直在颤抖，一度让人以为他得了什么病。

“欢迎光……”

店长的话还没说完，此人就已经激动地握住他的双手不停地用力摇晃，睁大了眼睛对他说：

“终于，终于见到您了！我太激动了！”

“嗯？你认识我？”庄非有点儿纳闷，毕竟自己对他没有一点儿印象。

"我不认识您，但我知道您是谁。"男人露出了奇妙的微笑。

"哦？我是谁？"

"您就是这个系统的 Game manager（游戏管理员）吧？"男人说着已经激动到流泪了。

"游戏管理员？什么游戏？你别激动，坐下，喝杯咖啡，我们慢慢聊。"

男人看庄非的眼神，真的好像看到了神明一般，充满了敬畏与崇拜，让他不自在。

看来，这家伙身上一定发生了什么不寻常的故事，庄非不由得期待了起来。

庄非松开他的双手，转身坐回柔软的沙发上，拿过一个抱枕，将自己惬意地埋入一切质地轻柔的物件中。他伸了个懒腰，露出倾听者善意、亲切的微笑。

他随即对咖啡师点头示意，让男人先坐下，整理一下心情。

男人似乎被感染了，轻轻打了个哈欠，随即坐到了庄非对面的沙发上，好奇地观察起这家咖啡馆。

"经历了上百次的轮回后，我就知道，我迟早会来到这个游戏的后台。看来，这家咖啡馆就是系统的后台管理中心吧？"

难得有一位客人不需要咖啡与挂钟的暗示，就直接讲起来。看来，他的确埋藏了很深的秘密，一直找不到听众。

"我不知道你在说什么，不过我很乐意听你说出心中的秘密。"庄非说。

"说来话长，就从我有记忆的第一次死亡开始吧。"他沉沉地说道。

"哦，死亡，还第一次？"店长接过服务员拿来的咖啡，轻轻抿了一口。

"对了客人，怎么称呼？"

"称呼，只是一个暂时的代号。我有过上百个身份和姓名，就叫我

X 吧。”

“好吧。X，那请开始讲你的故事吧。”

X 喝了口咖啡，露出好喝的神情。

放下杯子，他深深地吸了一口气，开始诉说。

02

我最初的记忆，是一个无可救药的待业青年。

穷，矮，胖，笨，一无是处，连我都讨厌自己。

毕业三年多了也找不到正经工作，几十次面试失败之后，就陷入自卑与逃避之中。

每天待在家里，啥也不干，就是盯着电脑看动漫、玩游戏，沉浸在二次元的世界。

我爸妈每天看我的脸色都很难看，成天唉声叹气地说自己命苦，人家养儿防老，他们是没指望了。

周围邻居的闲言碎语、鄙夷的眼神，让我越来越不敢白天出门。每天昼夜颠倒，身体日渐虚弱。

一天晚上，我出门买夜宵，偶遇高中时暗恋的班花沈甜儿和她的男朋友。

她热情地跟我打了招呼，和我随便叙了叙旧。她变得更漂亮了，身上的衣服一看就价格不菲。

我感到自惭形秽，怕自己现在的糗样被老同学们知道，找了个借口就逃开了。

在回家的路上，有一只乌鸦一直跟着我，哇哇怪叫，好像在嘲笑我。

这让我非常生气，几次拿石头去砸。结果，反而被乌鸦拉了一泡屎在头上。

气急败坏的我回到房间，乌鸦竟然飞到了我房间对面的电线杆上，直勾勾地看着我。那表情，简直像个人！

连只鸟都要笑我，做人真是太失败了！

照着镜子，看到镜中猥琐、邋遢的自己，又回想起见到的班花的男朋友，又高又帅，一看就是有钱的精英。我对自己的厌恶感达到了顶点，像我这样的人简直不应该出现在这个世界上。

我越想越生气，越想越难过。

多年来埋藏在心底的自卑与痛苦一下倾泻而出。

“像我这种人，活在世上有什么用呢？”

我无力地躺在床上，在心里痛骂自己。

“是啊，还不如早点儿死了投胎。”

心中出现了另一个声音，好像催眠一般不停地在耳边环绕。

“早点儿死了算了。”

“死了算了。”

“死吧，Loser（失败者）！”

这声音越来越震耳欲聋，越来越清晰，就像真的在耳边。

“死就死，烂命一条，怕什么！”

我蓦地起身，涌起莫大的勇气和决心。在那一瞬间，我对自己糟糕的人生已经厌烦透顶，只想着早死早超生。

“怎么死呢？”

我打开电脑，以自杀为关键词在网上搜索起来。

跳楼？割腕？吃安眠药？溺水？撞车？

浏览了一个多小时也没下定决心，时间不知不觉到了午夜 12 点。

就在我犹豫不决的时候，忽然网页上弹出一个窗口。

我以为是个网页游戏广告，正准备关掉的时候，却发现这个界面有种神奇的感觉，让我一下愣住了。

上面是黑乎乎的一个荒野的界面，无比真实，甚至能听见风吹过的声音。

远处忽然冒出一个穿着白色风衣的高个男子，渐渐走到了画面中间。他的脸上戴着一个精致、古雅的脸谱，肩膀上还停着一只白色的乌鸦，气定神闲地盯着电脑这边的我。

“你是否已经失去活着的勇气？”白风衣男子似乎在对我说，声音低沉，似有一种蛊惑力。

我瞪大眼睛，觉得这个网游做得好赞，充满了真实的神秘感。

“是啊，我好想死，我受够了。”我连连点头。

“想死的话，不如先来体验一下轮回的可怕。”白风衣男子似乎真的跟我在对话一般，接下了我的话。

我有点儿发怵，觉得有说不出的诡异。

随即，画面中间出现了一个大标题，金光灿灿的四个大字：轮回世界。

白风衣男子对我伸出了一只手，似乎在邀请我点击进入游戏。

我有种被催眠般的恍惚，鬼使神差地移动了鼠标，双击了那四个大字。

一阵眩晕的白光陡然在面前闪现，我本能地闭上双眼，瞬间失去了感觉……

03

当我渐渐感到恢复意识的时候，我发现我处在一个黑暗的房间里，身体在不停地上下摆动，耳边还传来女人的呻吟声。

“啊，老公，老公你好棒！”

什么鬼！

我吓得一下子惊起。

“扑通”，我从床上掉到了地上，头上摔了一个包。

“疼疼疼。”

躺在地上的我摸着脑袋，一片混乱。

会疼，不是梦？

什么情况？

我在哪儿？我在干什么？

我只记得我点击了那个叫“轮回世界”的网页游戏，然后就不省人事了。

忽然眼前一亮，女人打开了灯，一脸惊诧地望着我。

“怎么了，老公？”一个娇柔、美丽的女子裸着身体在床上问我。

“沈甜儿！”我不由得大声惊呼了出来。在床上裸着身的美女，正是我晚上偶遇的班花——沈甜儿！

“是我啊。你没事吧，是不是撞到脑袋了？”沈甜儿一脸惊恐地披上毯子，下床来到我身边，扶我坐好。

我惊魂未定，看着眼前无比真实的美丽脸庞，再看看自己的手脚修长而结实，胳膊上的肌肉鼓鼓的。

我盯着自己的身体，反复揉捏，确认这是我的身体，确认不是做梦。

我脑海中充满了“十万个为什么”，乱得一塌糊涂。

起身走到厕所，看到镜子里的自己，分明就是今晚见到的沈甜儿的男朋友！

“真的假的？”

用力拍着自己的脸，我陷入了极度害怕与极度惊喜的矛盾心情中。

难道说，我占据了这个男人的身体？这也太扯了吧！

沈甜儿在门口看着神情古怪的我，露出了不解的表情。

“你这是突然怎么了？”

“我……没什么，可能是有点儿醉了。”我解释道。

“刚才你怪里怪气的，吓到我了。”沈甜儿从背后抱住我，让我犹如置身天堂。

转念一想，管他那么多为什么，今宵有酒今朝醉！

这一晚，我疯狂地和她做着一直以来做梦都不敢想的事。我不管这一切到底是怎么回事，反正我知道这次我是真的重获新生了！

第二天早上，阳光直直地射在我脸上。我迫不及待地一跃而起，到厕所照镜子确认自己有没有变回来。

果然，还是那张英俊的脸庞。

太好了！这小说一般的重生剧情，简直是上天的恩赐。

我回想起昨晚那个网页游戏，猜测那可能是进入新世界的入口。我太幸运了！

我忽然想到，此刻家中那个 loser 的自己到底怎么样了？

虽然我隐隐觉得不妙，但还是想确认一下。

我找到手机打给家里，过了好一会儿才有人接听。

是我妈接的电话，我差点儿就喊出了“妈”。

“谁呀？”有气无力的感觉。

“伯母您好，我是您儿子的朋友，有事想找一下他，请问他在吗？”

“我去叫一下他。”

过了一会儿，忽然听到电话那头传来惊呼声、脚步声、哭喊声。

我一下就觉得不对劲儿了，立马挂了电话，准备回一趟家。

“你去干吗呀？”沈甜儿睡眼迷离地问我。

“回一趟家！”我不假思索道。

“啊，这不就是你家吗？”沈甜儿诧异地惊起，忽然眼神变得犀利起来，“你不会已经结婚了吧？”

“哪儿跟哪儿啊，我回一趟爸妈家。”我也懒得解释，直接出门了。

打了车来到自家楼下，发现已经有救护车停在小区街道上了。

还没走上楼，就看到医院的人抬着一个人小心翼翼地下楼，我父母在后面哭得不成人样。

往担架上一看，上面躺着的小胖子可不就是我？！

我感到毛骨悚然，看来原来那个我果然在昨晚就死了。

我跟父母解释说是他们儿子的好朋友，问到底发生了什么事。

他们说自己什么都不知道，儿子躺在地上，不声不响还以为他死了，可是一摸还有热气和呼吸。

这天，我跟着他们一起在医院等待抢救，还帮忙垫付了医药费（话说这小子果然很有钱，钱包打开就是上万元现金）。最后，医生说人虽然是救活了，但以后可能会变成植物人。

具体病因他们也说不清，可能是大脑缺氧或神经元退行性改变等原因导致的意识障碍。

我看着号啕大哭的父母，心里很酸楚。原来我这个没用的败家子，在他们眼里这么重要。我好想紧紧地抱住他们，安慰他们。

“他是我很重要的朋友，我会把你们当作自己父母一样看待的。”离开前，我真诚地向父母说了一个不是谎言的谎言。

04

接下来的日子，我慢慢地熟悉了自己这个新的身体和身份。

很奇怪，虽然现在都是我的自我意识，但我慢慢地能回忆起一些这个新身体以前的事。

比如，我拿出他的银行卡，静下来想一会儿，就会回想起密码。

当我见到他的父母，这个人父母的名字，我想一会儿也全部记得。

明明是另外一个人，但他人生的经历和回忆，我竟然也全有。

现在的我就像是原来的我和这个人的结合体，只是他的自我意识完全消失无踪了，被我鸠占鹊巢。

这个人叫汤诚，是个富二代，父母都是做房地产生意的。虽然父母不是超级富豪，但他也绝对能坐享其成、衣食无忧，名下有多处房产和一个小公司。就是收房租，也够他随便挥霍了。他每天什么事都不用干，只要享受人生就好。

这开挂的人生啊，和原来那个小胖子简直是云泥之别。投胎真是一门技术活，我愤愤不平地想。

于是，我提出了一笔钱给我原来的父母，算是报答养育之恩和弥补心中的愧疚。

父母生养我不容易，我的悲惨生活不能怪他们。

此后的一个多月，我过上了无忧无虑的自在生活。要钱有钱，要去哪儿去哪儿，简直就是天堂。

随后我发现，原来这汤诚不止沈甜儿一个女朋友，简直是个大种马，处处寻花问柳，各种关系暧昧不清的女孩起码有一个连。手机一到晚上就会有各种女孩来关心、求约，忙得一塌糊涂。

甚至我还发现，其中还有不少是人妻，经常发过来极具挑逗的照片和信息。回想原来那个我，真是饱汉不懂饿汉饥，旱的旱死，涝的涝死，“人心不足蛇吞象”。

对于女人，我倒是不贪心，有沈甜儿这个多年的梦中情人就足够了。

“你最近怎么每天都能陪我？以前，你老是动不动就说忙，我还怀疑你有其他女朋友呢。”沈甜儿小鸟依人地依偎着我，而我的手里提着满满的大包小包。

“因为你是我最喜欢的人啊，不陪你陪谁。”变了一个人后，我说话自信多了。

“总觉得最近……你好像变了一个人似的。”沈甜儿瞪大眼睛看着我，看得我心虚、冒汗。

“我现在这样……不好吗？”我结巴道。

“真好，我爱死你了。”说着，沈甜儿就给了我一个甜蜜的吻，让我陶醉不已。

我开着跑车，身边坐着梦寐以求的姑娘，飞驰在午夜的街头，幸福感爆棚。

回想起以前的悲哀，如今的生活简直就像触底反弹之后的大乐透，每天都如梦似幻。

在一个无人的十字路口，停车等着红灯的间隙，我牵起了女友的手，含情脉脉地看着她。

“真的，现在的我好幸福，但愿我们一直这样下去。”我说。

“只要你爱我，我就永远不会离开你。”沈甜儿娇羞地回应。

忽然，我的眼前一亮，感到身后有什么在靠近。我猛地一回头，竟然看到一辆红色的大型水泥罐车打着强烈的远光灯向这边驶来。

“有病啊，开个屁远光灯啊！”我骂道。

万万没想到，这辆水泥罐车开到离我大概 100 米开外的时候，忽然疯了一般加速向我的车开来！

“不好，快下车！”我大喊。

“砰！”

“轰轰——”

“轰隆隆隆，咚咚。”

来不及了！

我们还没做出任何反应，水泥罐车已经结结实实地撞了上来，一下子把我们的车撞出了几十米远。我只感觉天翻地覆，整个车子都倒了过来。

“这么倒霉，遇到车祸？”我奄奄一息，无限唏嘘。

没想到，这辆水泥罐车撞完之后，随即不带停地碾压了上来。我看着已经昏迷的女友，心中惊骇莫名，却在电光石火之间明白了。

这，是谋杀！

最后一瞬间的记忆，停留在了身体被碾压的巨大疼痛之中。很快，我就失去了所有的知觉……

05

我感觉我的意识在无限的黑暗中飘荡，轻盈而自由。飘着飘着，忽然看到前方有一片光亮，我难以抑制地飘了过去。

眼前模糊一片，我在昏昏沉沉中睁开眼睛。

“老板，老板？”耳边是几个人小心翼翼的呼喊声。

我睁开眼，三五个男人或坐或立或蹲，待在我的身旁。

HOM
sun
去往未

轮回世界!

我猛地想起这个游戏的名字，

忽然好像明白了什么。

难道，这是神灵开发的游戏?

只要我的身体死去，

我的意识就会轮回到另一个身体上，占据他的身体。

搞什么，难道我没死吗？

“老板，你没事吧？”一个穿着中山装，精瘦、干练的中年人问我。

看来，他们口中的老板应该是在喊我。

我有点儿没缓过神来，只觉得后脑勺“嗡嗡嗡”地发胀。

“老板，需不需要去医院看看？或者我叫个医生过来。”“中山装”又说。

我有点儿有气无力，挥挥手让他们先别吵，我想安静一会儿。现场立刻恢复了安静。

我闭目养了一会儿神，晃了晃脑袋，脑海中还是水泥罐车压上来的场景。我不由觉得后背发寒，感觉全身都在莫名地疼痛。

忽然，电话声响起，打断了我的思绪。

我睁眼一看，只见“中山装”拿着手机一脸尴尬地看向我，眼神似乎在询问我是否要接电话。

“接吧。”我说。

“嗯，嗯，好，明白了。你们做得利落些，我会跟老板说的，就这样。”“中山装”几句话结束后，忽然对其他人摆手示意他们出去。

很快，大厅里就只剩下我和“中山装”了。

他神态恭敬地看着我，似乎在等待我的回应。我下意识地伸了一下手臂，忽然发现我的手臂相当肥硕。一惊之下，我低头观察自己的身体，发现是一个体态臃肿的胖子，穿着一件雕龙绣凤的睡衣。

“什么鬼？！”

我一跃而起，大脑顿时又乱作一团。

莫非，我又一次“重生”了！

“老板？”“中山装”一脸莫名其妙，一副想说什么又不敢说的样子。

我急匆匆地找到这座别墅的厕所，对着镜子发了半天愣。

镜子中的我是一个满脸肥肉、面相不善的中年胖子，尤其是一双凶气毕露的眼睛，眼白多、瞳孔细长，像是“指环王”系列电影中的妖怪。

我看着镜中的“自己”反复确认，露出一脸惊诧莫名。

那个 loser 变成了植物人，我就成了汤诚。汤诚出车祸死了，我又变成了这个胖子，到底是怎么回事?

轮回世界!

我猛地想起这个游戏的名字，忽然好像明白了什么。

难道，这是神灵开发的游戏?只要我的身体死去，我的意识就会轮回到另一个身体上，占据他的身体。

天哪，那我不就不会死了吗?真是又惊悚又刺激!

我很佩服自己的适应能力，很快我就平静了下来。

管他是真是假、是梦是幻，就把这一切当作一场游戏吧。这么有意思的游戏，且行且感受。

回到客厅，我对“中山装”说：“我之前怎么了？”

“老板，您说着话突然大叫一声晕了过去，吓了我们一跳。可是没过一会儿，您又突然醒了过来。老板，是不是最近太累了？”“中山装”回答道。

原来如此，果然是原来的意识被我抢走了。

“现在好多了，就是头有点儿晕。没什么事的话，你先走吧，晚上我想早点儿休息。”

我说完看看表，发现此时离富二代汤诚出车祸的时间，不过半个小时。

“好的，老板，我也差不多要回去了。对了，您吩咐的那件事，我已经找人办妥了。那小子已经被水泥罐车碾成了肉酱，您要不要看现场照片？”“中山装”走到我身边小声说。

我顿时如同雷击，惊讶得说不出话来，鬼使神差地点了点头。“中山装”赶紧点开照片，把手机递给了我。

照片上的车祸现场，已是一片残骸，但那辆红色的跑车，我一眼就认出来是我晚上开的那辆……

原来今晚的车祸，是眼前这个人干的！

不，或者准确来说，是现在的这个“我”干的……

“老板，已经安排做事的人连夜跑路泰国了。这种事故肯定抓不到人，我办事，您放心。”“中山装”若无其事地说。

拜托，你们在杀人呀！怎么说得好像只是做了一顿饭那么熟练、轻松！

“嗯嗯，我知道了。”我神色低沉，对他挥了挥手。

“中山装”欲言又止，讪讪地离开了。

我需要冷静一下，刚进入这具身体，我只有之前两副身体的记忆，至于如今这个胖子到底是谁、是干什么的、有什么过去，我是一点儿都回忆不起来了，只觉得一细想后脑勺就“嗡嗡嗡”地疼。

琢磨着先睡一觉再说吧，一打开卧室的门，吓得我往后退了一步。

“你谁啊！”

房间的角落蹲着一个衣衫破碎、鼻青脸肿的年轻女人，手脚都被绑在窗户的栏杆上，嘴巴还被粘上了黑胶带，含混不清地发着声音。

她泪眼婆娑地望着我，眼神中满是恐惧和绝望。

“不会是绑架吧？”我一下觉得后背发凉，倒退了几步。

本来昏昏沉沉的脑子也因受刺激清醒了过来，我的脑袋里“翻江倒海”，像是闪回快退的电影画面，涌上一幕幕的记忆。

原来，现在这个身体是一个黑道的老大，道上人称“蛇老”。明面上是投资者、生意人，实际上做着各类黄赌毒的违法生意，做过的坏事数不胜数。

眼前这个女人是他的情人。一周前，他通过“中山装”老唐调查的照片，得知了情人与富二代汤诚（我之前那个身体）偷情的事实，怒火中烧。于是策划了这场暗杀，给情人一个教训。把女人暴打了一顿后，正在犹豫要不要做掉她。

女人呜呜地嘶鸣着，像是在对我讨饶，身体因为极度害怕而抖个不停。

我叹了口气，心想：“这个王八蛋真是太造孽了。”

轻轻撕下女人嘴上的黑胶带，示意她先不要发出声音。

她惊恐地点点头。

“我放你走，你能逃多远就逃多远，永远不要再回来了。明白了吗？”

女人只是一个劲儿地点头。

我搜索脑海中的记忆，想起了这个房间有个保险箱，于是从保险箱里拿出一沓钱扔给她：“走吧。不要让我再看到你。”

尽管这个女人背叛的人其实跟我没关系，但我看到她，情绪中却有股莫名的愤怒。看来，换了一个身体之后，他之前的事情也会或多或少地影响到我。

我的意识就像一桶水，每多转换一个人，这桶水中就加入不少记忆掺杂在其中。

女人又惊又喜，钱也没敢拿，直接起身踉踉跄跄地往外跑去。一边跑，还一边回头张望。

我躺上床，之前那场惨烈、残酷的车祸依然历历在目，那种剧烈的疼，痛似乎仍然能够被唤醒。这场所谓的“轮回游戏”实在太可怕了。

忽然，楼下传来女人的呼喊声。我顿时紧张起来，起身下楼。我还没走到楼梯门，就突然听到一声巨响。伴随着整个厨房冒出冲大烈焰、炽烈火光，我还没反应过来，只觉全身被火焰所包围，撕心裂肺的剧痛感涌上心头，一切又变成混沌一片……

06

黑暗中，我似乎成了一只无形的小虫子，胡乱飞舞，没有方向。

跟之前那次一样，忽然看到远方有一道光芒，我像被磁铁吸住一般倏地进入光芒中……

“啊……”我打了一个哈欠，迷迷糊糊地睁开眼睛。

此刻，我的面前是一道前车窗，窗外的明月巨大而皎洁。此处是郊外的森林，远方某座山头正腾空升起熊熊火焰，照亮了黑夜。

“嘟嘟嘟嘟。”

口袋中的电话响起。

“喂，我们都看到了，做得干净、利落，恭喜呀。”电话中一个阴沉的声音传来。

“看到什么？”我有些回不过神来。

“少给我装傻，以后有钱大家赚，你可别学他。祝你好梦，唐老板。”

电话很快就挂断了。

我还是丈二和尚摸不着头脑。

熟悉的感觉很快漫上心头。

待业青年、花花公子、黑道老大，之前的三段记忆都无比真实地浮现在心头。不用问，这次，我又被“轮回”了。

我已经没有之前的茫然无措，立刻挪过后视镜凝视自己。

一看之下大吃一惊，此人正是先前在黑道老大面前毕恭毕敬的“中山装”。

许多此人的记忆开始复苏。

此人名叫唐家明，是个毒贩，长期帮蛇老打理贩毒的工作，深受蛇老重用与信任。

不过，蛇老很抠，对手下不够仗义。每次都是自己拿大头，几个手下拿小头。毒贩们担惊受怕，冒着生命危险却只能赚到小钱，觉得付出远大于收获。几个毒贩都很不满，终于决定联合干掉蛇老，推举老唐做新的老板。

蛇老向来谨慎，神出鬼没。为做到万无一失，老唐布了一个局。

先是培养一个符合蛇老喜好的女人接近他，成为他的情妇。然后亲自安排这个情妇的住所，既方便自己动手脚，又可以让情妇监视蛇老的一举一动，方便掌控时间。

本来是想找人勾引情妇拍照作为证据，没想到这个女人自己按捺不住寂寞去跟富少偷情，省了不少事。

这种事情当然越少人知道越好，所以蛇老几乎没带多少手下就过来了。而这边厢，全是老唐的人。

煤气早已准备好，只等老唐离开，就来个“瓮中烧鳖”，死无全尸。追查起来，也只是煤气泄漏的事故。

“这帮人啊，真是一个比一个狠辣。”我叹着气，拿出烟静静地抽着。

看着烟雾缭绕，我忽然毛骨悚然。

第一点：轮回似乎有一定的规律。比如，蛇老杀汤诚，老唐杀蛇老，于是我的意识在受害者与加害者之间移动。

第二点：每一段轮回的时间都在不停地变短，死亡时间在提前，死亡的方式各不同，死亡人数在增加。

第三点：这个游戏如何停止与退出？

第三点才是最让我害怕的。

一根烟燃尽，我低头正准备再拿一根烟，忽然听到有人敲窗户。

我一侧头，只听一声闷响，什么东西穿过我的太阳穴，鲜血随之迸溅。

“什么……”

来不及细想，我已经魂归西天。

最后的画面，是车窗外许多枪声响起，车子被打得千疮百孔。

果然……躲不过啊。

07

中间经历了乱七八糟的重生后，当我再次睁开眼的时候，发现这一次，我是一只狗——一只黑不溜秋的藏獒。

我还是能记得之前的事情，但是我此刻只觉得愚痴和愤怒。

那些事似乎跟我没有关系，我只是想吃、想打架。

这太可怕了，我可能真的要彻底变成一只动物了。不行，我得做些什么！

趁着别人不注意，我跑了出去。后面的人死命追赶我，直到一个悬崖边。

与其做狗偷生，不如自尽痛快。

纵身一跃，腾飞凌空。

08

那之后的“轮回”，我的记忆非常模糊，隐约记得变成过各种各样的虫子、蜘蛛、蟾蜍、猫头鹰、蛇等动物。轮回了很久很久，才终于变成了一个小孩儿。

这个小孩儿是个熊孩子，他拿着石头砸死了一只野猫。

很快，我的意识转移到了这个小孩儿的身上。我看到眼前猫的尸体，静静地掩埋了它。

我知道这个小孩儿也活不了多久，可是举目一看，四周是一片山，不像有什么危险的样子。

我迷迷糊糊地沿着山道往山下走去，心里琢磨着到底怎样才能踏踏实实地活下去。这每一次死亡的记忆太鲜明、太恐怖了，我真的不想再无止境地轮回下去了。

正想着，突然听到“轰隆隆”的巨响。

我抬头一看，此刻的山腰上无数石块和泥土如同流水一般飞快地滚了下来。

“这次是山崩！”

我绝望地闭上了眼睛。

09

好挤。

真的好挤。

好闷的感觉，渴得不行。

谁在挤我！

我猛地睁开眼睛,发现周围是许多长着红色长须的怪物在推挤着我!

我的天，吓得我一屁股摔了一个四脚朝天。

哎呀，我的手、我的脚怎么变成了短短的一根根?

我是什么东西?

我的意识渐渐恢复后，我才发现这是一个大盆子，而此刻的我是一只小龙虾!

真是越来越惨了，好不容易变回人，却又变成了这种悲剧的生物。

观察了一下四周的情景，这八成是在某家大排档的夜宵摊。过不了多久,我就要和辣椒、花椒、八角之类的东西一起下油锅了……“救命啊!救命！”我放声大叫，张牙舞爪。

我的命怎么这么苦啊，这个游戏到底有完没完啊!

忽然有一张脸出现在我眼前，仔细一看，是一位绑着双马尾、清秀可爱至极的美少女。

“救命啊！救命！”我突然感到她听得见我说话的声音，继续放声大喊。

美少女饶有趣味地盯着我看了一会儿，忽然神秘地笑了笑。

“老板，来份麻辣小龙虾，我要这盆。”她指了指我所在的这个盆子。

我忽然觉得头疼欲裂，眼前发黑。

10

“阿嚏！”

一个响亮的喷嚏把我惊醒。

我只觉得浑身无比疲惫、酸麻，好像身体被掏空了。

啊，想起来了，之前作为小龙虾最后的可怕回忆。啧啧，还是不要回想了。

这里怎么这么黑、这么冷?

我抬头看到眼前的明月，大得惊人，仿佛就在街道尽头。

等眼睛适应了一会儿后，我发现街道尽头有一家店亮着灯。

随着我慢慢走近，终于看清了招牌的名字——秘密咖啡馆。

这时，我才突然意识到，我有手有脚，又重新变回了人。

“太好了，我终于回来了！是不是退出这个该死的游戏了？！”

直觉告诉我，前面那个咖啡馆能让我解脱。异常的激动让我浑身忍不住颤抖，发力狂奔向咖啡馆，战战兢兢地打开门一看，我惊呆了。

是那个姑娘，那个盯着小龙虾的我发笑的女孩!

瞬间，我明白有救了。

11

“我的故事就是这样，希望你们可以救救我。”X 先生流着泪，充满期待地看着店长。

“呃……你的故事很惊悚啊，比咖啡还提神。”庄非从沙发上坐起来，伸了一个大大的懒腰。

“你想我们怎么救你呢？”鹿蝶走到桌前坐下，眼神嘲讽地看着 X 先生，说，“当初要自杀的是你。你要知道，自杀的人等于放弃了自我意志，很容易被一些奇怪的力量操控。救你，你又是哪个你？我们救的又是谁？”

“我……”X 先生被问得哑口无言。

“丫头，好好说话，别整这种莫名其妙的哲学问题。”店长弹了一下鹿蝶的脑门。

“我说正经的呢，你要帮你帮，我最讨厌这种生活稍有不顺就要死要活的人了。他们真的不知道生命到底有多可贵。”

“生命真的可贵吗？那为什么还有那么多残忍的杀害和战争？”店长看着鹿蝶问。

“那是因为大家都以为死了就什么都没了，所以才会无恶不作。身体只是容器，意识就像是水，根据容器的不同，会有所差异。本质上，所有的伤害都是自相残杀。”鹿蝶反驳。

“都是凡夫俗子，你就不要苛求太多。给我个面子，帮他一次吧。这次只有你能帮。回头我放你一个月假。”店长慈祥地看着鹿蝶。

“反正累的不是你，哼。”鹿蝶别扭地站了起来，走向门口，回头恶狠狠地说道，“还不快跟上来，还想死一次吗？”

X 先生一愣，立即跪拜在地，对着庄非和鹿蝶来回磕头，感激涕零。

“别这样，来者都是客，何况今晚我也收集了一个不错的故事。”庄非站起身，拍拍 X 先生的肩膀，温柔地把他搀扶起来。

“这次如果能回去，就好好地活。”店长语重心长地劝道。

X 先生点头如捣蒜，神情肃穆。

出门前，他突然回过头来问店长：

“老板，轮回到底是否真的存在？”

“我不知道，我只是个开咖啡馆的。”他笑笑。

X 先生愣了一愣，沉默转身。

12

市医院的住院部十八楼某病房，一个植物人在各种设备的维持下沉睡着。

窗外，一阵冷风吹过，轻轻地把窗户打开了一条缝隙。

一只金色的蝴蝶散发着光亮，轻盈地飞入了房间，停在植物人的枕边，轻轻地振动着翅膀。

一阵光闪烁，蝴蝶转瞬消失无踪。

黑夜重归寂静，一切都没有变化。

第二天清晨，植物人的母亲来到他的身边，一脸慈爱地擦着他的脸，说着家里的事。

“孩子啊，昨晚你爸又喝多了。喝多了就骂自己、打自己，说是他从小对你太严厉才把你害了。其实说起来还是怪妈，妈太由着你的性子、太娇惯你了，让你吃不了苦，才会想不开。”

她说着说着，眼泪就“吧嗒吧嗒”地落了下来，滴在植物人的额头上。

“对不起孩子，我真没用，又哭了。”她正要拿毛巾擦拭的瞬间，忽然看见植物人的眼皮跳动了起来。

母亲大惊，反而向后退了两步，随即大喜过望，瞪大了眼睛盯着植物人的眼睛。

他终于缓缓地睁开了眼，同时嘴巴张成了一个圆形，打着长长的哈欠：

“啊——困死了。”

母亲的眼泪如同决了堤，她一下子紧紧地抱住了孩子。

“妈，你干吗啊？！”一脸惊诧的胖子顿时手足无措。

出院那天，阳光明媚，胖子觉得神清气爽，仿佛重生一般。

父母在一旁高兴地合不拢嘴。

“孩子，这段时间有没有做梦啊？”母亲突然问。

“梦？好像是做了很多，但好像都是噩梦，我记不得了。倒是最后……

我梦见自己变成了一只蝴蝶，在天地之间遨游，好不自在。”

“哈哈，庄周梦蝶吗？”爸爸说。

胖子猛地一激灵，心中冒出一个念头：

“也许现在的自己，才是蝴蝶的梦。”

第六杯

旅途中的陌生人

人们踏上旅途，总有各种各样的起因，或是想逃避什么，或是想抓紧什么，或是想明白什么，或是想遗忘什么……

旅途上值得回忆的东西很多：风景、美食、经历、奇遇……有时候，只是在旅途中偶遇的人却会令你久久难忘，甚至影响你的一生……

01

一场春雨过后，空气分外清新。

吃过午饭，庄非一如往常地往沙发上一躺，望着窗外的浮云出神。

店里的服务员鹿蝶正在灌溉店前小院子里的植物盆栽。咖啡师青轩对着电脑一脸严肃地码着代码，一切看起来都是如此祥和。

门口经过一个穿着清新可人的年轻女孩，她不由自主地被咖啡馆散发的奇妙与神秘所吸引，好奇地走了过来。

鹿蝶停下洒水，对她微笑道：“进来喝杯咖啡吧。”

女孩也还以一笑，轻轻推开了门。

“肚子有点儿饿，我点个意大利面吧。”女孩对吧台的青轩说。青轩点了点头。

女孩随意挑了一个位置坐下，欣赏着窗外的春色，似乎真把这里当作一家普通的咖啡馆了。

庄非挑了挑眉毛，起身走到女孩面前，淡淡地说：“客人，今天天气这么好，讲个故事给我听如何？”

“故事？”

“这里是个收集秘密的咖啡馆，只要你讲一个秘密给我听，我可以给你免单。”

“这都行？”

“当然，我是老板嘛。”

女孩眨了眨眼睛，爽快地说：“我正好经历了一件怪事没地方说，那就这么愉快地决定啦。”

庄非看了看这个纯真、爱笑的姑娘，在心里嘀咕：“是不是找错人了？”

庄非问：“姑娘怎么称呼？”

“叫我潇潇就好。”

这时，青轩端着做好的意面上来了。青轩很少做咖啡以外的东西，不过手艺依然很不错，意面色香味俱全，有着艺术品般的食物质感。

“看起来好好吃哦，不介意我先吃个面吧，我一天没吃东西了。”说着就开始旁若无人地大快朵颐……

吃完后，她又点了一杯爱尔兰咖啡。伴随着咖啡醇厚的香气，她的故事终于开始了。

潇潇的这个故事，与她青梅竹马的男朋友有关。

02

她和男朋友青梅竹马，他们两家就住对门。两家人的关系很好，经常会一起打球、爬山、聚餐。很小的时候，双方的父母就经常开玩笑说非对方的孩子不婚……

女孩似乎很愿意聊男朋友，一脸藏不住的喜欢和爱意，开始滔滔不绝地讲他们的往事：一起读书、一起准备考试、一起早起跑步，是师长和父母都认可的早恋……直到上大学第一年，男孩的父母因为工作要移民去西班牙，男孩也要去一所较好的巴塞罗那的大学。两个人一下子要分隔这么远，不禁抱头痛哭……最后，彼此约好不忘记对方。男孩说学成后一定会回国发展，女孩也开始学习西班牙语，表示以后要去西班牙看他……

寒假开始后一周，潇潇已经买好了机票，跟家里说了以后，一个人踏上了去西班牙的飞机。她没有告诉男朋友，她知道他家的地址，想给他一个惊喜……

听了半天，庄非心想：“难道真的搞错了？这怎么听都是个纯爱言情故事啊……”

潇潇坐了十多个小时的飞机，中途还在德国转机，等到了巴塞罗那机场时只感到头重脚轻、全身疲乏，很不舒服。出了机场，才发现外面下起了暴雨。她没带伞，一时不知道去哪儿，就在机场附近找了一个咖啡馆，点了一杯热咖啡，查了查巴塞罗那的地图和酒店等，想等雨过天晴后再去找男朋友……

坐着坐着，舟马劳顿，加上因为即将见面的兴奋一晚没睡好，潇潇不知怎么就睡着了……也不知睡了多久，迷迷糊糊中似乎听到有人在喊她。

潇潇在蒙眬中睁开眼，发现有个人站在自己面前说："姑娘，姑娘，你是中国人吗？"

潇潇抬头一看，是一个穿着中山装、两鬓斑白、眼睛炯炯有神的中国老人。

"我是……请问？"潇潇说。

"太好了，我刚下飞机，看到外面这么大雨就来这里坐会儿，吃点儿东西。不过，这里都坐满人了……你看……如果你不介意的话，老头子可方便跟你拼个桌？"老人问道。

潇潇一回头，没想到一个瞌睡之间，店里已经坐满了人。

"大爷太客气了，应该的，请坐吧。" 潇潇说。

大爷轻轻地拍了拍自己的包和衣服，微微鞠躬，微笑道："你好，叫我老周好了。"

这位大爷举手投足间，非常温和、慈祥，透着很好的修养，声音也很柔和、好听，一点儿也不像这个年纪的人。

而且，很奇怪的是，从见到他第一眼，潇潇就有一种莫名的熟悉感……

外面下着雨，又都身处异国他乡，一老一少两个中国人很快就在咖啡的香气中彼此熟悉，开始闲谈起来。

老周告诉潇潇，他是来见自己年轻时最爱的人的，来了却一桩多年的心愿。

潇潇调侃他："都这么大年纪了还这么痴情，您老真是用情至深。那您这次来见她，是为了什么？"

老周喝了一大口咖啡，笑了笑，说："我用了一辈子的精力，也许只是希望再次看到她的笑容吧……”

虽然这话貌似很矫情，但潇潇看着老周伤感而深情的眼神，心中莫名隐隐生疼……“能跟我讲讲你跟她的故事吗？”潇潇问。

老周有些怅然地说道：“她是一个春风一般令人舒服的姑娘，优秀、善良，笑靥如花，身边的人没有一个不喜欢她的。从小到大，我们都是同学，从我情窦初开开始，我的眼里就再也不曾看得见其他女孩。我好喜欢她的笑容，杨柳一般眉眼跳跃，她的碎花长裙、白色衬衫，马尾在阳光下摆动，头发在清风中飞舞……”

这老头写小说的啊……潇潇在心里轻轻吐槽。

“可我太平凡、太普通，我知道我没有那种命。我也没有过非分之想，只是打心底里祝福这样的姑娘能一辈子幸福、美满。

“一直以来，她都像是我的梦中人。只要能够远远地看着，我就已经很幸福了。而且，她有个青梅竹马的邻居，从小就很优秀，家境优渥。两个人出双入对、郎有情妾有意，是令所有人都羡慕的一对玉人……”

“哦？那你是怎么跟她有交集的？”

“原本她这样的姑娘，是我一辈子都不敢想的。对于感情，我只能把所有的爱慕都放在心里，一心扑在学习上努力读书。没想到，倒在学业上越来越有成绩，和她考入了同一所大学……在开学的时候碰到她，她跟我打了招呼，我觉得人生太美好了……她喜欢在图书馆看书，我也是。周末的午后，能在图书馆远远地看到她看书的神情、身姿，是我最美好的期盼……”

啊，这是一个老爷爷暗恋女神的故事，好带感。潇潇的心里开始有了小小的兴奋。

“然而，大一寒假过后，我有很长一段时间没有见到她……当时，我并不知道发生了什么，也无处打听，心想或许是出国了。

“当我多年后再次见到她时，已经完全认不出她来了。她变得很消瘦，双目无神，整个人好像被抽空一般颓废，没有一点儿表情，木然地走着……

“很久以后我才知道，那年放假，她去找她外地的男朋友。结果有一天晚上，她男朋友一家被入室抢劫的劫匪杀害了……她男朋友拼命保护她，才让她逃出去报警。可等她报警回来，那一家人都倒在血泊中了……

“她觉得是自己害死了他们，愧疚不已。这之后，她就好像失去了灵魂一般，有时候突然就默默流泪，有时候傻笑一整天，有时候睡好几天不吃东西……父母都担心她会做出傻事来，天天提心吊胆，陪伴在她身旁劝解。就这样过了好多年，她才慢慢恢复正常。

“后来，我去悄悄找过她。她比之前好多了，但是我再也见不到从前的她那种美好的笑容了……她的眼里似乎总是少了一种神采，看到她的眼睛，就好像跌入了冰冷的湖水。

“现在的她，如此令人心疼。这也许是种宿命和我的幸运，我想我要做点儿什么，一定要让她的笑容重新绽放，让她可以真正幸福……”

潇潇看着当时老周动情的神情感觉自己热泪盈眶。老周真的太痴情了……

老周说到这儿，突然看了看手表，叹道：“不好！小姑娘，我还有急事要办。今天跟你聊得很开心，如果有缘还能再遇到的话，我请你吃西班牙大餐。”

临走前，他放了一张面值较大的欧元，说是感谢潇潇陪他聊天。

潇潇说这怎么好意思。

老周忽然犹豫了一下，有些不好意思地说：“离开前，能送我一个笑容吗？”

潇潇有些莫名其妙，但还是爽快地给了他一个明媚、灿烂的咧嘴笑。

老周愣了好一会儿，眼角似乎有泪水，感慨地说：“谢谢，谢谢……”

说着，他拿起包和帽子急匆匆地跑向外面打的去了……

真是个怪人，潇潇心想。

潇潇来到了巴塞罗那圣安东尼区，这是一个咖啡馆聚集地，食肆性质的酒吧和休闲的早餐馆到处都是。她找了一家小旅馆，放下行李，就去欣赏巴塞罗那的风光了，顺便去找男朋友家的地址。

在街区溜达了一圈后，潇潇终于找到了男朋友家。当她走到离他家不远时，发现一辆警车停在他家前面，很多人围成了一圈聚集在那儿。潇潇的心忽然被揪紧了，一种不祥的感觉在心头弥漫。她回头一想，老周刚才故事中的女子的形象和恋情竟然和她巧合得如此相似！

而老周故事中的那个青梅竹马的男朋友……

潇潇一下子就慌了，拨开人群往里面走去，还大喊着男朋友的名字。

这时，她听到一个惊讶又熟悉的声音：“潇潇，你怎么在这儿？”

潇潇的眼里已经莫名地含满了泪水，她紧紧地抱住男朋友，不停地喃喃说道：“真好，真好，你在，你在就好……”

男朋友一脸诧异和惊喜，也紧紧地抱住潇潇：“你什么时候来这儿的？怎么也不跟我说一声，我还以为我在做梦。”

“不是梦，我们要一直在一起，都好好的。”潇潇把头深深地埋进了他的怀里，也分不清流眼泪是因为喜悦还是激动。

事后，男朋友跟潇潇说，今天傍晚，突然外面有人在砸玻璃窗，把附近几家人的门和玻璃都砸了。大家都被惊吓到了，都出来看什么情况，还有人直接报警了。他也是有些莫名其妙。

不知为何，潇潇脑海中想到了那个匆匆离开的老周和他故事中那个一生最爱的女孩……

之后，潇潇和男朋友度过了一个愉快的假期。不知为何，有时候潇潇和男朋友手牵手走在巴塞罗那的大街小巷时，总觉得有双眼睛在默默地注视着他们……

快要离开巴塞罗那的前一天，潇潇和男朋友在圣安东尼区一个咖啡馆外晒着太阳聊天。这时候，她突然发现有一个穿着中山装的老人笑盈盈地从街角向这边走来。

“老周！”潇潇忙招呼道。

“姑娘，好巧，说明我们真是有缘啊。”老周亲切地跟潇潇的男朋友握手，然后绅士地坐在了他们对面。

“老周，见到你的一生最爱了吗？”潇潇打趣道。

“呵呵，见到了，她过得很开心，我的心愿也了了。我的时间不多了，终于没什么遗憾了。”

老周说着，闭着眼深呼了一口气，看了一会儿天空，略有所思。潇潇和男朋友也一时不知道说什么了……

随即，老周的嘴角轻轻上扬，道：“你们两个小年轻真是郎才女貌，天生一对！看得我这个老头子也觉得青春真好。对了，可不可以给你们拍张照啊。”说着，他有些颤颤巍巍地从包里拿出一个拍立得。

“啊，对，抱紧点儿。男生别害羞呀，这么漂亮的女朋友，亲密点儿。来，阳光这么好，来点儿笑容。好嘞，茄子……咔嚓——真好看！等等，再来一张好吗？1、2、3，茄子！啊，真是美好啊！”潇潇与男朋友紧紧依偎着露出幸福的笑容，心里却都感觉老周的情绪开心得有些反常。拍完照，两个人才惊异地发现老周已经老泪纵横。他以一种异常慈爱、柔和的目光看着这对小情侣。

“真好，真好，看到你们这样，真好……”

说着，老周拿出手帕擦了擦眼睛，留下潇潇和男朋友茫然无措……

老周看了看手表，说：“我的时间不多了，我要回去了。年轻人，好好珍惜彼此。能牵着对方的手，已经是种莫大的幸福了，千万不要松手。哈哈，不多说了，再见了！”

老周拿起包，拍了拍衣服，一步一步，头也不回地朝街头走去……一边走，一边唱着：

红颜若是只为一段情

就让一生只为这段情

一生只爱一个人

一世只怀一种愁

……

歌声渐渐飘远，潇潇的心中却莫名地有些酸楚，有种说不出的复杂滋味……两个人依偎在一起，手中拿着老周递过来的拍立得照片，看着老周孤独的背影消失在街角。照片中的他们笑得好甜……

潇潇猛然想起老周初见她的时候说的话：“我用了一辈子的精力，也许只是希望再次看到她的笑容吧……”

“潇潇，你为什么在哭？”男友关心地问。等她回过神来，老周早已不见了，她的眼泪早已爬满脸庞……

03

“老周也许不叫老周，他的出现、故事、举止、话语都充满了谜，我有时想是不是我多愁善感了，但心中却有种挥散不去的感受，他似乎早就认识我……

“我一想到他看我时那种温和、亲切又心疼的眼神，心中就有说不出的惆怅……

“直到最近，我在电视上看到一个歌手唱起老周离开时唱的那首歌，我的眼泪就像风筝断了线一般不受控制，我哭得不能自已，哭得撕心裂肺。而哭完了以后，我也不知道为什么自己会这样。只是想到的，竟是那个神秘又亲切的老周，他那温柔含泪的眼神、他那痴爱一生的故事，以及最后孤独的背影……”

潇潇说到这儿，那爱笑的眼睛已经噙满了晶莹的泪水。

庄非默默地听着，心里已经知道了大概。他什么也没说，只是用手势示意青轩再做一杯咖啡，用来忘掉这段经历。想必这也是老周所希望的，在一个没有他陪伴的世界，她能幸福、快乐、无忧无虑地生活。

潇潇喝完青轩的咖啡，不停地感慨着这神奇的咖啡也太好喝了！笑着笑着，她忽然打了一个激灵，眼神变得茫然、纯真。

庄非叹了口气，打了个响指，潇潇顿时如泡沫般消散无踪。

鹿蝶坐在潇潇原本的位置上，看着庄非噘嘴：“你就这么轻易把她的记忆清除了？”

庄非翻了翻白眼：“那不然呢？否则，下次让她见到那个老同学，很容易影响这个世界的时间线。”

鹿蝶擦着眼泪，语带哭腔地说：“老周好可怜，潇潇连关于他的最后一点儿记忆都没有了。”

“人间自是有情痴，此恨不关风与月。”

庄非轻轻吟诵着，默默地躺倒在沙发上，忽然想到潇潇点的是一杯爱尔兰咖啡，而爱尔兰咖啡代表的故事含义，是错过的爱人……他有些奇怪的情绪，不禁盯着天花板的吊灯自言自语道：

“所以爱情什么的，真麻烦。”

04

潇潇回到校园后，依旧开朗、明媚，如同四月的春风。

男朋友答应她马上回国陪她，两个人的未来也变得清晰、可靠。

这天，潇潇独自走在校园里，在路上碰到一个眼熟的老同学。她一个兔跃跳到那个人面前，笑着打招呼：“周同学，好久不见，又去图书馆自修吗？”

周同学紧张地点头，手脚都不自在，眼睛也不知道往哪儿看。

“那你加油哦，周同学。你这么厉害，以后一定可以发明出很厉害的东西的！再见啦。”潇潇说完又蹦蹦跳跳地走了。

潇潇走了一段路，回头看了看周同学，心想：“这个周同学总是这么羞涩，以后不知道会娶什么样的老婆……咦？我想这个干吗，又不是跟他很熟。喝奶茶，喝奶茶去。”

周同学悄悄地回头，看着潇潇欢快远去的身影，在心里默默地说：

“好想发明时光机，见证你每一个快乐的笑容。”

两个人反向渐行渐远，从此人生不再有交集。

第七杯

爱的马赛克

01

今天要跟你说的故事，是关于爱情的。

我听到的最多的秘密，都是关于爱情的。

人类目前所处的时代，情爱变得特别泛滥。人们在各种文化娱乐之中歌颂真爱，却没有多少人真的会遇到所谓的“真爱”。

真爱就像外星人，许多人相信它的存在，但真的遇见过的，却少之又少。

我今天要讲的这个秘密，就是一个关于真爱的故事。

02

“你相信这世上有真爱吗？”他的嘴角带着自嘲的笑，眼神迷离地好像是在问空气。

“啥？”庄非突然感觉自己此刻像是个午夜的电台主持人，接到了来自听众的电话。眼前的男人穿着合身的白衬衫，胸前解开了两颗扣子，露出若隐若现的肌肉线条。袖口卷到手肘，他身上散发着麝香与酒精混合般醇厚的香水味儿。恰到好处的青皮胡碴儿，自信而有力的动作幅度，低沉、缓慢的磁性嗓音，使他浑身都释放出一种野性又优雅的气息。说好听点儿叫“潇洒不羁大叔范”，说直白点儿就是一看就知道是情场老手。

庄非装作在思考的样子放空了一会儿，回他：“相信。”

“那你是幸运的，我曾经以为我这辈子都不可能真的爱上谁，也不信所谓的‘真爱’。”

“哟，看来是个感人的爱情故事。”庄非对吧台挥手示意，让青轩弄点儿吃的来。

“不，是个诡异又悲伤的故事。要不是发生在我身上，我肯定不会相信。”男人一口气喝完了剩下的咖啡，抿住了嘴，这是开始酝酿情绪的节奏。

“好啊，我最喜欢听悲伤的故事了。”庄非一脸期待地拍手。

男人翻了一下白眼：“你可能不会相信，这个故事一点儿都不科学。”

“放心吧，在我这里的故事，没有一个科学的。你们理解的科学，也只是你们能理解的范围而已。”

庄非调整了一下坐姿，拿过一个画着柯基犬的抱枕，舒舒服服地把自己埋进了柔软的沙发里。看看挂钟，打了一个响指。

“嗡——”

老挂钟清脆、悠远的钟声回响，咖啡馆内的灯瞬间变得柔和，一道追光打在了客人的身上。

客人一脸惊奇，回头张望，笑说：“你们店倒是装备齐全。”

“哪来的追光，排舞台剧吗？”庄非对后面喊道。

“这样比较有气氛嘛。”后面传来鹿蝶的声音，让庄非扶额无语。

“那么，请开始你的秘密吧。”庄非又打了一个响指。

客人的眼神露出片刻茫然，随即又恢复了神采。

03

“我叫高诚，今年 33 岁。四年前，我是一家 4A 广告公司的创意总监。我擅长奇思妙想的广告创意，又很会交际沟通，所以没几年就在这行做得风生水起。钱多了以后，我身上压抑已久的原始欲望就开始爆发了。男人嘛，总是受不了诱惑，这个行业接触美女的机会又多，我就没忍住。那几年，我周旋在各色漂亮的姑娘之间，沉迷于吸引与肉欲的欢愉之中。对那时的我来说，结不结婚、恋不恋爱根本无所谓。没有比来自异性的好感更能滋养一个人的了，每当有一个新的美女被我拿下，对我来说无疑就像是新添了一枚荣誉勋章。爱是什么，管他呢，能做爱就行。”

高诚说到这儿，摇了摇脑袋，嘴角露出一丝苦涩的笑。

这样的生活持续了几年，高诚渐渐感到乏味且疲惫。他开始怀疑自己这样的生活到底有什么意义。在深夜感到疲惫无助的时候，他发现一个可以说心里话的人都没有。

“我开始渴望找到一份真爱，想找寻一个 soulmate（灵魂伴侣）。不过，这真的很难。”高诚苦笑。有一天晚上，他从情人家里出来，开车回家的路上，跟着导航开着开着，发现自己来到了一片荒郊。

“可恶，这 GPS 也太不靠谱了。”高诚下车看了看四周，发现附近有一家小卖部还开着门，一个富态的老头正抽着烟看着书。

走过去一看，发现小卖部的牌子上写着：第六天集团。

“大爷，我能问个路吗，我现在这是在哪儿啊？要往宁城东区开，该怎么走？”高诚问。

老头抬头看了看高诚，放下书，慈祥地笑了笑。

“宁城可有点儿距离啊，怎么到这儿来了？”

“导航出了问题，开错方向了。”

老人站起来帮他指了指路，说：“往北开，然后看到第一个十字路口往东，就能进入主干道了。”

“谢谢大爷。”高诚感激地道谢，又说，“大爷我买瓶矿泉水吧，有些渴了。”

“好嘞。”大爷拿出一瓶精装的矿泉水递给高诚。

高诚拿在手里一看，上面写着：真爱之水。

“啊哈，这什么牌子的？第一次听说。”高诚笑笑。

“须弥山出品，绝对精品。”老头也笑笑。

“须弥山？没听说过。好喝吗？”

“当然好喝。不仅好喝，还能帮你找到真爱呢。”老头以开玩笑的口吻道。

“哈哈，但愿如此，我巴不得呢。”高诚付完钱，随即上车离开。

按照老人说的，果然不久就走上了主干道，不需要导航也能很顺利地到家。

路上等红灯时，高诚打开矿泉水喝了一口。一口水下肚，他就震惊了。

“老大爷还真没乱讲，这水怎么会这么好喝！”

只觉一口喝下，全身上下都苏醒了，好像一股温暖的力量在抚摩着五脏六腑，让他神清气爽、浑身酥软，真的犹如和心爱之人坠入爱河。

“啊，早知道这么好喝，真应该多买几瓶，不，买一箱的。”

说着，高诚又喝了几口，感觉好极了，整个人都精神起来。

回到家后，高诚把水放进冰箱，打开电脑输入“须弥山矿泉水”查了起来。

“没有须弥山矿泉水？”

他又查了“真爱之水”，也没有查到相关的信息。

“难道是那个地方特有的饮料？算了，无所谓。”高诚打着哈欠，关了电脑，沾到床就睡着了。

一觉醒来，天光已亮。

这天的天气好得出奇，好像有谁把天空认真地刷洗了一遍，还渲染了蓝白。

高诚醒来之后没有一点儿困乏，只感到神清气爽，如获新生。

“啊，睡得真舒服啊！难得能睡得这么香。”

洗漱完，打开冰箱，他忍不住又喝下一口真爱之水。不舍得一口吞下，而是把水慢慢地咽下。

“真舒服啊，改天有空我再去找找那老头儿，多买几箱回来。这完全可以做个广告一炮打响啊。”

高诚的商业头脑“开动”，觉得或许有利可图。

走到电梯口，高跟鞋走路的声音传来，他本能地一回头，差点儿没吓一跳。

他看到一个身材曼妙的美女，脖子以上全是马赛克，就跟电影里那种马赛克一样，模糊得什么都看不清。

高诚使劲儿揉了揉眼睛，确定没有看错，不禁瞠目结舌，半天没回过神来。

“怎么了？”高跟鞋美女看着高诚奇怪的眼神，疑惑地看了看自己的穿着打扮。

“没……没事。”高诚转过头，仍然惊魂未定。

美女翻了个白眼，不再理睬。

走到地下停车场，迎面走来一家三口。然而，在高诚的眼中，又是三个马赛克在浮动。

“什么鬼？！我在做梦吗？”高诚愣在原地，看着三个马赛克慢慢离去，背影倒没有马赛克，好像都只有脸上戴着面具一般。

开车出门的路上，高诚陷入了深深的惶恐之中。

“我是中邪了吗？”他看到路旁来来往往的人群，尽是面目模糊的马赛克。大白天的，却有种百鬼夜行的惊悚。

高诚掉转车头，朝医院驶去。

“你说你看人的脸都是马赛克？”医生饶有趣味地看着高诚，似笑非笑。

“是的，包括我现在看你也是马赛克。”虽然看不到医生的脸，高诚仍然听出了医生丝毫不信的语气。

“我觉得你不应该看眼科，应该去看一下神经科。你的视神经没有问题，我估计是你工作压力太大，出现幻觉了……”医生说。

“绝对不是幻觉，我也没觉得自己精神有什么问题！”高诚有些生气地起身离去。

随后，他又去了好几家医院。医生都表示从没见过这种病状。而且，高诚的各种检查都正常，甚至有医生怀疑他是不是吸毒了。

高诚跟公司请了假，悻悻然躺在家中，打开电视，发现电视里的人物也全是马赛克。

“这是老天对我的恶作剧吗？”高诚无奈地想。

打开冰箱，他习惯性地喝了一口真爱之水。

忽然一激灵，他想起了小卖部老头说的话："当然好喝。不仅好喝，还能帮你找到真爱呢。"

"难道？"高诚盯着手中的真爱之水，陷入了沉思。

高诚想凭着记忆找找那个小卖部。

然后，高诚开车一路寻找昨天晚上迷路之地，终于找到熟悉的路径。开着开着，他发现前方的路越来越荒凉，连路人都逐渐没有了踪影，最终他还是折返回来了。

这天以后，高诚的世界里再也没有看到过一张清晰的脸庞。

"亲爱的，你最近怎么闷闷不乐的？"某个模特情人坐在餐桌对面，柔情地对高诚说。

"没什么。"高诚看着眼前一张模糊的马赛克，即便知道这是个大美女，也提不起兴趣。

曾经那些让他眷恋、迷恋、痴念的美丽脸庞、精致的妆容和流转的目光，如今都失去了意义。

如果所有人的脸都是一样的模糊不清，欲望也就变得无处着落，空空荡荡。

"我公司还有事，我先走了。"高诚起身付账，匆匆离开，就连美女哀怨的眼神也根本看不到了。

他试着跟以前一样约会、恋爱、做爱，可是一切都变了味道，他觉得自己如今做这些事特别没意思。

原来是贪恋千姿百态的美色，如今呢？

就算是不同类型的美女，也只是跟一样的马赛克吃饭，一样的马赛克喝酒，一样的马赛克接吻，还要找半天嘴巴在哪儿。

如果一部电影里的所有角色都是马赛克，哪还有兴致看得下去？

原本热情洋溢的高诚，逐渐变得冷漠、淡然，连工作也不是那么上心了。失去了对女色的追求，他忽然觉得生命一片灰暗，成天借酒消愁。

“阿诚，这次你又立功了。合同签了，我们晚上去酒吧庆祝一下吧，我叫些美女一起 high！”总经理搭着高诚的肩膀笑着说。

“不了，我对美女不感兴趣了……”高诚苦涩地笑了笑。

“不是吧，难道你改变口味了？”经理故作夸张地抱住自己，“我对男的可不感兴趣哦。”

“去你的吧。”高诚看看他，也是一脸的马赛克，男人和女人没啥区别，“经理，我请个年假，最近压力太大，想要好好放松一下。”

“准了，你好好休息，我看你最近是不太对劲儿。”

高诚病急乱投医，既然现代科学的医院治不好自己的问题，他就开始找一些民间大师碰碰运气。

他找了一些玄学大师、巫婆、道士、高僧，还有些所谓“可以降妖除魔的师父”。各类奇人异士找了一圈，五花八门的办法试了一遍，钱花了不少，症状一点儿没改善。

有一个高僧见过他之后，意味深长地摇了摇头：“心病终须心药治，解铃还是系铃人。心不在内，也不在外。你若要寻找解药，就要先寻心。”

高诚虽然完全听不明白，却不住地点头，若有所思。

回来之后，对于恢复正常，他开始绝望。

绝望之后，就是无奈地接受现实。

当他再也不受外表影响之后，他渐渐地发现自己能看清楚很多原来没注意到的事。

那些美女、嫩模失去精致的面孔吸引人之后，高诚才发现她们的肤浅与无聊变得那么明显，谈论的东西永远离不开吃喝玩乐与不停地消费奢侈品。

开会的时候，他看不见所有人的面部表情，便更加注意大家细微的小动作。

有的人虽然在点头，手指却在腿上不耐烦地敲着；

有的人说话声音虽然大，身体却很紧绷，表示他不自信；

还有的同事虽然聊天很亲密的样子，两个人的脚却各自朝向一边，想着早点儿离开……

越来越多人性的细节在高诚眼里一览无余。

“奇怪，我以前怎么没发现，其实身体比脸更诚实？”

04

就这样过了一年，高诚早已对情欲失去了热情。毕竟对着马赛克，觉得自己实在提不起兴致。

他把所有的精力都用在了工作上，逐渐可以独当一面，并受到了越来越多的客户的青睐。

最终，他自立门户，成立了一家广告公司，生意做得风生水起、蒸蒸日上。

只是对于爱情，他只能无奈地摇头。

他养了一只猫、一只狗，每天喝茶、跑步，活得越来越“佛系”。

这天傍晚，他像往常一样开车回家。在一个十字路口等红灯的时候，他百无聊赖地看向路边。

这无心的一看，彻底把他惊呆了。

他看到一张脸，一张清晰无比的脸庞。

一位短发利落的英气姑娘，穿着红色皮夹克，戴着耳麦、背着包，旁若无人地走在路边。

在一群群面目模糊的马赛克中间，她如同莲花一般散发着洁净的光芒。

高诚看傻了，一下子竟呆若木鸡。

“嘟嘟嘟——”

后面的车不耐烦了，绿灯早就亮了，高诚的车还不动弹。

高诚的眼神充满了灼热的光芒，他迅速掉转车头，向女孩的方向驶去。

女孩走到了地铁口，径直坐电梯消失在入口。

高诚急忙把车停到路边，也不管会不会挡道被罚款，热血上涌地冲向了地铁口。

他的脑海中回想起徐志摩的诗句：我将于茫茫人海中，寻我唯一的灵魂伴侣。得之，我幸；不得，我命。如此而已。

“这是命运，这是命运的安排！”高诚在心中大声呐喊，脸上洋溢着激动的神采。

05

她是如此鲜明，如同泥泞的沼泽地上盛开着一朵耀眼的红玫瑰，想不注意都难。

高诚穿过人潮熙熙，循着那红色的光芒快速前进。

他太激动了，就好像在无人的荒岛困了许久，终于遇到了一个活人。

他跟着她踏上地铁，看着她漫不经心地出神发呆。她的一个皱眉，手指调整耳麦的小小动作，都在他的眼里无限放大，如此真实，如此美好。

在这个马赛克的世界里，她如同天使一般，清晰、明亮，皎洁无瑕。

高诚的眼里饱含着热泪，心中暖暖地如同有一轮朝阳在冉冉升起。

他生怕自己忍不住冲上去一把抱住那个女孩，跟她诉说自己这一年来的孤独与落寞。

正当高诚走到女孩身后，想着怎么去说开场白的时候，女孩到站了。

女孩一出车门，高诚就义无反顾地跟了上去，心跳得像“波音777”要起飞。

高诚的手和脚都在颤抖，他只能默默地跟在女孩身后，生怕女孩不见了，自己又重新回到那模糊不清的孤单星球。

高诚的勇气与害怕唐突女孩的心情此起彼伏，他小心翼翼地跟随着。像个跟踪狂一样，跟随着这个女孩，穿越繁华的街角，穿越车来车往的路口，来到无人的小巷。

“喂，你干吗？”女孩忽然转过身，摘下耳麦，眼神冷漠地看着高诚。

“我我……我……”高诚像个做错事的小孩儿，结结巴巴地说不出话来。

“看你人模人样的，不会是要打劫吧，大叔？”女孩亮出了空手道的站姿，气势逼人。

“我……我……”高诚咬了咬牙，鼓足勇气诚实地说，“我也不知道为什么，但在这个世界上，我只能看得见你！”

女孩抽了抽嘴角，一脸莫名其妙。

“神经病……离我远点儿，我可是空手道黑带，你打不过我的。”女孩说着又挥舞了几拳，虎虎生风，看得出的确有功夫。

“我知道我的话有些莫名其妙，但请你相信我，遇见你，真的是命运的安排。”高诚上前一步，饱含热泪地说。

“大叔，我觉得你应该去医院。这种搭讪方式实在太老土了！”女孩满不在乎地转过身，不理睬高诚。

“我一定要认识你,这是老天爷安排的！”高诚毫不犹豫地跟了上去。

“啊——”女孩一个漂亮的回旋踢，快速跟上一个膝撞，撞在高诚的下半身，疼得高诚冷汗直冒，苦不堪言。

“嗯哼，叫你流氓，再来我可不客气了。”女孩说完一溜小跑走了。

“呃……我……不会……放弃的……”高诚咬着牙忍着疼，挤出一句话。

高诚在附近逛了一圈，果然找到了一家空手道馆，嘴角露出了又痛又幸福的微笑。

第二天晚上，当空手道女孩一如既往地戴着耳麦走进空手道场的时候，忽然背后一凉，冷不丁一回头，看到了一个既熟悉又陌生的笑容。

“你好啊，师姐。”高诚穿着道服，恭敬地鞠躬。

“死变态，你竟然跟到这里来了！”女孩架起姿势，准备给他来一个狠的。

“周大鱼，不要乱来，这是今天才来的新生，你要好好关照。”师父出来镇场。

“师父，这个人居心不良，昨晚就跟了我一路，是个变态。”周大鱼不满地说。

“以后都是同门师姐弟了，相逢都是缘分。”

高诚给了师父一大笔费用和贵重的礼物，让师父对他很有好感。

“哼。”周大鱼不满地转头。

练习的时候，高诚就像个痴汉一样，一直跟在周大鱼身边。不管周大鱼脸色多么难看，他都笑眯眯地盯着她。

“啊——”

对练的时候，高诚一次次被周大鱼狠狠地甩出。虽然疼得要命，但他的脸上还是洋溢着一股散不开的喜悦。他简直是个受虐狂，看得周围的师兄弟们一脸“黑线”。

“大鱼说得没错，这个人真的是变态……”大家悄悄讨论。

练习结束后，高诚又屁颠屁颠地跟了上去。

“师姐，给我个电话呗。”

“谁是你师姐，大叔你都多大了？”大鱼冷眼看着高诚。

“那大鱼，给我个微信呗。”

“不给！大鱼是你叫的吗？”大鱼气呼呼地转身走了。

“没事没事，那我送你回去吧，我开车来了。”高诚锲而不舍地跟了上去。

“这人到底是来学拳的，还是来泡妞啊。”师父看着他们离去的身影，含笑不语。

“没想到咱们大鱼也有人敢追，佩服。”几个师兄弟默默地鼓掌。

06

对当时的高诚来说，与其说有多喜欢周大鱼，倒不如说是因为周大鱼是这个世界上他唯一看得清楚的人。也许不是唯一，但至少是他至今碰到的第一个能看见的。

他相信，这个人一定是自己的真爱。

然而对于周大鱼来说，向来平静的生活，自从碰到高诚之后，就再也难以平静了。

周大鱼今年22岁，读大四，正在一家设计公司做实习生。业余爱好是练拳、游泳、弹吉他，虽然长得不错，但是性格冷淡，不喜欢跟人多接触，几乎没什么朋友，男生都对她敬而远之。

周大鱼去公司，发现高诚在楼下拿着一堆食物，笑容满面地问她想吃什么，牛奶、咖啡、面包、葱油饼、比萨、麦当劳的汉堡他都买了。

她去游泳，到了终点一抬头，发现高诚也从一旁的泳道伸出脑袋装作巧遇的样子惊讶道：“啊，大鱼啊，怎么这么巧？！”

大鱼周末晚上在酒吧演出，高诚带着全公司的人在下面鼓掌欢呼，拿了一大束花献殷勤，一脸感动的样子说简直是天籁……

道馆的人就更不用说了，每个人都好像被他买通了一般，没完没了地说他的好话。

除了自己住的公寓，这个人好像无处不在，他怎么全天候没事干？

“老司机，真可怕。追女孩真舍得花钱、花时间……”周大鱼刷着牙翻着白眼想，“不过，老娘可不是无知懵懂的小姑娘，这么容易被搞定，哼！”

正要入睡，忽然听到隔壁房间有动静，好像是在搬家的样子。

周大鱼忍不住好奇去开门，发现高诚阴魂不散地竟然站在隔壁房间的门口指挥着一帮人搬东西。

“行了行了，今天就这些吧，辛苦大家了。”高诚笑嘻嘻地发钱。

“你有病啊！”周大鱼终于忍不住了，穿着睡衣就站在了高诚面前质问。

“是啊是啊，我真的有病，而你就是我的解药。”高诚倒也没说谎。

“受不了你，你这样只会让我更讨厌你。”周大鱼扮了张鬼脸，气呼呼地关上了门。

“真可爱……我可能真的爱上她了。”高诚盯着大鱼家的铁门痴笑着。

然而，高诚的热情似乎并没有感动周大鱼。周大鱼依然对他冷漠寡言，最多翻几个白眼。

高诚不依不饶、坚持不懈，让自己不断地出现在周大鱼的面前，永远都是那任劳任怨、痴心不改的满脸笑意。

“大叔，你这样我很困扰。说实话，你不是我喜欢的类型，你喜欢我哪一点，我改还不行吗？”

终于在三个月后的某一天，两个人在咖啡馆展开了一次正式的交谈。

“没关系的，只要能看到你，我就觉得满足了。”高诚对周大鱼说。

“你这么优秀，有的是姑娘喜欢你，何必执迷于我这么个不识趣的人呢？”周大鱼确实不解，她觉得自己绝对不是男人会痴迷的那种类型。

“最开始我就说了，我的世界里，只能看到你。”高诚再次饱含热泪。

“所以，这话是什么意思？”周大鱼觉得这个人简直就是中邪了。

“说出来你可能不信，事情是这样的……”

高诚将自己身上遭遇的奇怪事情一五一十地告诉了周大鱼，听得周大鱼半天回不过神来。

“所以，除了我以外，你看所有人都是马赛克？”周大鱼的语气半信半疑。

“是的，听起来虽然很不可思议，但真的都是一大片马赛克……”

“我的天哪……这么神奇吗？”大鱼难得调皮地模仿了一下喜剧明星的语气。

“是的，就是这么神奇。所以，当我第一次遇见你的时候，你能明白我有多惊喜吗？”高诚激动地握住了大鱼的手，大鱼尴尬地抽出。

“就算我相信你的话，可我很平凡啊，不觉得身上有什么特别的地方。”大鱼说。

“别这么说，既然上天安排了你我这么特别的相遇，一定有它特别的含义。”高诚真挚地看着周大鱼，一向冷漠的周大鱼也难得地出现了羞赧的神色。

“实话告诉你，其实我心里一直有个喜欢的人。”周大鱼也开始坦诚相告。

“他是个什么样的人？”高诚问。

“他是我青梅竹马的小哥哥，我们从小一起长大，他一直是我的偶像。他很聪明，好像什么都会，学什么都很快。我身上的很多技能都是他教给我的，比如游泳、画画、弹吉他、滑板等。他对于我，意义非凡。”

“那你们怎么没在一起？他不喜欢你？”高诚问。

“不，我们彼此喜欢，只不过……”周大鱼喝了一口水，深呼吸了几次，才继续说道，“我们在一起后不久，发生了一件意外的事：因为他的无心之过，一个重要的朋友死了。这让他非常自责，觉得自己不配得到幸福，留给我一封告别信，一声不吭地离开了大家，再也没了音信。”

“连他父母也不联系吗？”高诚好奇地问道。

“他……是个孤儿。”

“原来如此。”高诚顿了顿说，“所以……你一直在等他回来联系你？”

“也许吧……他并没让我等，但我总觉得，人要为自己相信的东西留一些时间去证明。也许他一辈子都不会回来，也许我会爱上别人，只是在那之前，我一直问心无愧。”

高诚静静地看着她，轻轻地笑了。

从那次交谈之后，两个人的关系融洽了不少。周大鱼也把高诚当作了一个正常的朋友，不再冷言冷语。

高诚会指点周大鱼一些工作上的事，也发现周大鱼在设计上有与众不同的才华与天赋，就把她挖到了自己的公司。两个人的许多理念不谋而合，在事业上互相支持。

他们渐渐发现了彼此有许多共同点，比如同样喜欢看书、最喜欢的作家是亚瑟·克拉克、推崇尼采的日神精神和酒神精神、喜欢的音乐类型都是爵士、爱看悬疑片和侦探电影、手账控，就连喝鸡尾酒都是首选长岛冰茶……

认识越久，交谈越深，他们越发惊奇地发现彼此在内在方面有太多的相似之处。彼此开始有聊不完的话题，默契与日俱增。日久生情，他们渐渐走到了一起。

两个人嘴上没说，心里却越来越相信，他们真的是上天安排的真爱情侣。

一切都好像水到渠成，高诚在一次精心准备的晚宴之后，单膝跪地，向周大鱼求婚。

周大鱼没有拒绝，微笑着戴上了戒指。

两个人蜜月旅行去了南极，在冰天雪地拥吻，在极光下许下爱情的誓言。

“那是我这一生中，最美好的时光。那时，我真的觉得，我是这个地球上最幸福的男人。”高诚噙着泪，带着笑意回忆往昔。

如果可以一直在一起，即便这个世界模糊不清，只要你我的眼中只有彼此，又有什么关系？

世事总不遂人愿，老天爷似乎更喜欢跌宕起伏的悲剧。

新婚半年后的某天夜晚，两个人背靠背看着书，享受着静谧的甜蜜。

忽然，周大鱼的电话响起。当她接起电话的那一瞬间，整个人如同通了电一般惊诧。

“你回来了？”周大鱼紧张又激动地说。

高诚的心里突然“咯噔”一下，命运的伏笔，爱情的达摩克利斯之剑，终于还是落了下来。

“你去见他吧，毕竟这是你心里过不去的坎。”高诚劝周大鱼。

“可是……我怕……”周大鱼抱着高诚欲言又止。

“没关系的，如果你还是爱他，我愿意退出。”高诚也分不清自己说的是不是心里话。

“你跟我一起去吧……”

“好。”

见到那个男人的那一刻，高诚忽然觉得自己已经输了。

倒不是说那个男人有多么英俊迷人、卓越不凡，而是当周大鱼站在那个人面前的时候，连他这个丈夫，都打心底觉得，这两个人应该是一对。

人的气场是种很奇怪的东西，它看不见、摸不着，但是当两个相同气场的人站在一块儿的时候，你马上就能感觉到这两个人是否般配。

那个人，如今已是一个颇为成功的商人，举手投足之间，透着一种洒脱与懒散。

在周大鱼看那个人的眼神里，高诚仿佛看到了一个不一样的周大鱼。那是他从未见过的周大鱼，散发着孩童般单纯的明媚，那么纯粹、清澈、灵动、真挚。

他听到了自己的心坠入深渊的声音。

那个人懒散地一笑，说：“大鱼，好久不见。”

大鱼的脸红了，既不敢看他，也不敢看高诚。

这所有的一切，无一不在表露着妻子心中深藏已久的爱意。高诚知道这不是她的错，可他还是觉得痛苦无比。

短短一次会面，高诚已经觉得自己一败涂地了。

他是找到了自己的真爱，可是她的真爱，却未必是自己。

“放心，我以后再也不会见他了。”回来后，妻子对高诚说。

“实话告诉我,你是不是根本放不下那个男人……”高诚柔声问妻子。

妻子没有回答，沉默就是答案。

高诚瘫软在地，喃喃道：“不要离开我，我的世界里只有你。”

“不会的，不会的。”妻子抱着他反复地说着这三个字。

随后的生活波澜不惊，但是一切都在悄然无息地发生着变化。

妻子偶尔会露出心不在焉的神情，似乎在想着其他的事。

当他深情地看着妻子时，却觉得妻子的眼神之中开始有了一层莫名的疏离。

她总是装作特别开心的样子，可是越是刻意的温柔，越显得不自然。

有一天，他躺在沙发上，妻子却好像没看到他一般坐在了他的身上，直到他发出声音，才惊诧地问：“你什么时候在这里的？”

高诚慢慢觉得，妻子好像看不清他了。

为了证明自己的猜想，他在自己脸上画满了颜料，像个小丑一样出现在妻子面前。

妻子平静地看着他，回了一个温和的微笑。

“你没发现，我的脸有什么变化吗？”

“变化？……挺好呀，哦，好像有点儿胖了，是吧？”妻子的眼神在游离，似乎在找丈夫的脸在哪儿。

高诚心如死灰，果然，她已经看不清他了。

就像自己看到的外人，都是模糊的马赛克。在如今的妻子眼里，自己也是一片雾气。

高诚深吸了一口气，将鼻头的酸楚和眼眶的泪吸入身体，沙哑地说：

“亲爱的，我们离婚吧。”

07

“我找到了我的真爱，然而她的真爱却不是我。”高诚对店长说完，长长地叹了一口气。

“你希望我帮你治好你的眼睛吗？”店长问。

高诚犹豫了一阵，释然地笑了：

“我希望还是留着吧。也许正像那个和尚所说，心病终须心药治。这双眼睛虽然看不清人，却更能看清人心。也许我一辈子都遇不到那个可以厮守的人，但至少我曾经拥有过真挚的爱情。不亏。”

“那好吧，愿你早日遇到那个也只能看得到你的人。”

“但愿吧，希望这次，我是被找到的那个。”高诚一口气喝完最后的咖啡，满足地闭上了眼。

“谢谢你的咖啡，以及倾听。”高诚穿上外套，潇洒地离去。

“不客气。”庄非瘫入沙发，望着天花板，又看了看掌中的白色芥子豆，笑了：

“爱情，到底是个什么鬼？”

08

很久以后的某一天，高诚戴着耳麦，独自走在人潮汹涌的街头。

忽然，有人拍了拍他的后背。高诚转过身，看到一个穿白色连衣裙的女孩一脸绯红地盯着他的脸，忐忑不安地说：

“不好意思，冒昧地问一句……你是不是也跟我一样，看别人都是马赛克啊？”

高诚的耳机里，正好响起一句应景的歌词：

Wherever you go（任凭天涯海角）

Whatever you do（任凭天马行空）

I will be right here waiting for you（此生为你守候）

——*Right Here Waiting*（《此情可待》）

第八杯

美女皮囊

01

雷隆隆，雨冥冥。

这个夏季的台风已然登场。

一记惊雷轰响，出现一道从天而降的白色闪电。

渡劫吗，这是？

庄非冲完一杯曼特宁，举着杯子站在门口眺望远方，一片雨雾弥漫，看不清天地。

咖啡师青轩收拾着吧台，打着哈欠对庄非说：“老板，今天肯定不会有客人啦，我能早点儿下班去玩会儿游戏吗？”

“不，你老板我掐指一算，马上就会有客人来。”

“不是吧，这种天气都有人？”

“你不觉得，下雨天和咖啡更配吗？”庄非回头温柔一笑，谁知青轩露出见到如花的表情。

“咳，那个……臭丫头呢？”

“不知道，刚还看见她了，可能回房睡觉了吧？”

“哦，看来最近是累着她了。你准备一下吧，那个人快来了。”

暴雨中，一个身材曼妙的身影在不远处失魂落魄地淋着大雨，恍如鬼魅。

庄非连忙撑着伞上前打招呼：“这么大的雨，来我店里坐一会儿吧！”

那女子抬起头，露出非常美丽的脸庞，眼神中带着悲伤和绝望，默默地点了点头。

02

喝着热咖啡，裹着毛毯，在店里的暖气吹拂下，美丽女子总算恢复了一些神采。

看时机差不多了，庄非眯了眯眼睛，顺手拿过两个抱枕放在胸前，将自己舒舒服服地埋入了柔软的沙发中，扭了扭脖子，伸了伸腿，打了个响指，轻声道：“来，这位客人，说出你的秘密吧。”

“可是，我答应了不能说的。如果说了的话，不知道会有什么事情发生……”

“相信我，只有我能帮你。”庄非微笑着，又打了一个响指。

女子发了一会儿愣，随即苦笑回应：“好的，我相信你，听完我的秘密，请你务必帮帮我。”

庄非微笑：“乐意效劳。”

03

“我叫常娟，28 岁。三年前，我还是个普通的公司白领。每天朝九晚五地辛勤工作，时不时还要加班到深夜，只为了在这座城市里生存下去。然而，那时的我长相不佳，即便再努力工作，也迟迟涨不了工资。而那些能力平平、长相好看的女同事，却得到了上司的垂青。她们不用很费力工作也能讨好客户，赚得比我多。我对这个看脸的世界感到无奈。”

那是一年前的圣诞平安夜，常娟独自一人在公司加班，感觉累了，停下来看了看手机。刷朋友圈时，不经意间看到了公司的一位男同事发的一张大家在酒吧聚会的照片。公司里的管理层和一些长相好看的女同事都在，却唯独只有她在公司里辛苦加班到现在。

“太不公平了，这个世界太不公平了！”常娟愤愤不平地放下手机，盯着电脑委屈得想哭。

这不是第一次了，每次同事们有什么私下的活动都从来不叫她。明明她平时待人处世都那么善良、平和，可在那些看脸的人眼里，丑女就根本不是女人，丑女干活多和辛苦好像是应该的。

“干完这个月，我就不干了。他们根本没把我当自己人，我又这么拼干吗？”常娟在厕所洗完脸，看着镜中的自己苦涩地说。

长期以来，因为长相不佳，她受了太多的委屈。从小爹不疼娘不爱，只喜欢她好看的妹妹，什么好衣服和玩具都不给她买。

长得不好看，连朋友都交不到知心的，都是想让自己衬托她们的美。

青春期的时候，别说不敢早恋了，连喜欢别人都觉得不配。男生们总在她背后嘲笑她“人丑只能多读书”。

考研的时候面试，明明自己的成绩更好，却是长得好的室友被录取了。

找工作面试，一次一次被拒之门外，好不容易找到这份工作，也是努力换不来别人的重视和青睐。

就在一周前，相处了两年的男朋友跟她分手，说“以为你人好可以慢慢培养感情，但还是无法爱上你”。

“难道我就真的有这么糟糕吗？”

丑的人拼尽全力都得不到幸福，美丽的人轻轻松松就可以得到别人的喜爱与帮助。

“难道长得丑，就不该活在这个世上了吗？”镜子中的常娟，情绪如同决了堤，泪如泉涌。

回到座位上，无精打采的常娟处理着枯燥的Excel表格，只想快点儿完成后回家。她对工作的最后一点儿执着，在这个晚上一下土崩瓦解了，今后的道路，她只觉得一片灰暗……

正在她出神、忧伤的时候，忽然电脑屏幕上弹出一个小窗口：

“你还在为你的长相而感到心酸吗？你想变美吗？你想有一副好皮囊吗？”

又是无聊的弹窗广告，要是换在平时，常娟肯定看都不看就取消了。然而，当鼠标滑动到关闭按钮的时候，她的手停住了，没有按下鼠标。有一种莫名的感受涌上心头，让她鬼使神差地打开了广告。

一片金光璀璨，耀眼得一下睁不开眼。

“欢迎您来到第六天集团，您的愿望我帮您满足。”

电脑里传出魅惑又有磁性的男人低音。

常娟惊讶地睁眼一瞧，发现此刻的屏幕上是一扇典雅、古朴的大门。大门的正上方有一块牌匾，上书“第六天集团”。门缓缓打开，从门后款款地走出一个穿着白色风衣的高个子男人，他渐渐走到了画面中间。

他的脸上戴着一个精致、古雅的脸谱，肩膀上还停着一只白色的乌鸦，他说不出的优雅、迷人。

此刻，他气定神闲地伸出右手，画面跟着他的右手指到后面的一个柜子前，柜子里面有好多东西。白风衣男子从中挑选出一个白色的精致盒子，然后慢慢地走向画面前方。

最终，画面定格在盒子上，越放越大，出现了产品的信息介绍：

货物名：美女皮囊

功效：能够让你拥有美丽的皮囊

用法：洗澡擦干身体后，请在无任何衣物、饰品的情况下穿戴即可

作用时间：24 个小时

注意事项：

1. 本产品 24 个小时之后将自动溶解，无须取出。

2. 请不要告知任何人有关本产品的信息，否则后果自负。

3. 在穿戴本产品期间，请勿流泪，不然本产品将自动溶解。

本产品试用装免费：请准确填写您的地址，方便查收。

“这是什么啊，怎么看都像是骗子……”

常娟皱着眉头想关闭，那个神秘的白风衣男子又出现在了屏幕中央，伸出左手对着常娟轻声说道：“拿出勇气试试看吧，你的人生将从此不同。”

常娟如同魔怔了，按照提示输入了自己家的地址和电话号码。

输入完的那一刹那，网页瞬间消失，就好像之前的一切都是幻觉。

常娟盯着电脑发了一会儿呆，继而又默默地做起了表格。

回到家中，常娟疲惫地坐在沙发上，回想起那个古怪的广告，还是觉得奇怪。

那个男人仿佛真的在电脑那端和自己对话一般，鲜活得如同真人。

常娟刚倒了一杯水正准备喝时，门铃忽然响起。

“叮咚。”

“叮咚。”

“叮咚。”

三声之后，重归寂静。

“谁啊？”常娟走到门口，有些忐忑。一看手表，都 10 点多了，怎么会有人来敲门？

“谁啊？”常娟想到了那些入室抢劫的伎俩。透过猫眼看了看，没有人。

她挂上安全锁，小心翼翼地打开门，只见门口放了一个纸箱子，上面写着“第六天”三个字。

“难道是那个东西到了？”常娟好奇地打开门，把箱子拿进屋子。

“神神秘秘的，好奇怪……”常娟打开箱子，里面就是之前在网页上看到的白色盒子。

打开盒子，里面是一套白色的卫衣，以及一个接近透明，如同塑料薄膜的面具。盒子底部，还有一份简单的使用说明书。基本跟之前看到的一样。

“真的假的？穿上就能变成美女，那不就成了《聊斋》中的画皮了吗？”常娟将信将疑地把东西放回盒子，继而去浴室洗澡了。

洗完澡，吹干头发、披着浴巾的常娟走到盒子前，伸了伸手，又笑了笑缩回去了。

“不可能的，我怎么会相信这么幼稚的事。”

她起身走向卧室，躺在床上，却翻来覆去睡不着。

“试试……又不会怎么样。也许是什么高科技新产品的推广呢……”

最终，常娟还是将卫衣穿在了身上。

常娟有些微胖，卫衣显得有些紧。她看了看镜子中的自己，还是什么变化都没有嘛。

“哦，对了，还有那个透明面具。”

常娟将面具戴在脸上。突然之间，她感到一股强大的吸力紧紧地贴在脸上，仿佛整张脸都被吸尘器吸住般强烈。

一阵眩晕感涌上来，全身火辣辣的，好像蒸桑拿。顿时，她只觉得意识模糊，眼看就要晕倒，她连忙靠着墙深呼吸。

不知过了多久，等她缓缓地睁开眼睛，忽然发现自己的眼睛看得好清楚。原本近视600度的她，此刻没有戴眼镜却也能清楚地看到所有东西。

她抬起头，看向镜子。

“天哪！”常娟捂嘴大叫。

镜子中的那个人，皮肤白皙、细致，双眼明媚、柔美，闪烁着光芒，鼻子小巧、坚挺，嘴唇性感、红润，整张脸的每一个部位都是那么精致、迷人，如同上帝精心雕琢的作品。

“这真的是我吗？”常娟难以置信地抚摩着脸上的每一个地方，反复确认这的确是自己没错。

随即，她意识到自己此刻全身赤裸。现在的自己，连身材也变得无比曼妙，该有肉的地方绝对丰满，不该有肉的地方没有一丝赘肉，如同长久坚持健身的人，前凸后翘。

她简直不敢相信自己的眼睛，连打了自己三个耳光才确信不是做梦。

“没想到，这个鬼玩意儿竟然是真的？”

终于，她看着镜子中的自己，露出喜极而泣的笑容。在即将哭出来的一刹那，她猛地想起说明书里写的绝对不能流泪的注意事项，立马一抽鼻子，将眼泪收回了眼眶。

半个小时后，焕然一新的常娟已经对着手机连拍了上千张照片，手机内存都不够用了。

“太美了，怎么能这么好看？我自己都快醉了。”对着摄像头，常娟一脸陶醉。

常娟打开朋友圈，恨不得能一口气把照片都发上去，可是继而叹了口气：“要是我真的有这么美就好了。”

这时，她注意到朋友圈里又有人发出同事们聚会的照片，原来大家还在酒吧。

眼珠一转，她有了一个想法。

半个小时后，当常娟穿着一件性感的蕾丝连衣裙，踩着高跟鞋从出租车上走下来时，路旁的男人们都露出了痴醉的表情。

此刻的常娟，就算不施粉黛，依然艳光四射。她进入酒吧后，吸引着酒吧全场男人的眼光。

她有些不习惯这种注目礼，从前的她向来都是小透明。

不一会儿，酒吧里就有五个自认有魅力的男人来搭讪，都被常娟害羞地婉拒了。她含羞带涩的神情，反而让男人们更加如痴如醉。

常娟走到同事们聚会的那个卡座旁边独自坐下。瞬间，旁边的男士们都不约而同地偷瞄过来。互相之间一番推举、怂恿，派了一个长相奶油的主管过来搭话。

“姑娘，一个人吗？我们这边朋友多，要不要一起来坐会儿？”

后面随即传来了同事们加油鼓劲儿的叫喊。

常娟心想果然上钩了，平时在公司那么久没人关心，这会儿个个献殷勤。

常娟微笑着点点头，坐到了总经理的旁边。一众男士欢呼雀跃，其他桌的男人们则是唉声叹气。

“你们都是一个公司的吗？”常娟问一旁的经理。

“是啊，这里都是同事，你怎么平安夜一个人？”

“我的同事们都去聚会了，就我一个人加班到现在。”常娟倒是实话实说，语带委屈。

“什么人啊都，这么不会怜香惜玉。聚会都不带美女，什么破公司啊。”总经理感慨。

“做金融的。”

“这么巧，我们也是金融公司。”

“你们呢，都过来聚会了？没人加班？”

一旁的主管插话：“好看的都来聚会了，剩下丑的在加班。”

常娟听了眉头一皱，抿紧了嘴巴，而后说道：

“那他们不会很委屈吗？”

“哈哈，就一个人，一个丑八怪。土包子有工作就该谢天谢地了，长得那么难看，每天上班看到都倒胃口……”主管好像喝多了口无遮拦。可是，其他的同事却都纷纷迎合，笑意盈盈。常娟只觉得握住杯子的手生疼。

第二天圣诞节，常娟来到前男友常去的咖啡馆，知道周末下午他一般会在那儿做事。

前男友果然在那里，正在电脑前敲着字。

她走到前男友座位旁边的时候，忽然不小心扭了一下脚，差点儿摔倒的样子。

货物名：美女皮囊

功效：能够让你拥有美丽的皮囊

用法：洗澡擦干身体后，请在无任何衣物、饰品的情况下穿戴即可

作用时间：24 个小时

注意事项：

1. 本产品在 24 个小时之后将自动溶解，无须取出。

2. 请不要告知任何人有关本产品的信息，否则后果自负。

3. 在穿戴本产品期间，请勿流泪，不然本产品将自动溶解。

前男友打从常娟一进门就偷瞄了，一看美女要跌倒，赶紧上前去扶。

常娟嘴角偷笑，看来要上钩了。

“真不好意思，谢谢你先生。”常娟撩着头发温柔地说道。

“不会不会，你没事吧？”前男友一脸殷勤。

“没事，怪我自己想心事，没看路。”说完，她莞尔一笑，笑得前男友都呆傻了。

常娟故意坐到前男友旁边的一个座位，时不时故意偷偷瞄他。瞄得他坐立不安，努力摆出很认真、帅气在工作的样子。

“那个……不好意思打扰一下。”常娟悄声说。

“嗯，你说，我不忙。”这态度叫一个温柔啊。常娟心想跟自己在一起的时候，都没这么温柔的神情。

“我昨天去算了命，听说那个算命大师很准的。他说我的真命天子会是在我跌倒的时候扶我一把的那个人。还说了几个条件，所以我想冒昧地问问你，不知道是否方便？”

“请问请问。”男人都快笑开花了。

“第一个问题，请问你是不是属蛇啊？”

“巧了，我真的属蛇，不信你看我身份证！”说着，男人火急火燎地拿出身份证证明，一脸痴汉状。

“太巧了，我都有点儿小激动了。”常娟故作惊讶地捂着嘴巴，“那么第二个问题，请问你是不是做与数字相关的工作啊？”

“天哪，我就是做财务的。不信你看我的电脑，我就是在做财务报表！”

“真是不可思议！那我还有第三个问题，如果第三个问题也一样的话，我就真的相信命运了。”

“你问，你问。”前男友已经兴奋地整个人都热情洋溢了。

“请问，你是否还爱你的前女友啊？”

男人愣了一下，想了一会儿，这个问题如此关键，他觉得要谨慎回答。

“我跟她很早以前就分手了，虽然我很爱她，她却劈腿了。如今，我已经不恨她了，但也不爱她了。这让我至今不敢轻易谈恋爱……”说完，还装出一副沉痛、难过的表情，以为这样就可以感动常娟。

常娟在心里冷冷一笑，表面上镇定自若，装出一副吃惊又遗憾的表情：“那太遗憾了，算命大师跟我说，那个人是一周前才分手的。而且，他从头到尾都不爱她。看来我找错了，那个人不是你。是我太冒昧了，不好意思。”

说完，常娟拿起包起身离开，留下前男友张大了嘴巴留在原地。他想喊说自己就是一周前分手的，可是又不能自己打自己耳光……他尴尬地张着嘴，只能默默地看着常娟离开。

“呸，说什么没有感觉，其实都只是看脸，男人真是肤浅。”常娟恨恨地想着，却也感觉出了一口恶气，好生舒畅。

“小姐你好，能留个联系方式吗？我真的觉得你美得惊为天人。”门口一个帅气的年轻人走上前来搭讪。常娟缓缓抬起头，报以一个灿烂的笑容……

这天晚上回到家，常娟洗完脸，看着镜子中的自己，心生感慨：“长得漂亮真好啊，到处都是笑脸，谁都温柔以待，什么都不用做，就能让别人喜欢。以前那个我用尽全力，都留不住一个‘矬男’，现在的我微微一笑就可以让他为我鞍前马后地忙乎。这世界，真不公平啊。”

忽然手机振动，常娟打开一看，竟然是第六天集团发来的信息。

“咦？我根本没有存过号码，怎么会自己显示名字？算了，这家店神神秘秘的，发生什么都不奇怪。”

打开信息一看，原来是试用期还有一个小时就到了，询问她是否要购买正品。

“正品只需 1000 元人民币，使用有效期为一个月，回复‘确定’就送货。”

“这么便宜？还能使用一个月？有什么理由不买，这简直是老天爷给我的奖励！万岁！”常娟高兴地回复了“确定”。

“可是，我怎么付钱呢？没有支付账号和链接吗？”常娟正琢磨着，忽然门铃响了。

“叮咚。”

“叮咚。”

“叮咚。”

又是急促的三声，很快恢复了宁静。

常娟迫不及待地走到门口，果然又有一个箱子放在地上。

一个小时后，坐在沙发上看电视的常娟忽然觉得身体猛地一绷紧，冷不丁地缩成了一团，打起了寒战，哆嗦个不停。

身体在不停地摇晃之中，慢慢恢复了原本的臃肿和松弛。

常娟斜躺在沙发上，感觉身体被掏空……

来到镜子前一瞧，果然恢复了原来那个又丑又胖的自己，五官都挤在一块儿了，皮肤松弛、暗黄，眼神灰暗。

“天哪，以前看惯了没觉得，原来我有那么丑吗？！”才刚习惯了美人脸，再看原本这张脸简直觉得丑得“惊天地泣鬼神”，难怪公司的主管会说看到她就没胃口。

常娟只觉得不愿看镜子中的自己，一刻都不想停留在镜子前，恨不得马上换上美女皮囊，重新变成那个美人的身体。

“等等，我要先去辞职！这个破公司！”

辞职后的常娟，立马披上美女的皮囊和面具，收拾了东西，结了房租，准备离开这座充满伤心回忆的城市，去一个全新的地方重新开始。

来到新城市，常娟顺利地找到了新工作，很快就因过硬的专业能力和出众的长相在行业内崭露头角。只要常娟出马谈的生意，几乎没有谈不成的。

常娟日渐感受到美貌带给自己的快乐与自信，整个人也焕然一新，散发着光芒，让大家向往与憧憬。

然而很快，一个月的期限快到了。

常娟坐在新家中，忐忑不安地等待着第六天集团发来的信息。

这个第六天集团很奇怪，给它主动发信息一点儿回应也没有。随着一个月结束日期的日渐临近，常娟越来越担心万一不能继续购买，那一切可都白搭了。

离最终期限还有一个小时了，手机忽然振动。

常娟迫不及待地打开信息，果然是续费通知。

“什么，2000 元？才一个月工夫就涨价一倍？”常娟有些不满，但 2000 元的价格尚在可承受范围之内，犹豫了一会儿，她还是回复了“确定”。

“叮咚。”

“叮咚。”

“叮咚。”

又是急促的三声门铃，很快恢复了宁静。

常娟知道，东西已经在外面了。

这次，好像比之前更精致了。

之后的一个月，常娟越发会打扮自己了。以前不敢穿的衣服统统试了个遍，怎么穿都好看，怎么都看不够镜子中的自己。男同事们纷纷献殷勤、帮忙。女同事对她爱搭不理，保持着冷冰冰的距离。男上司总是异常关心，还有意无意地让她陪着去接待客户，创造两个人独处的机会。一切都顺风顺水，常娟太享受这来之不易的一切了。

做美女的感觉真是太棒了。

渐渐地，她已经对男人的注目礼习以为常了，对那些资质寻常、容貌猥琐的男人爱搭不理、心生厌恶。

对上司的请客吃饭和赠送的名贵小礼物都来者不拒，有客户还隐隐提出要包养的意思，她都笑着婉拒了。她已经越来越习惯这具身体，以前那个其貌不扬的常娟似乎只是一场久远的梦。

很快，一个月又快到了。

这次的信息，还是在截止前一个小时出现的。

“怎么又涨价了？ 4000 元，这是等比数列吗？”常娟咋舌，隐隐感觉不妙，拿着手机有些气愤。

“要这么涨下去，我迟早破产，赚的钱都给这副皮囊了。”看着镜子中生气的自己，忽然又心软了，“生气都这么好看……唉，买就买吧，能撑多久算多久。”

果然，下一个月的账单是 8000 元。

常娟恐慌了，她开始拼命地赚钱，利用美色诱惑客户，让他们多投资自己负责的项目。

下一个月，16000 元。

下下个月，32000 元。

然后是 64000 元。

价格越来越高，常娟开始不能承受，已经入不敷出了。再这么下去，这几年的存款都要没了。可是，从来由俭入奢易，由奢入俭难，已经习惯了高端的生活，她怎么甘心回到平庸的过去。那简直是地狱!

常娟拿着手机沉吟良久，终于咬咬牙，给一个有钱的大客户发了信息，问他什么时候有空吃个饭。那个有钱的客户曾经直白地提出过想要包养她。

五星级酒店的豪华套间，常娟在雾气弥漫中冲刷着身体，眼神黯淡，百感交集。

体态臃肿的客户披着浴巾抽着烟，戏谑道："小娟啊，你长得这么漂亮，这功夫有点儿青涩啊，以前都很守身如玉吧？"

常娟听了直犯恶心想吐，还得强打精神回应："在您强大的气场面前，我不就变成小兔子了嘛。"

她觉得自己变得越来越陌生，不仅是这具皮囊，还有日渐迷失的灵魂。

饶是如此，当又一轮的账单出现的时候，常娟开始感到力不从心了。

128000 元！自己工作几年的存款也就十来万元，这下真要倾家荡产了。

可是，第二天晚上就有一场高端的宴会。如果自己不能美美地出现，一切都成空了!

常娟闭上眼，绝望地回复了"确定"。

第二天的晚宴上，常娟意外也不意外地受到了一位儒雅富二代的欣赏。对方表达了追求的意思，这让常娟内心狂喜。

之后的一个月，常娟每天都活在提心吊胆中。

"赶紧辞职，远走高飞，现在还来得及。找个没人认识我的地方，就算丑点儿、平凡点儿，至少安心。"常娟一想到下个月的账单要 25 万多元时，心里就直打鼓。

然而，当每天下班，常娟看到富二代开着跑车在楼下微笑着等待她的时候，之前的想法又完全被推翻了。

“这种生活太梦幻了，简直跟吸毒一般，我早已上瘾，无法戒除。”常娟心知肚明，然而却泥足深陷。

眼看离截止期越来越近，常娟每晚都睡不着，一心想着怎么去赚钱。富二代男朋友虽然家里有钱，可是也不好意思问他要啊。

那些喜欢他的老板客户虽然有钱，但也不是白痴，不会随随便便借给她这么多钱。

“怎么办，怎么办，怎么办啊？！”常娟抱着脑袋，在深夜嘶吼。

最终，她借了高利贷，办了一些信用卡，卖掉了一些包包和礼物，总算凑足了这个月的256000元。

下个月，下个月怎么办？下个月可是加倍的512000元了，51万多元啊，到哪里去找？！

眼看时间一天一天过去，常娟急得如同即将上刑场的死囚，“抖肠搜肺，炽胃扇肝”，五脏六腑都在焦虑。

终于，已经逐渐迷失理智的她，将眼光投向了自己所管理的金融账户。

“狠狠拿笔钱，然后逃到韩国整个容，不就没人发现了吗？”常娟邪笑着，露出冷冷的眼神。

利用之前客户对她的信任和喜爱，她开始组织集资大家的钱，放到一个看起来很有前途的项目上。随后一番安排，她将钱打到了自己的账户上，准备携款潜逃。

然而，在她准备潜逃出国的那天晚上，忽然接到第六天集团的手机短信。

“奇怪，这次怎么这么早？”

“本店推出新款美女皮囊，现在试用一天，请点击‘确定’免费领取。”

“什么，有新的试用品了？简直是及时雨！”

一会儿门铃响起，常娟迫不及待地打开包裹，这次是粉红色的卫衣和面具。

常娟匆匆洗了个澡穿上卫衣，戴上了面具。熟悉的过程之后，她看到镜子中的自己，变成了一个扎双马尾的可爱少女。

就这样，常娟陷入了新的轮回。每经过十轮，就会有新产品的免费试用出现。常娟每次都经不住诱惑尝试，被各种不同风格的美人皮囊所魅惑，一再投入巨款。骗来的钱很快就用完了，她开始做陪酒女郎、卖身。只要能赚钱，她什么都愿意做。

她好累，好累，可是又停不下来。

这天早上起来，外面狂风暴雨，她做了一个决定，决定杀了自己，彻底结束这种可怕的执念。

在暴雨中跳入江水，她感到自己越来越冷、越来越平静。

直到睁开眼睛，发现自己走在一条无人的街上，然后遇到了庄非。

04

“老板，你能帮帮我吗？”常娟楚楚可怜，梨花带雨地看着庄非。

庄非沉默了一会儿，然后缓缓起身走到她身边，说：“如今，可以帮你解脱的方法只有一种，就看你愿不愿意尝试了。”

常娟惊喜地抬头看着庄非，一个劲儿地点头：“您说。”

“把你的灵魂交给我。”

常娟愣了半晌，最终还是点了头。

庄非拉起常娟的手，朝楼上叫喊："臭丫头，下来工作呀！"

05

一家福利院内，梳着羊角辫的小姑娘坐在地板上，流着口水发呆。

她的长相其实很可爱，圆嘟嘟、粉扑扑的，大大的眼睛却无神地放空，显示出了灵魂的缺席。

窗外，一只金色的蝴蝶蹁跹起舞，小女孩露出了无邪的笑容，起身追向蝴蝶。

当她双手围住蝴蝶，打开来偷瞄时发现手里什么都没有。

她正觉得奇怪，忽然全身抽搐，如同痉挛一般倒了下去。

附近的护工阿姨忙不迭地跑来察看，叫人把她送往了医院。

她在黑暗中睁开眼睛，奇怪地观察着四周。

"小美，你还好吗？"护工问。

"小美，是叫我吗？"常娟心想。随即，她看到了自己稚嫩的双手。她惊讶地下床看了看镜子中的自己，又是惊喜又是意外。

"小美，没事吧？"护工走到她身边摸摸她的脑袋。

她抬头成熟地一笑，说："我做了一个好长的梦，也该醒了。"

护工很惊讶，第一次听到这个心智不全的孩子这样说话。

窗外，阳光很好，万里无云，台风终究会过去，明天总会到来。

第九杯

无尽的高考

01

公历 2020 年 6 月 8 日黄昏，高考结束不久，考场的大门里纷纷走出应届考生。他们的脸上或喜悦，或悲伤，众生百态。

考场不远处，一位穿着校服的少年在街上漫无目的地走着，脚步缓慢而沉重，双眼迷离，整个身体如同没有灵魂的躯壳，麻木不仁。

倏地，一只蝴蝶落在他的肩上。与其说是蝴蝶，不如说那是散发着金色光芒的璀璨蝴蝶的光影。蝴蝶轻轻地挥舞着翅膀，仿佛在对他说：

“少年，你有什么心事吗？”

少年盯着金色蝴蝶，莫名地觉得祥和，忍不住伸出手想去碰触。

突然之间，他感觉眼睛刺疼，不能直视。原来，那蝴蝶在刹那间变得更加炽烈和明亮，仿佛一颗微型的太阳。

一道强光闪过，蝴蝶变得越来越大、越来越亮，整个街道和行人们在一瞬间被吞噬，一切的喧嚣在刹那间寂灭。

当少年睁开眼睛时，发现自己站在一条静谧、昏暗的古巷。蝴蝶在前方散发着熠熠光辉盘旋飞舞，似乎在指引着他前往某个地方。

少年的眼睛露出了一丝神采，迈开脚步，紧随而去。

02

秘密咖啡馆内，咖啡师青轩正在看《权力的游戏》最终季。他吃着华夫饼，忽然口齿不清地喊着："不是吧！怎么会这样？！"

"吵死了！我在打坐呢！"店长庄非在沙发上睁开眼睛，举起一个抱枕朝咖啡师扔了过去。

一阵清风袭来，门被轻轻打开。

"有客人了，准备一下。"糕点师兼服务员鹿蝶笑嘻嘻地对店长说。

店长伸了个懒腰，打了个响指，说："青轩，去做点儿吃的。"

"能不能让我看完这集……"青轩不甘心地捧着笔记本电脑。

"赶紧！麻利点儿！"

"哦……"青轩这才心不甘情不愿地走向吧台。

"你们，能帮我解脱吗？"少年直直地看着店长，眼神中透出一种强烈无比的渴望。

"那你要先告诉我，在你身上到底发生了什么。"店长示意青轩把特制的咖啡拿来，递给了少年。

少年喝完特制的咖啡，总算恢复了一些神采。庄非略微端详了一下这位少年，觉得有些蹊跷。

看眉眼也不过十七八岁的年纪，可是眼神中却透露出一股与年龄严重不符的沧桑感，仿佛比他的实际年龄要老上几十岁。

“时间，其实是一场幻觉。”少年冷不丁地蹦出这么一句。

“哦，怎么说？”庄非轻挑眉毛。

话说，最近的客人越来越神神道道了。

“时间只是一个参数，物理位置的变化及自身的变化显现，使我们以为有一种尺度叫‘时间’。就好比我们玩一个单机游戏，如果我们总是在存档读取重来，读取重来，假设游戏中的人有自我意识，那么对于他来说，时间就失去了意义，只是一场自以为是的幻觉。”少年冷静地说着，语气完全不像一个学生，倒像一个教授在上课。

“哦？那你的意思是，现在这个世界，可能只是某个游戏。”

“很有可能，就像电脑中的软件可以复制粘贴，换一台电脑运行，也不会有差别……如果一个人的记忆被修改过，他自己又怎么会知道呢？”他突然睁大了眼睛看着庄非，倒让庄非有种微妙的感觉。

和他讨论这样的问题，倒让庄非有些莫名的不自在。

“关于这个问题，我们稍后再讨论吧，你先自我介绍一下吧。无论你遇到了什么，我都愿意倾听。”庄非打了个响指。

“真的吗？”少年终于露出了些许微笑，“我早看出你这家店不平常了。如果我猜得没错，你是这个世界的管理员吧？”少年的身子靠近庄非，目光炯炯。

“你想多了，我只是一个听故事的，偶尔多管闲事。”其实，这话倒没有说错。

“那好，不管怎样，希望你能帮我。”他对店长意味深长地笑笑。

“我尽力。那么，说出你的秘密吧。”庄非似是而非地说。

“我叫荀回，理论上是个高三参加高考的学生，然而，我实际经历的所谓‘时间’，却起码有几十年之久了。所以，我的心理年纪已经是一个心如死灰的老头了。

“今天是 6 月 8 日，原本是高考结束、高中生活解脱的日子，然而我却遭遇了时间的无穷尽，被困在了高考这三天，一直无法走出去。就好像一个封闭的回路，只能在这三天不断循环。”

“哦，困在高考是指？”

“我的时间因为一种神秘力量的插手，被停留在了 6 月 6 日到 6 月 8 日这三天，轮回反复，不能前进。就像一部总在重播的电影。”荀回沉沉地说道。

“是类似于电影《土拨鼠之日》那样的情况吗？”青轩忽然想起一部电影。

“是的，类似的电影有很多。我一直以为只是编剧幻想出来的电影情节，没想到自己却真的遭遇了。”

“有意思，从头说来。”调整了一下坐姿，庄非伸长了腿，拿过一个柔软的抱枕，舒舒服服地把自己埋进了沙发里。看看挂钟，打了一个响指。

“来吧，说出你的秘密。”

03

随后，荀回开始讲述自己的奇遇。

按理说，今天是高考结束的日子，不过我却经历了数不清的高考，始终无法到达 6 月 9 日这一天。这也让我看起来虽然只有 18 岁，却仿佛度过了上百年之久。

这件诡异的事情，要从出现异变的前一天说起。

6 月 5 日这天，我从学校自修回家，脑子里还回响着之前班主任对我说的话。

班主任说：“就你这种学习态度，以你现在的成绩，什么大学都别想了，你算是完了。本来挺聪明的孩子，沉迷网游、网络小说，每天不读书，只顾着玩。你爸妈辛辛苦苦把你拉扯到市重点，结果培养出这么个玩意儿来，你说你都不知害臊！”

我很绝望，回想起这三年的堕落，我真的很后悔，但已经无力回天了。曾经，我是我们中学的骄傲、我爸妈的骄傲。考到了升学率超高的市重点，就是迈入名校的开始。可是世事难料，当我发现身边的同学个个都是学霸，而且还勤奋过人，我怎么考都考不过他们时，我的压力越来越大，整夜整夜地睡不着，都快得抑郁症了。后来，我高一暑假为了放松去了一趟网吧，就一下子被网游《梦幻征途》吸引住了。在游戏中，我披荆斩棘、征战沙场、结交好友、加入公会，好不痛快。这让我的心情舒畅了好多。

可是，越沉迷网游，我的成绩就越落后。我越努力，就越吃力；越吃力，就越有压力。我开始看网络小说来慰藉自己，我没有朋友、成绩垫底，同学和老师都看不起我，父母开完家长会后沉默不语，这让我觉得自己还是死了算了。

就在6月5日那天，我走在回家的路上，我心底对高考产生了前所未有的恐惧与逃避。我好想离家出走，去一个没有考试，也没有人认识我的地方，重新开始。

“我好希望明天永远不要到来啊！”莫名其妙地，我对着天空大喊了起来。只见一只乌鸦无声地从天空飞过，好像动漫中嘲笑的情节……

就这么想着想着，等我回过神来，我发现我迷路了，走到了一个荒芜之地。我大喊了半天也无人回应，打开手机发现没有了信号。这让我无比害怕，觉得自己是撞邪了。

我在荒野上使劲儿地跑，跑呀跑，始终跑不到尽头。等到筋疲力尽躺倒在地的时候，我发现有一只白色的鸟在我的头顶无声地盘旋。发现我看它之后，它停落在我身边望着我。我仔细一看，发现那竟然是一只白色的乌鸦！

听到白色乌鸦，庄非忽然不淡定地扯开了抱枕，坐直了身子。脸上难得地出现了严肃之色。

荀回继续说着……

我当时觉得自己要么是做梦，要么是撞鬼了。吓得赶紧爬起来想走，却迎面撞到了一个白衣人。

抬头一看，那是一个看起来很优雅的高个子男子。他穿着一件非常古雅的白色风衣，戴了一个京剧的脸谱。他盯着我一言不发，白乌鸦随即飞到了他的肩上，对着他的耳朵轻声叫着，好像在说话。

他转过身向前走，对我摆摆手，说："我有个地方，可以让你彻底逃避这一切，要不要去？"

我这个时候只能跟上去了，不然我肯定会在荒野中饿死或虚脱而死。

走了没一会儿，对面出现了一家不大不小的店铺。看样子，好像是家古董店，牌匾上写着"第六天集团"。

我跟着他走进古董店，发现里面只有一个个好像保险箱的巨大的白色柜子。

他领着我走到了其中一个柜子前，将手放在柜子上，默念了一阵，随即门就开了。柜子里一片漆黑，仿佛有一条暗道通向另一个地方。

"小鬼，进去吧，你就可以回去了。我会送你到一个你不用再逃避明天的地方，让你过得痛快。"

"我……我为什么要信你？这里到底是哪里？"

"我再问你一次，要不要进去？不然，我就把你丢到时空废墟里。"那个人淡淡地说道。

“我进……”我战战兢兢地走向那水流般涌动的黑色阴影，回头问了最后一句，“你为什么要帮我？”

“帮你？哈哈哈。我只是帮我自己！”他的嘴角露出狰狞的一笑，随即就一脚把门关上了。

我好像掉入了深井里，感觉在自由落体，随即惊吓过度，失去了意识……

等我回过神来，我发现我横躺在学校的操场上。一看时间，刚好是午夜 12 点，手机里显示着 18 个家里打来的未接电话。

我害怕极了，觉得多半是自己做了一场噩梦，赶紧给父母回电话，然后往家里跑。

那天晚上，我怎么也睡不着，总感觉有什么不对劲儿。当我静下来才发现，胸口似乎有点儿隐隐发烫。我脱光衣服去镜子前一看，发现我胸前出现了一只全黑的乌鸦文身，这让我吓得当场腿软。

我在网上查了《金刚经》，念了一整晚，直到天微微亮才沉沉睡去。

第二天，父母好不容易把我叫醒，我顶着昏昏沉沉的脑袋考了一天。我觉得自己肯定考砸了，好多题目都没看懂。

高考这三天，我觉得自己简直发挥了最差的水平。我虽然本来成绩就不好，但这次考得更惨了。完了，我估计我什么分数线都过不了，人生一片灰暗。

不过，随后我也想开了。反正高考也是躲不过去的，大不了复读嘛，又死不了。经历过之前的恐怖经历，忽然之间，我倒是想开了。好死不如赖活着，车到山前必有路，该怎么样就怎么样。

于是，我就睡了。结果等我昏昏沉沉醒来，我突然感觉浑身发冷。睁眼一看，我竟然睡在学校操场上！

见鬼了？梦游了吗？我怎么会在这儿？我一摸口袋，手机还在，拿出手机一看，愣住了。

时间显示：2016 年 6 月 6 日零点。

还有 18 个未接电话。

就是我前两天醒来的时间和地点。我的第一反应是：我被“重置”了！其实也不准确，更准确地说，我被“读档”了！

我失魂落魄地爬出校园，走在午夜的街道上。一切都是那么熟悉，可是一瞬间，一切在我眼里都变得无比陌生与虚幻。

是梦，是真？

我跑到附近一家网吧，问老板：“今天几号？”老板说：“明天要高考了，你今晚还来啊？真有你的。”

“别管我了。”我开了一台电脑，戴上耳麦，听着嘈杂的金属摇滚音乐，想让自己冷静一下。

莫非那个白衣人所说的逃避明天之处，就是让我回到过去？

等等，如果真的是这样的话，那就爽翻啦！

我可以不断地玩游戏、看小说、看电影，到处去逛啦！

今天万岁，明天去死吧！

我兴奋坏了，一口气买了一大堆零食，痛痛快快地玩了一个通宵。

当我睡死在网吧的时候，忽然觉得耳朵一疼，原来是我妈来了。我妈气得直哆嗦，揪着我的耳朵一边骂，一边哭：

“你要死啊！明天要高考了还不回家，竟然来网吧玩！你真是没救了你，呜呜呜！”

“妈，妈你听我解释啊，高考的题目我都知道啦！”我一高兴直接把心里话说出来了。

我妈愣了一下，突然很紧张地看着我：“孩子，你没事吧？是不是压力太大不正常了？妈带你去医院看看吧？”

说着,她不由分说地拉着我去了医院……这天晚上,我爸妈轮番骂我，骂了一晚上。我讪讪地下跪道歉，心想这样也不行，万一只是我的一场梦呢？

于是，我开始按照记忆中的高考题复习，不懂的就去问老师和同学，把答案都烂熟于心。

果然,高考出的题目跟我记得的一模一样,我轻轻松松就做完了考卷。心想这次本省的状元非我莫属了，基本除了作文没有扣分的地方呀！

然而，我没有得意太久。8 日当晚我入睡没多久，就又在午夜 12 点准时在学校的操场上醒来……

我一摸口袋，手机还在，拿出手机一看，无语了。

时间显示：2016 年 6 月 6 日零点。

还有 18 个未接电话。

“天啊！”我打了一个喷嚏，不禁裹紧了自己，我不会真的一直活在这三天吧？虽然想想好像很爽，但总有种莫名的恐怖。随即开始思考：应该怎么度过这三天才有意思呢？

首先要有钱，既然我一直活在这三天，那这三天发生的事情基本上都是重复的，那么我就可以中彩票、买股票来赚钱啦。有很多足球比赛也可以通过赌球来当天赚钱，太简单了。

回家要被父母念叨和束缚，还是离家出走比较好。没钱怎么办？只能拿一些父母的钱了。

于是，我偷偷回家把手提电脑拿了，然后偷了一些父母的钱。通过手机赌球赚了好几倍的钱，然后去找了个五星级酒店住了三天，开始不停地玩游戏、看电影、看小说，吃喝玩乐，爽！

虽然这跟我以前过的日子好像也没啥区别，不过有这么多游戏和电影可以玩、可以看呢，怕什么，哈哈！

于是，从那晚开始，我有好几百次的循环，相当于几年的时间吧，都是这么度过的：住五星级酒店，玩游戏，看电影，看小说，吃吃喝喝，睡大觉……当时觉得简直太幸福了，这完全就是天堂一般的日子嘛。没有人烦你，没有考试，没有未来，所有一切都如此熟悉。这几天的新闻我都可以倒背如流了。这种自由自在的感觉，让我乐此不疲。

万万没想到啊！

这样的日子过久了以后，我竟然逐渐觉得无比乏味了。可以玩的游戏基本已经被我打完了，网游即便打了再多的装备，升了再多的等级，到时候又重新归零，让人觉得扫兴。

其他小说、电影、漫画等也是一样，无非就是这些。老的看完了，也根本期待不了新的东西，好多连载的看到最新更新后，等于是自动“终结”了。这真让人难以忍受！而且，无尽地沉迷在虚拟的世界，让我觉得头晕眼花，越来越没有生气和活力，开始本能地感到恶心了。

我梦寐以求的美好生活，原来也不过如此。即便没有考试的压力、没有生存的压力，让我随心所欲去做我喜欢做的事，也会感到厌烦。

当生活中觉得有趣的东西一下子变得失去吸引力时，我一下很颓废，感到害怕。

那我还能做点儿什么好玩的呢？我开始琢磨新的可能。难不成去学习吗？怎么可能？我最讨厌学习了。

女人！突然冒出的这个念头让我吓了一跳，但随即我就兴奋了起来。

我都 18 岁了，从来没有碰过女孩子。牵女孩子的手，会是一种什么感觉呢？吻，是一种什么感觉呢？

天，这么好的机会，我为什么不努力尝试一下恋爱？据说，恋爱是最美好的事情之一！

又是一天醒来，我照了照镜子，觉得自己其实长得还行，打扮一下也可以是帅哥。于是，去商店买了几套时髦的衣服，去理发店做了一个时尚的发型，一下子成了“潮男”，觉得自己还是蛮拉风的。想想以后可以每天换各种不同的造型，还是很有意思的。

这时候，我想起我暗恋了三年的同班同学晓萱，反正明天不会到来，我去告个白又何妨？！怕什么！

已经习惯了重复轮回在这三天的我，已经对任何事情都无所畏惧了。既然第二天除了我的记忆一切都会重来，我又何必担心成功和失败？！

于是，我买了一大束玫瑰花，放在书包里，前往学校。

同学们见到我很惊讶，说：“以为你今天不来了呢，而且为什么打扮得这么帅？”

我自信又神秘地一笑，说：“我已经不需要高考了，今天是为了给青春加点儿料。”

正当大家都觉得莫名其妙的时候，我潇洒地一甩头，从书包中拿出一大束玫瑰花，径直走到了晓萱的面前，单膝下跪，对她表白：“亲爱的晓萱，我喜欢你很久了。”

晓萱一下子被吓傻了，全班同学也都目瞪口呆，说不出话来，随即爆发出雷鸣般的掌声、呼喊声、尖叫声。

“哇哦，荀回你太帅了，看不出来你这么有魄力！”有男生大喊。

“疯了吧，这家伙是不是神经病了？”女生们窃窃私语。

大家越是热闹，我就越是兴奋。趁着晓萱没注意，我迅速亲了她一口就准备逃走，忽然撞到了门口一个大个子。

“荀回，你在干吗？！”闻声赶来的班主任刚好看到这一幕，气得胡子都翘起来了，“你脑子坏了是不是？给我滚去办公室做检讨！”

“哼！”我走到班主任面前，冷笑道，“臭老头，我忍你很久了，你的眼里只有优生是学生，我这种差生你根本就不放在眼里！”说着还竖起了中指表达不屑。

周围一下子变得死一般的沉寂，所有人都对眼前一幕感到不可置信。

趁着大家没回过神来，我赶紧拿起书包飞一样地跑了出去，留下一片惊叹声。

太刺激了！原来这一天还可以这么玩！脑子里开始出现许许多多曾经想做而不敢做的事情，这下有好玩的了！

当我意识到我可以有无数种不用顾忌后果的人生之后，我就不停地去挑战之前不敢做的事情，一开始还只是染头发、打耳洞、抽烟之类的小事，后来随着经验越来越丰富，我开始鼓起勇气去泡妞、去夜店、去酒吧，沉迷于灯红酒绿。许多刺激、有趣的事情让我犹如新生。然而，这样重复上百次后，我又感到厌烦、无趣了，于是我又开始找新的刺激。

我开始不停地旅行，不过能去的地方也不多。因为没有护照，我只能在国内旅行。而且时间很赶，只能在三天之内到达的地方，算上路上的时间，其实只能游玩个大概。这让我非常沮丧，也逐渐丧失了出远门的兴趣。

我开始烦躁不安，整个人充满戾气，只觉得这个世界开始变得糟糕，像个牢笼一样桎梏着我，让我难受。

于是，我开始发泄，会去路上随便找个人打架、去地下赌场赌博，甚至开始尝试在某一天的 12 点即将到来之前，去砸一些车和店铺，一点儿事都没有。

我的胆子越来越大，我开始抢劫，抢了别人的车飙车、纵火……无恶不作，变成了一个彻底的坏家伙。

直到有一次飙车出了事故，在我失去意识的瞬间，又回到了那个熟悉的操场。

我突然意识到，即便我死了，还可以重新开始，简直无敌了。

已经百无聊赖的我开始尝试各种死亡的滋味：吃安眠药，跳楼，上吊，撞车，跳河……不知死过了多少次，连对死亡的恐惧都已经忘了，只知道自己死亡的一刹那，就会失去意识，重新在学校的操场中央醒来……

突然有一天，当我意识到，如果不会死的话，我该怎么结束这一切？

这是一个死局啊！我瞬间觉得毛骨悚然。

也就是说，我不死不灭，永远循环在这该死的6月6日到6月8日。我做什么都没用，对第二天完全没有影响。我只有记忆，可这些记忆只能带给我不断的错乱与烦躁，我只能越活越疲惫、越无趣，每天都会为怎么度过这一天而烦恼。现在连死也死不了，那么这个死局就永远破不了！

当我意识到这一点，我忽然感到灵魂深处渗出的恐怖。当我猛地抬起头时，忽然看到电线杆上有一只白色的乌鸦在静静地凝视我，带着一种似笑非笑的神情。

“是你吗？这一切都是你干的？你到底想要怎样？”我疯了一样拿起石头去砸它。可它轻轻一跃，就飞走了。

我跪倒在地，觉得生命一片黑暗。愚钝如我，这才真正感受到，原来没有明天的滋味是如此让人绝望。

我到底怎么做才能走出这个循环？我已经对这三天感到无比厌恶了，

所有一切都如此熟悉，令人只想逃避。

没有人可以帮我，甚至没有人会相信我，我被困在了这三天里。

没有什么能再让我兴奋起来了。人世间追求的那些快乐，无非就是追求感官的享受，想要更多快感，以及更多的名利和物质。

得不到的时候会渴望、会羡慕，可是真的得到了，其实也就那样。一开始会新鲜、会兴奋，如获至宝一般欢天喜地，然而等你经历的越来越多时，就会变得麻木、乏味。当你不停地重复、不停地重复时，就只想呕吐与远离了。

除了快乐，我还能追求什么呢?

当我绝望地睁开眼睛时，我的目光兀自停留在了远处的图书馆……

我开始不停地读书，不停地学习关于宇宙、人生、生命、存在等科学和哲学类的书籍，看得头晕眼花，却也渐渐有了自己的思绪。

也不知这种前所未有的勤奋学习持续了多久，我开始变得平静而淡然。

我的脑子里充满了古今中外无数的知识和思想，但这些说到底只能代表过去的经验，没有一个可以真正解决我现在的困境。我知道的越多，却越像康德一样，对灵魂的存在与无垠的星空产生深深的恐惧。

我迷茫了。

我已经懒得去计算，我到底重复了几个“今天”，也不知道过了多少年。

所有一切都是一样，一样的 18 个未接电话、一样的新闻、一样的行人仿佛 NPC（非玩家角色）一样从固定的地方出现。说着固定的话，做着一样的事，太阳照常升起，蝉鸣依旧，云卷云舒。

我知道，这所有的一切看似热闹，却已经日渐和我失去了联系。这，就是失魂落魄。

我不再去图书馆，也不再看书，知识永远学不完。知识是死的，是永远可以被创造出来的资料。它不是智慧，智慧还是需要自己去悟。一旦悟到一切的本体，我才能解脱。

越来越多的知识没有让我解脱，反而使我的心日渐疲惫。我感到我已不再年轻与有激情了，一切过去的回忆与经验都像是一场虚幻的梦境，如雾又如电，像一个个一戳即破的肥皂泡。

太阳照常升起，而在不知不觉中，我的灵魂已经苍老与冷漠，强烈的孤独感让我逐渐失去了生气。

我苍老的心拖着年轻的身体，一整天一整天地游荡在大街小巷。我每天不吃不喝，任凭这副该死的躯壳受冷挨饿。我发呆似的坐在河边的长椅上，感觉困了就随意睡在天桥下，像个流浪汉一样放逐自己，不去思考，不去想该如何逃脱。

突然有一天，从未深思过的问题开始在我的脑海里冒出来——生命，是什么？生命的意义，又到底是什么？

凡人为了能够生存而随波逐流，庸人们追逐肉体的欢愉而放弃原则，努力的人为了他人的尊重而奋发图强，而强者们为了拥有更多权力与名声，你争我夺、钩心斗角。

道德家和哲学家们思考并告诉世人各种各样的意义和价值，好让人们活得不至于那么虚无。

还有太多的人，在还没来得及思考生存的意义时，就已经猝然离世了。

我在这无尽循环的三天所经历的，岂不就是人类思想发展史的缩影？

纵情享乐，厌倦，苦闷，堕落，毁灭，探寻意义，顺其自然，问询本质……

我到底该怎么办？

我看过无数科幻小说和电影中的时间困局，结局都是很狗血的因为爱或者因为放下、原谅等情感强行结束。

但我知道，电影只是电影，这种方法在我身上绝不可行。

我遇到的那个神秘白衣人到底是什么人？为什么有能力把我送到这样一个莫比乌斯环一般的封闭循环空间？这个空间到底是真实存在的时空，还是制造出来的虚拟空间？

按照热力学第二定律：熵不可逆。那么，太阳都会有熄灭的一天，宇宙中的一切能源都会耗尽。这个过程应该是不可逆的，为何我会重复在这三天消耗？

然而，我又仔细一想，这只是我们这种低级生命观察和总结出的宇宙规律。也许，在更高级的生命体看来，人类所观察到的所有规律都不过是他们眼中中学生的一元一次方程而已。

就像蚂蚁无法理解人类的世界，人类也无法理解更高程度的宇宙。

世界之所以表面如此，是因为我们有一种幻觉，即认为时间是某种真实之物。然而，时间并无实体。

大自然，真的是自然形成的吗？

联想至此，我开始有了一些头绪。

我记得我在书中看到过一种现象：叫作“蚂蚁死亡旋涡”。

有一种蚂蚁叫“行军蚁”，蚁群会跟着头蚁统一军事化严格行动。带头的蚂蚁会分泌踪迹费洛蒙（trail pheromone），让其他行军蚁用嗅觉跟随。一旦领头蚁失去了方向，导致踪迹费洛蒙出现混乱，就会令所有行军蚁迷路，甚至陷入“死亡旋涡”，持续转圈最后因体力耗尽而死。

相对论认为，时间和空间是紧密关联的，三维的空间加上时间，便组成了四维时空。

同样地，如果把我们生活在四维时空的生命看作蚂蚁，同时有一个更高级的智慧生命（比如那个白衣人），用某种未知的方式将我们所在的四维时空充分弯曲，就有可能形成存在于更高维度中的虫洞。（你可以理解为高维度世界的人把我们的世界像一张纸一般折叠了一下，然后拿什么东西戳了个洞。然后，我们就会反复出现在某个时间节点，重复这样的生活。打个比方，就像是我们把蚂蚁放在一张不停转动的白纸的圆柱面上。）

要跳出时间循环，只有将这个环状结构给破坏了，才有可能成功。

而这个环状结构最脆弱的地方，肯定就是首尾相连的地方。

这么说来，午夜 12 点的这个操场，就是闭环形成的节点吗？

如同电光石火，我的脑海里突然冒出了一个念头：薛定谔的猫。

这个实验大家都耳熟能详。我突然感觉到，我就是那只猫。

我现在的生活就像量子的态叠加，有着无数的可能和选择。现在需要的，就是打开盖子的那只测量的手。

怎么寻找这只手呢？

我坐在原地，陷入了沉思。

猛地，我想到释迦牟尼在菩提树下七天七夜的打坐。莫非，这样就可以发现打开盒子的那只手？

于是，那之后的整整一年，我开始放空我的意识，让自己进入无我的境地。

我不再追求一切的因果与本质，不再让自己产生任何对这个世界的迷恋与厌恶，甚至不让自己产生解脱的念头，只是如一个初生者一般观察这个世界。

学会接受这个世界的本来面目，热爱它，以归属于它而心存欣喜。

当我用无比单纯的心灵去感知这个世界时，看到夜空的明月、星辰闪耀、小溪在跳跃、虫子在聆听、高山、岩石、各种各样的人，我开始感到放松，有一种不一样的感受在心中觉醒。

语言、文字、标签、名词……各种后天学习的概念在我的脑海里逐渐消失。我如同一滴水，逐渐汇入溪流、汇入大海，没有了天地、人我的分别。

过去之心不可得，未来之心不可得。所有的悲伤、所有的自我折磨和恐惧不都是存在于时间之中吗？一旦征服并消除了时间，不就可以征服世上所有的苦难与邪恶了吗？

在一个内心澄净的夜晚，我盘腿端坐在操场上，不再感受时间的流动，闭上眼，静静地去聆听，内心的意识逐渐变淡、消失，走向虚无。

也不知过去了多久，一道强光袭来，突然响起了急促的闹钟声，我猛然睁开了眼睛。

我发现我在自己家的床上，窗外的阳光洒在我的脸上。一切恍如一场大梦。

我打开手机一看，2016年6月7日，7点。

终于不一样了！我走出来了！

“我终于到达了，我的彼岸！”我心中响起一阵欢呼声。

“荀回，今天要高考，你赶紧吃点儿东西出发吧！”妈妈在门口喊我。

“一切都过去了。”黄粱一梦，我仿佛过完了整个一生。

我平静地考完试，回到家，一切都是如此正常而普通，唯有内心前所未有的平静，让我感到充实。

“也许这样也不错，上天给了我这样一次体验，从此我将不再虚度光阴。”

我安详地闭上眼睛，以为一切都已经过去。

闹钟声急促响起，一阵强光袭来，我猛然睁开眼睛，窗外的阳光洒在我的脸上。我打开手机一看，2016 年 6 月 7 日，7 点。

“啊？！”我睁大了眼睛。

“荀回，今天要高考，你赶紧吃点儿东西出发吧！”妈妈在门口喊我。

“不是吧？！”

我又陷入了新的轮回，我真正的明天依然没有到来。

在这一瞬间，我心如死灰。

店长默默地听完了整个故事，笑嘻嘻地说：“放心吧，你既然来了这里，就肯定有救。其实从你走进这里开始，你就已经在被修复了。你回去吧，一切都会重新走向正常的。”

荀回难以置信地看着庄非：“可是，你什么都没做啊？”

“倾听，也可以是一种修复的方式哦。相信我，回去吧。”

少年将信将疑地走出咖啡馆，回头探了探：“我还能见到你吗？”

“随缘吧！”庄非笑笑。

“他回去之后会怎么样？”鹿蝶悄悄地靠了过来，问店长。

“没怎么样，明天一觉醒来，他就只是一个刚结束高考的学生，之前奇怪经历的记忆都会消失，但所有的经历都会潜移默化地改变他的品性。这世上不是有些人经常会无端端地开窍或者悟道吗，多半，就是进入了奇怪的世界。”

第十杯

海螺姑娘

01

庄非托着腮，无声地观察着坐在对面的这位仁兄。他 30 岁上下，典型的理工男装扮，穿着不合身的宽大白衬衫，一副不时往下滑落的圆框眼镜，胡子拉碴，头发凌乱，好像刚睡醒的样子。

他的眼睛无神地盯着桌子上的黑咖啡，然后抬起头看看庄非，几次欲言又止，使得庄非有些困乏……

“你倒是快说吧，再不说我就打烊了。”庄非忍不住催促。

于是，这位仁兄——K 桑开始简单地介绍背景。

K 桑是某外资机械企业工程师，单身，他说至今没有谈过恋爱。他一个人在这座城市打拼了快 10 年，好久没回家了。今年，家里的老父亲要过 60 大寿，急着要抱孙子，下了死命令让他找个对象。然而，这个要求却让他无比痛苦……

“根本不可能有女生喜欢我。”

“这么没自信啊？”

“我都不喜欢我自己，怎么能要求女孩子喜欢呢？……”

“人类的感情，很复杂的……”

“你相信其实这个城市里有很多看似是人，其实不是人的……生物与我们在一起吗……”

“哦？”庄非终于来了兴致。

K 桑像是下了好大的决心，一口气喝完了黑咖啡，环顾了一下四周，很认真地对庄非说：“你一定要相信我接下来要说的话，我还没对任何人说过！”

庄非摊了摊手，给了他一个信任的微笑：“请说吧。”

02

“我遇到妖怪了，一个海螺姑娘，一个真实的海螺姑娘……”K 桑出乎意料地说得很平静。甚至，庄非注意到他的嘴角有了一丝明显的幸福的笑意……

庄非一愣，心想不应该是“田螺姑娘”吗？好吧，重点不是这儿……

K 桑补充道：“你应该知道田螺姑娘的故事吧，田螺里有个美丽的姑娘，出来为小伙子洗衣、做饭。后来，他们幸福地生活在一起了……”

庄非面无表情地说：“嗯，当然听过……”

“我现在就遇到了这样一个姑娘。不过，她是从海螺里出来的，是我去厦门海边旅行的时候半夜捡到的一个很漂亮、很大的海螺……”

“然后呢？”

K 桑似乎打开了话匣子，开始连贯地说了起来。

“我当时看到这个海螺时就觉得很特别。那天晚上，我的同事都去酒吧了，我没兴趣，就拿了我的陶笛来到海边对着大海独自吹。吹着吹着，突然看到不远处有一个什么东西闪光一般亮了几下。走近一看，是个纯白色的漂亮海螺，我记得海螺可以做吹奏乐器，就想试试看。谁知道我嘴巴一碰到那个海螺，竟然有种奇妙的柔软、温热……”

说到这儿，K桑停顿了一下，明显可以看到他的耳根红了……

不是吧，亲个海螺都会羞涩！

“然、然后我就不敢吹了……原来海螺是活的，不是壳……可是不知为什么，我盯着这个海螺越看越喜欢，内心有种说不出的愉悦，就好像一下算出了所有摩擦系数的喜悦……”

“对不起，我无法体会这种喜悦……然后呢，讲重点……听你说话真是怪累的。”

“然后，我想到不是有人说海螺可以听到大海的声音吗？再然后，我小心翼翼地将海螺靠近耳朵，你猜我听到了什么？！”

庄非给了他一个冷漠的表情。

“我竟然隐隐约约地听到了刚才我吹奏的曲子——《天空之城》！而且，是那种轻轻哼唱的感觉！”

“哦……《天空之城》……”

“这个时候，我已经确定这不是一般的海螺了。出于一个工科男的本能，我决定带它去做一些调查和分析。因为你知道的，从科学的角度说，螺壳里面的形状是弯曲的，里面贮满了空气，所以当你在周围环境很嘈杂的地方，这些嘈杂的声音使螺壳里的空气振动，让人们误以为是海浪的声音……”

庄非看他突然滔滔不绝，马上插话：“打住……我知道这不是一般的海螺了……后来呢？”

“第二天，我们要回去了，我就把它放在包里带了回去。回到家后，我竟然拿了个脸盆把它放在自来水里了……”

庄非：“有什么不对的吗？”

K 桑扶了扶眼镜，严肃道：“你要知道！海螺所适应的海水理化值是：盐度 10‰ ~ 30‰，pH 值 7.5 ~ 8.8，亚硝酸盐 0.10ppm 以下，透明度 30cm 左右。在以上理化指标内，水温在 10~35℃时海螺生长较快。海水里生活的软体动物在盐分减少的水域里无法存活，还有……”

“打住！我懂了，然后呢，海螺死了？”

“你听我说下去……那天晚上回到家蛮晚了，我很疲惫，把海螺随便放到脸盆里就去睡觉了。谁知半夜的时候，我听到屋外有动静……我这个人睡觉特别敏感，我爸说我是属狗的，所以特质也很‘狗’。大半夜有一点儿动静我就会醒来，所以睡眠质量很差。你看我黑眼圈蛮重的吧？”（说着靠了过来给庄非看黑眼圈，庄非忙摆摆手说“是、是”……接着，K 桑就自顾自地讲了起来。）

03

我心想我不会招贼了吧，于是悄悄拿起床头的台灯去门口听动静……你猜我听到了什么？

——我猜你妹啊，你以为你说书的啊！

我听到了有人在哼唱《天空之城》，声音还很柔，我当时就一下慌了。我打开门，然后开灯，拿起台灯大喝道：“何人在此放肆！”

——哎哟，你一定很爱看武侠剧……

可是，我看见一个身影一闪，进了厨房，好像是一个女人的背影。

我赶紧走向厨房，但那里什么人也没有……只有一个脸盆，但我发现了，那个脸盆里的水在剧烈晃动……还有些水被洒出来了……

当时，我整个人就呆住了……那一晚，我整夜没睡着，把自己裹在被子里瑟瑟发抖。我从小就是个相信科学的无神论者，从来不相信什么妖魔鬼怪的存在，除非晚上发生的一切都是幻觉，或者我自己精神分裂了，否则真的越想越怕啊！

第二天天一亮，我站在脸盆前仔细看了半天，还跟它聊了起来。我对它说："如果你真是什么海里的妖怪，你只要答应不伤害我，我就把你送回去好不好？"

一点儿动静也没有，我更怀疑是我做了一个怪梦。我一动念想把它扔了算了，但不知为什么，我有种隐隐的不忍心和舍不得，于是就把它放一边上班去了。上班的时候，我突然想起了田螺姑娘的故事，不知为什么有种隐隐的期待——回到家热菜、热饭都已经做好了。那天下班后，我就急匆匆地赶回家里。一打开门，家里依然空荡荡的，什么变化都没有……

我就笑自己真的是一个人太久了，竟然幻想一个海螺里面出来一个姑娘跟我一起生活，哈哈……

我走进厨房，拿出冰箱里的菜开始做饭。做完后，我蹲下对海螺说："海螺啊海螺，你要是会做饭该有多好……"

吃完饭，我懒得洗碗，真的困得要死，就回到卧室想睡了……但是！

你知道我看到了什么？！我打开房门看到卧室被收拾得整整齐齐。早上起来，我都不习惯叠被子，可是现在看到被子被叠得方方正正的！

我当时脑子里是五雷轰顶、晴天霹雳、天旋地转、百感交集啊！

——你语文学得不错啊，不过成语都用得好奇怪……

我呆坐在床上，第一反应是想抽烟，你知道我从不抽烟的！

——我并不知道。

你知道吗，当你一直幻想一件事，突然之间那件事真的实现了时，那种感觉真的难以置信。

我又激动又害怕地走到海螺前，蹲下来颤抖地问道："卧……卧……卧室……是……你收拾的？"

可是，还是什么反应都没有……

那天晚上，我的心情是夹杂着惊恐、不安、激动，还有莫名的喜悦。我既渴望着海螺姑娘快点儿现身在我眼前，又很害怕真的看到这件科学不能解释的事情发生……你知道的，我从小——

——别！废！话！接着说！

还是什么都没发生，于是我有些失望地回到卧室，上了一会儿网后就休息了……

我半夜醒来，忽然想起了以前看过的一部电影——《美丽心灵》。电影讲述了发表博弈理论的诺贝尔经济学奖得主纳什深受精神分裂症的困扰，一直以来都幻想出一个小女孩和一个大学室友陪伴着自己……

我想，我也许是精神分裂早期了吧……

就在我这样想的时候，我听到门外传来陶笛的声音。还是那首《天空之城》，吹得并不好，很生疏。我忽然意识到一切可能都是自己孤独、劳累太久产生的幻觉，就释然了。就像纳什那样，就算是幻想出来的，有个人能说说话不也挺好吗？

我敲敲门，对外面说："吹得好难听呀。"外面一下子没声音了。虽然如此，我还是有一种很强烈的倾诉欲望。我是一个一直很内敛、沉默的人，也没什么朋友，更不喜欢交际。生活中唯一的爱好就是上网看电影。我每天上班、下班，存钱，交房租、水电费，把钱寄回老家……

长期的寂寞生活让我麻木，而那天晚上，我突然觉得有个人可以听听我说话也挺好，不管那个人是否存在……

我说："你好，不管你是人、是妖，还是我的幻想，我都很高兴你的出现。我总算有个说话的人了，也不用怕说错话。"

我开始讲我的大学生活，我暗恋的女孩把我写的情书撕了扔在我桌子上；毕业前，我的室友借过我一笔钱后就再也找不到了；一起吃过几次饭的学长给我介绍工作，骗我去传销窝点差点儿出不来了……同事们的钩心斗角、主任的势利眼……这些藏在心底好久的、想说不敢说的话一口气说出来，我觉得好舒畅……好痛快……我开心得都哭了……

当我有些口渴，打开门想去倒水时，突然看到在黑暗中，在月光的映照下，一个长发女子的身影……那一刻，我真的一点儿都不害怕，甚至有种温暖的感觉，因为我不是在自言自语，而是有人在听我说话……那个身影开始哼唱起了《天空之城》……我跟着她一起哼唱起来……看着月光，我想："就算是一场梦，我也觉得很幸运了……"那天以后，我对这件事开始处之泰然。每天回到家，我都看到家里被收拾得干干净净。慢慢地，回到家发现饭菜都做好了，而且口味跟我以前做的不同，非常好吃。有心事的时候，我会吹《天空之城》。当听到门外有哼唱的时候，我会慢慢讲那些心事……从此之后，我不再觉得自己是孤单一人……

直到有一天早上，我在路上忽然想起有一份工程图还没放到U盘里，就急急忙忙赶回家。谁知道刚一打开门，就看到我房间的门被"砰"的一下关上了……

虽然我已经认定一切都是我压力过大的精神分裂症状，但这个时候，我还是很纳闷：门怎么也打不开？

于是，我好生说道："我不会伤害你的，谢谢你的出现，让我觉得自己很幸福。不管你是真实存在也好，幻想出来的也好，希望你能帮我，不要让我丢了饭碗呀……”

04

门开了。

我长出了一口气，想想刚才自己抓着门把，不想打开，同时又想进去的自我分裂就觉得怪怪的。这份工作我做得已经不开心了，也许潜意识里就想不干了又不敢吧……

我打开门进去，发现被子隆起。好吧，我完全可以无视。急匆匆地拷了资料，我就对被子说：“谢谢你，海螺。希望我们可以做真正的好朋友，和谐相处。”

我对她说，其实就是对我自己的内心劝导……

那天晚上回到家，我看到一个面容姣好的长发姑娘穿着我一直找不到的白衬衫、黑西裤在打扫卫生。看到我进来了，她报以温和的微笑。我内心闪过一阵凄凉，她是如此像我一直以来渴望的爱人：安静，长发，微笑着，淡淡的眉眼……

我的病越来越重了，开始出现具体化的幻象……或者说从一开始，我就期待着能像纳什那样可以看到具体幻象……哪怕是幻觉，也如此真实，能有个人陪伴在身边多好。我有无数种方法去验证自己的幻觉，但我选择了沉迷其中，因为我害怕，如果连这点儿温暖的幻觉都消失了，我会变得更孤独、更绝望……

所以，我也对幻想中的海螺姑娘报以温暖的微笑。她慢慢走到我身旁的桌子旁坐下，哼唱着《天空之城》，托着下巴看着我……

我喝着啤酒，吃着不知道是不是我自己做的菜，一边说好吃，一边

那天晚上回到家，我看到一个面容姣好的长发姑娘穿着我一直找不到的白衬衫、黑西裤在打扫卫生。看到我进来了，她报以温和的微笑。我内心闪过一阵凄凉，她是如此像我一直以来渴望的爱人：安静，长发，微笑着，淡淡的眉眼……

对她倾诉：“我跟你说哦，今天同事王姐又被主任‘吃豆腐’了，王姐还笑，真不要脸啊……那个老东西天天压榨我，又是个色鬼，除了拍马屁什么本事都没有，你说他怎么上去的？销售部那些浑蛋，东西坏了老找我碴儿，都看我好欺负，什么火都发到我身上，真是人善被人欺啊……”

我说着、喝着，慢慢就醉了，恍惚了起来。迷蒙中，我看着海螺姑娘还是笑眯眯地看着我，慢慢地伸出洁白的玉手来抚摩我的额头。我一阵软弱，抱住她放声大哭起来。

“我真没用啊，从小到大只会读死书。从小就交不到朋友，好不容易交到朋友了，还要被骗、被欺负，难得喜欢一个人还要被侮辱……真没用啊，快 30 岁的人了一个女朋友都没谈过……我觉得我活着就是不断地被家里催着要钱、给资本家做奴隶、被别人看不起……”

我抱着海螺姑娘，或者我抱着我自己，闻到一股海浪一般的气息：宽容，自在，轻松……我时而哭，时而笑，不知什么时候醉倒睡了过去……

第二天起来，我发现自己越发开始分不清楚幻觉和现实了。有时候，我觉得海螺姑娘真的存在于我的生活中，不然好多事没法解释。但我又不敢跟别人说，也不希望这个幻觉被论证而消失……

可是，昨晚那种身体的温热记忆却如此真实。如果这是幻觉，我想我宁愿一辈子活在幻觉中，无忧无虑，与世无争。

我开始按照海螺姑娘的身段购买一些女孩子的衣服，看着海螺姑娘穿着好看的衣服笑容满满地转身，我觉得好幸福、好开心。

到后来，每次在网上买衣服，海螺姑娘都会过来跟我一起选。她的品位比我好多了。

有时候，我也奇怪海螺姑娘不用吃东西吗？但又一想，她毕竟是我的幻觉，怎么需要吃东西？可是，不吃东西总有点儿怪怪的。如果是幻觉，就不能真实到底吗？

于是，有一次吃饭的时候，我盛好了饭，对她说：“一起吃饭吧。我们是一家人，对吧？”

从此以后，她就跟我一起吃饭了……

就是这样，海螺姑娘总能配合我的想法，安静、微笑、祥和……

我们就这样平静而幸福地生活了一年。这一年，她都没有踏出过家门一步，我的幻觉只留在家里。直到最近我爸催我回老家结婚生子，我一时着急跟他说我已经有对象了，但是现在还不是时候……我爸说要看照片，那晚我对着相机发呆，看着对我笑的海螺姑娘莫名地拍了一张……

拍完我还笑自己有点儿傻。

可是，看到照片后，我呆住了……海螺姑娘被清晰地拍了出来……

这时候，我才突然有种毛骨悚然的感觉。

你说，难道她一直都不是我的幻觉，而是真实存在的？是个……妖怪？

05

庄非认真地听完了K桑的话，沉思了一会儿，问：

“那……照片还在吗？”

“还在。”K桑小心翼翼地递过手机，点开某张照片。照片上是一个清丽、朴素的女子，淡淡的眉角，说不上漂亮，但也算是面容姣好……巧笑嫣然……如果没听故事之前看，也只当是寻常女孩，可是如今细看，总觉得充满诡异。

“那你希望我怎么做？”庄非问。

“我现在真的很爱她，我觉得自己已经离不开她了。每天工作和生活的最大动力就是有她在，陪我说话、看着我笑。这一年是我人生中最快乐的一年。

“我很想珍惜，不管她是幻觉也好，妖怪也罢，我想跟她过一辈子。可是，我怎么跟家里人说？我怎么跟别人说？难道一辈子只让她活在我的幻觉或者我的小屋子里吗？我知道老板你神通广大，肯定能够帮我些什么……”

“如果我们可以看到照片，那其他人也可以。既然是真实存在的，就没什么障碍啊，除了貌似不会说话？……你可以跟人说是个哑巴嘛……”庄非建议。

“我还是想知道到底是怎么回事。她如果不是幻觉，那是怎样一种生命状态？我只能想到海螺妖怪……”

“就不能想点儿好的吗？好歹田螺姑娘是仙女。”庄非心里想。他回道：“其实，生命的形式非常之多，有常见的胎生、卵生、湿生、化生，甚至还有有色、无色的，有想、无想的——也就是精灵、鬼怪之类。你这位海螺姑娘，应该就是幻化的一种精灵，生命本质上是一种能量。她可能是被你的愿望所吸引过来的某种能量体，按照你的想象具化成了肉体。”

“这么神奇吗？”这位仁兄突然露出似笑非笑的表情……

“信者得爱啦，反正现在你不想离开她，关键就是帮她做个身份和背景。这样，你们以后也好一起生活，交给我啦。”

“太感谢您了，您真是活菩萨啊！”

“不要乱讲……这只是我的工作而已……”

K 桑离开前还紧紧地握着庄非的手说“谢谢”。

06

庄非回到沙发上，点了一根烟，想了一会儿，对吧台的咖啡师说："青轩啊，要劳驾你帮个忙，先去找一下那个海螺姑娘，然后帮她弄一套身份来。这点儿小事，对你来说应该问题不大。"

青轩走到庄非面前鞠躬接受任务，随即不解地问："这种生命形式一般不是属于抹杀行列的吗，怎么这次这么宽容？不怕万一暴露引起连锁反应吗？"

"你看过《聊斋》吗？"

"啥？"

"无论哪种生命形态，只要是有情众生，没有害人之心、安分守己，我们都不应该太教条，灵活点儿，世界不是非黑即白的。把这次事件列入监察名单中，如有异常再抹杀也不迟。"

"明白。"

青轩打开电脑，开始一番操作，随后戴上墨镜出门办事了……

07

半年后，某酒店的婚礼现场。

K 桑和他的新婚妻子甜蜜地交换戒指、喝交杯酒，彼此的眼里都是温柔。

庄非和店里的其他两个人坐在台下，一起见证这幸福的时刻。

他们身边 K 桑的同事们都在议论：

"小 K 看起来呆呆木木的，没想到能娶到这么一个娇妻啊，笑起来好美。”

“不过，听说是个哑巴……可惜了。”

“K 也是安安静静的人，说不定还蛮般配的。”

“感觉他们真的很相爱啊。”

“是啊……”

众人都发出感叹。

幸福是种藏不住的东西。

庄非看着 K 桑身边那位娇美的新娘，她笑意盈盈，紧紧地贴在 K 桑的身边，眼里始终只有 K 桑一个人，满是藏不住的爱意……

故事怎么开始的，已经不重要了。

第十一杯

七个平行世界的我

庄非刚坐下，放下咖啡杯还没开口说话，面前的这位客人已经开始滔滔不绝地述说起来。

我叫张三冲，一个月前，我陷入了人生中最大的危机。

一次奋不顾身的创业失败后，又来了场说走就走的赌博。

我鬼迷心窍，把借来还债的钱都砸在了俄罗斯世界杯的赌球上。一口气赌了德国三场球，结果输得分文不剩。

债主们已经在我家门口堵了一周，其中一个有黑道背景的兄弟更是扬言要把我的贱手给剁了。

下周我就要过 30 岁生日了，然后我踏上了公寓天台，想给自己这下下签的生活来个了结。

我站在天台的边沿，想起心爱的女孩、想起一起在雨中打球的兄弟、想起病逝的母亲，眼泪就不争气地往下流。我这一生，什么也没把握住，没能跟心爱的人表白、没能坚持和朋友们的梦想、没有赚够钱帮母亲治病，最终落得如此下场，我真没用！

如果有月光宝盒该多好，如果人生还可以选择……

够了，一切都晚了。我闭上眼睛，迈出最终的一小步……

哎呀，谁打我？！

疼……

只感觉脖子一酸，肩膀也一疼，好像中了枪，瞬间失去了知觉……

当我睁开眼睛时，我看到一帮穿着白大褂、戴着猴子面具的人围在我身边，而我被捆在一张金属床上面，头上一堆乱七八糟的仪器，一个大锅盖一样的半椭圆形仪器停在我视线的正上方。

这是什么情况？

我马上意识到，我被那帮家伙抓住了，他们要把我全身的器官卖了或者做危险实验！还有法律吗？还有道德吗？

我想说话，但嘴被一个仪器包裹着动弹不得，只能"哼哼呜呜"地摇晃着身体表示强烈抗议。

"白大褂"中为首的那个人站到了我面前，用冷冰冰的语气对我说："北京时间凌晨 3 点 27 分，身份证号为 33×××××× 的张三冲同志，无论是在主观上还是客观上，都选择了自杀。如果没有外来干扰，实际上，你已经是个死人了。我们救下了你的性命，根据规定，我们拥有了你的生命使用权，你无权过问任何法律责任。接下来的任务，你只能选择接受，明白了吗？"

"老子要死你们管得着吗？凭什么被你们拿来做劳什子任务？！"

我想破口大骂，但嘴巴被堵，只能发出“呜呜呜”的闷哼。

要死要死要死，这下真是人为刀俎，我为鱼肉，只能被割肾、挖心、剥眼球，做个活死人了。呜呜，要死都这么难，我的命真苦啊。

“你也不要害怕，我们知道你的情况。这个任务要是成功了，我们会消除你的相关记忆，并且给你一笔不菲的奖金，足以解决你目前的生活困境。你只需要好好配合，这可是个美差哦。”透过大口罩，我仿佛看到了那邪魅、狂狷的笑……

什么啊，是美差你们自己怎么不来？！随便拉一个要自杀的人来做，当我傻啊？不过目前这种状况，我除了答应，似乎也只有被当垃圾处理的选项了。

无奈之下，我深吸了一口气，用力地点起了头。

为首的很满意地点了点头，对我继续解释：“你要做的很简单，在接下来的任务里，你可能会进入一个又一个梦境一样的平行世界。你要把你看到的、感受到的都如实报告给我们。在梦境快要结束的时候，我们会给你一个信号，可能是声音，也可能是异象或亮光。你根据我们的信号回来，就圆满地完成了一次任务。”

什么玩意儿？你说的是中文吗？我怎么完全听不懂？做个梦还这么麻烦？难道是试验最新的毒品，看是否能在幻觉中活过来？这摆明了是要死的事吧……

可我有别的选择吗？我只能再次无奈地点头。

为首的很满意，对身边的人示意了一下。有人开始插电、有人摆弄奇怪的器具,还有人推出放满各种药物和器材的小车,大家都忙碌了起来。

“同志，你很配合，这很好，好好干。只要你能成功地完成任务，一定能给你带来一个崭新的人生。张三冲同志，现在任务就要开始了，请闭上眼睛躺好，放轻松，一切都配合我们的指示来就可以了。”

一口一个“同志”的，我跟你很熟吗？

当忙碌的声音终于停下来时，我感受到头上那个“大锅盖”慢慢下来，插在我头上的那些奇怪的线路也开始发出“滋滋”的声音，一切设备都开始运转了！

哎呀妈呀，睡不着啊，莫名其妙地让我做梦，也不给我灌什么奇怪的小药丸，这到底是搞哪样？

正想着，一股强大的电流从头部瞬间灌溉，这酸辣舒爽，啊——

【星期一·Monday】

蒙眬中，我感觉到和煦的阳光照在我的屁股上。

慢慢有了知觉后，我从一阵眩晕中醒来，发现自己躺在一间硕大的欧式奢华风的套间中。

窗外是繁华的市中心，车水马龙，人群如蝼蚁一般渺小而遥远。

哎哟，这是做梦？这也太真实了，阳光的温度、空调的冷风以及被子的柔软，还有女人白花花的大腿……

大腿？！什么情况？！

我顺着大腿往上看，是个身材姣好的年轻女子。她睡得像个孩子一样安详，侧脸已经美得让我发呆了。

我伸出手，轻轻地揉搓着她柔顺的发梢，女子从鼻息间发出一声娇哼。

等等，可我并没有想伸手，这是怎么回事？

随即，我起身下床，在落地窗前伸了一个大大的懒腰，拿出了电话，拨了一个号码。“对，我起来了，一个小时后来接我，10点准时开会。”

等等，我压根什么都没想、什么都没做，为什么身体自己动起来了？

一种惊恐的感觉突然袭来，我能听到自己的声音，能用眼睛看这个世界，但这个“自己”的行为和动作却并不受我的意识控制。

打个比方的话，就好像在别人驾驶的车子上，我坐在副驾驶座，我能看到驾驶员看到的一切，而这辆车的行驶路径和速度，我只能旁观，无法控制。

而现如今，这辆车子就是我的身体。等等，这真的是我吗，还是我的意识进入了别人的身体？

随后，在洗脸的时候，我在镜子里看到了自己……

那的确是我，可是，似乎又不是我。

我长年蓬头垢面、胡子拉碴，经常通宵熬夜，看起来比较憔悴、虚弱。而镜子中的我，干净、利落的寸头，自信的笑容与眼神，匀称而健康的身材，简直帅得可以。这真的是我？有一种陌生又熟悉的感觉。

嗯，这果然是一场梦。

“小叶，我要去开会了。你今天自己逛会儿，开完会我来找你。”这个张三冲说。

女人乖巧地点了点头。

随后，张三冲走出酒店，他的司机过来接他。

车子来到一片中央商务区，然后张三冲来到一家金融公司的会议室，而他正是公司的创始人兼总经理。

这个梦里的张三冲显然是个成功人士，在会议上神采飞扬、果断干练，让人信赖与尊敬。

在旁观这一切的过程中，我竟恍恍惚惚地回忆起了许多往事。严格地说，应该不属于我的往事，而是这个梦里的张三冲的往事。

在这个世界的张三冲，18 岁之前的记忆与我几乎相同，然而在高考前复习的某晚记忆，却出现了分岔。

在我的记忆里，那晚我正在复习一些难题的解法，结果父母忽然吵架导致我无法静下心来看书而入睡。结果在高考考场上遇到一模一样类型的大题时，我没有做出来，我非常后悔。最终，我的高考分数没过重点线，我选择了复读，结果高考成绩一年不如一年。

而这个世界的张三冲，那晚他的父母没有吵架，他复习到了这道罕见的大题，顺利地在高考时做出了那道大题，过了重点分数线，上了名牌大学。此后的人生虽然不一帆风顺，但现在也算是出人头地了。

我突然想起很早以前看过的一部外国电影——《蝴蝶效应》，说的就是人生中一次看似无心的选择与改变，就会对人生产生长远而重大的影响。

我和这个世界的张三冲，仅仅是因为一道题，人生竟有着天壤之别。

这一天，我旁观着张三冲出入高级场所，在商务谈判中谈笑风生，和情人一起花前月下，吃西餐、听歌剧。直到午夜时分，他才回到了别墅。

回到家中，妻子正坐在客厅等他。当我看到他妻子的脸时，不由得又是一惊。

那正是我曾经朝思暮想、求而不得的初恋——我高中的同桌徐思思啊！

当初，我们曾经约好，一起考上某所名校。可是，我因为一再考不上而开始躲避她，不敢再去联系她、见她。从此以后，我就再也难以发自内心地爱上别的女人了，她成了我心中难以释怀的“朱砂痣”。然而，这个世界的张三冲，在事业成功之后，就开始寻花问柳、四处留情，对自己的妻子反而日渐冷淡。

已经身为人妻的徐思思，更添了成熟、优雅的气质，看得我百感交集，几欲流泪，真想上前拥抱她。然而，我什么都控制不了，这具身体真正的主人——这个世界的张三冲语气中透着不耐烦地说："这么晚还不睡，你失眠啊？"

"我担心你喝多了，准备了醒酒的药，你要不要喝一点儿？"

"我要真喝多了就不回来了，你少操心我，别跟个老妈子似的。"

说完，张三冲就头也不回地上楼了，留下妻子独自落寞地坐在沙发上。

王八蛋，你怎么可以这么对待她？你都娶了人家当老婆了，就不能一心一意地对她好一点儿吗？你知道我有多羡慕你吗？！

一阵强烈的情绪下，张三冲的脚步突然在楼梯上停下了。他也觉得纳闷，看了看自己的脚，似乎有些不受控制。

我这个坐在副驾驶座的灵魂，此时似乎一把抢过了方向盘，暂时控制了这个身体。

我不顾三七二十一，转过身奔向徐思思，一把搂住了她，眼泪止不住地流出了眼眶。

"思思，这些年我一直很想你。你过得好吗？"

徐思思被我这一连串反常的举动吓到了，人都变僵了，一时搞不清楚状况，喃喃道："三冲，你没事吧？要不要吃点儿药？"

我感到头疼欲裂，显然原来的主人想要抢回主导权。在意识即将被夺去前，我说出了自己一直不敢说的那句话：

"思思，我爱你。再见了。"

终于，我还是回到了旁观的副驾驶座。张三冲恢复之后愣了好一阵，观察着自己的手脚不敢相信。

"中邪了，我感觉刚才好像被什么东西附体了。"

"你只是喝多了，说胡话。"思思还停留在刚才我的表白中，脸色羞红，仿佛变回了少女。

"明天得找个大师看看了，真邪门！"张三冲自言自语地上了楼。

当他躺上床开始入睡的时候，我的意识渐渐进入一片黑暗之中。远方似乎有什么光点在舞动，我不由自主地朝着光点的方向飘了过去。

【星期二・Tuesday】

当我睁开眼睛时，我发现自己在一个放满了乐器的小房间里，身边还躺着一个胖子。我瞅着这个人很眼熟，忽然回忆起来，这不是我大学组乐队时候的鼓手“熊猫”吗?

我最终没考上心仪的大学,读了一所普通的大学。因为学业压力不大，就开始重拾曾经对音乐的喜爱。我会弹吉他，也会写词，所以就在大学论坛找人一起组乐队，“熊猫”就是其中之一。

我们的乐队当时在校园里还是蛮出名的，经常有演出，名字叫作“不锈钢乐队”，象征对音乐的热情不会生锈。

我——主唱兼吉他手。

“熊猫”——鼓手。

“骷髅”——贝斯手。

还有一个小我们一届的键盘手小罗。

当时，我们非常有热情，每周都有三五天聚集在排练室，练习乐器、讨论音乐、喝酒吃夜宵、研究新歌等，那是我生命中最快乐的一个阶段了。

可惜好景不长，当大四面临毕业和就业的压力时，因为大家来自五湖四海，对是否要解散乐队各自天涯，还是坚持音乐梦想把乐队做下去产生了分歧。

“熊猫”坚定地想要继续做乐队，说自己可以提供一些经费，他老家有好几套房。

“骷髅”说大学玩玩就可以了，我们这种半路出家做音乐的要想以此为生太难了。

小罗表示听我们的。

所以，当时大家都表示听主唱的意见，我决定做下去，宁可吃几年苦。如果我觉得要解散，那他们也无话可说。

我所在的世界，最终还是怯弱地表示解散。我当时觉得自己唱功一般，写的歌也都是比较小众的民谣之类，恐怕不太容易大红大紫。谁承想这几年独立民谣开始大火，有时候想起来也恨自己没有豁出去的勇气。

我正回忆往事之时，这个世界的张三冲起来了。我又像是坐在副驾驶座一样，感受着这个世界的生活。

“‘熊猫’，别睡啦！”张三冲一脚踹醒“熊猫”，看了看手机上的时间，“我们都睡到中午了，赶紧收拾收拾该出发了。”

“熊猫”迷迷糊糊地揉着眼睛，说：“我们昨晚也太拼了吧，排练到不省人事。”

张三冲笑笑：“保持这个劲头，我们这首新歌在这次音乐节肯定可以一炮而红。”

“熊猫”憨笑道：“那必须的呀，肯定火，妥妥的。”

张三冲走出房间，去浴室洗了个澡。我看到了镜子中的自己，虽然有些黑眼圈，但是眼神很亮；虽然一头长发，却颇有艺术家的气息。

他们所在的地方是一个老厂房改造的排练基地，贝斯手“骷髅”和小罗都躺在沙发上听着歌玩游戏。

“上路，上路呀，怎么操作的你！”“骷髅”一边玩，一边念念有词。

“完了，塔快崩了，这局又输了。”小罗放下手机，一脸不高兴。

“小罗呀，你这技术真是不行。跟你双排，我就没怎么赢过。”

“得了吧，你也被杀了好多次好吗？”

看着两个队友在斗嘴，张三冲走过来说：“吃了吗？”

“没呢，这不等你们的嘛，你们也太能睡了！”

一帮人还是如同大学时代那样说笑打闹，一起分享汗水与苦涩、快乐与成就，同吃同住，如同不会长大的少年。

这时，张三冲的记忆也开始慢慢进入我的意识，原来所有的不同就是以当初是否解散乐队开始的。

这个世界的张三冲最终还是决定坚持搞音乐，即便一开始苦一点儿、穷一点儿也愿意忍受。他们一起去酒吧驻唱、去学校演出、去商场促销活动上表演……只要能赚钱的他们都做，在艰苦地坚持了几年之后，终于因为一首歌在网上火起来而受到了关注。这两年，他们甚至开始参加音乐节了，总算是苦尽甘来了。

“如果当初我能更坚定一点儿，就不会既失去这帮志同道合的好朋友，又失去梦想……”我不由得苦涩地想。

在没有商演的日子，这帮人简直过着神仙般的日子。大家晒晒太阳，想睡就睡、想玩就玩、想吃就吃。傍晚喝点儿酒，然后趁着酒兴一起排练、唱歌，手舞足蹈，好不自在。

晚上，张三冲等人正在排练的时候，来了一个熟悉的身影。

其他队友都起哄大喊：“嫂子来啦！”

来的不是别人，正是徐思思。

这个世界的徐思思和张三冲并没有结婚，不过已经交往了三年。

“你怎么来了？也不说一声。”张三冲笑着过去搂着徐思思。

“我听说你写了一首新歌，所以想第一时间来听听。”徐思思莞尔一笑。

“嘿，我们之中出了个叛徒。‘熊猫’，是你小子吧？”张三冲调侃地虚晃了一脚踢“熊猫”。

“不是挺好的吗，让嫂子做我们的第一个听众。”小罗说。

“那行吧，兄弟们操练起来吧！这首新歌叫作《在所有平行世界说爱你》，献给我最爱的女孩，思思。”

“嘘——”其他人开始喜庆地喝倒彩。

在所有平行世界，在所有你我之间
有一种神奇力量让你我一再相见

在宇宙洪荒之前，在世界毁灭之后
有什么可以永远不会改变

在所有平行世界说爱你
就算一切只是虚幻的游戏

只要此刻，只要现在
我说了就是永恒

在所有平行世界说爱你
即便那个世界你不认识我
穿越过黑洞跳跃在时空
此刻就是永恒
我只想爱你

在所有平行世界说爱你 / 即便那个世界你不认识我

穿越过黑洞跳跃在时空 / 此刻就是永恒 / 我只想爱你

这天晚上，有朋友、恋人、音乐的陪伴，是我有生以来感到最幸福的一天。

【星期三·Wednesday】

这次醒来，我感觉浑身都不自在。

呼吸很缓慢，总感觉喘不过气来。我试着一点点睁开眼睛，发现自己躺在医院的病床上，戴着氧气罩，动弹不得。

我开始搜索这个世界的张三冲的记忆，发现在一个月前，这位张三冲和朋友在酒吧喝多了，酒驾出了车祸，就一直躺在病床上，基本上已经确认是植物人状态了。

我第一次体会到植物人的痛苦，尽管我的意识是清醒的，可是身体却完全不受控制。我只感到全身上下都酸软无力，好像那种过度运动之后的虚脱。无法说话，也无法做什么，只能静静地感受时间无情地分秒流逝。

这一天，我就这么躺了过去，可这一天带来的震撼却让我难以忘怀。

还有什么比身体不由自主更加悲哀、痛苦的事呢？

只要有手有脚，一切都还能通过自己的努力去改变，可是变成了植物人，就真的只能听天由命、无可奈何了。

我当时有一个强烈的想法：如果让我再次拥有原来的生命，我不会再去想死和自杀。我要用我的双手去打拼，去努力生活。

【星期四 · Thursday】

是一个女人的声音把我叫醒的。

“赶紧起来，孩子上学要来不及了。”

我恍惚着睁开眼睛，看到一个不认识的女人。

她匆匆忙忙地准备着早餐，然后给我穿西装、系领带：“你今天出差，晚上还回来吗？”

“回来呀，做点儿好吃的犒劳我哦。”

“嗯哼，包在我身上。”

“爸爸，你快点儿，我要迟到了。”10岁左右的女儿在门口催促着。

这个张三冲手忙脚乱地喝了点儿粥，吃了一块面包，赶紧拿出车钥匙去停车场找车，送孩子去上学。

送完女儿又连忙赶往公司，和部门经理一起出差、见客户、开会。

晚上回到家，妻子正在准备热腾腾的饭菜。张三冲洗了个热水澡，和老婆、女儿一起吃饭，看着电视闲聊，一家人其乐融融。

这个世界的张三冲，与我的人生节点的不同在于他当初没有脑子一热选择创业，孤注一掷，而是踏踏实实地在原来的公司上班。后来，通过相亲，他找了个不美也不丑，会照顾人、会做饭的老婆。看这小日子过得虽然算不上多么富裕、舒坦，但也有难以取代的幸福味道。

当初的自己不甘忍受平凡，宁愿赌一把也不希望人生平平淡淡。经历了这一天简单而平淡的生活，我不禁开始思考到底什么才是人生真正该追求的幸福。甘于平凡，就没有平凡的美好了吗？

也许每一种生活都有它的苦涩与甜蜜，关键还是看自己是否会珍惜。

【星期五·Friday】

这一次，张三冲成了一个警察。

源于高中一次在小胡同看到混社会的年轻人勒索小学生，当初的我犹豫再三还是装作没看见走开了。这个世界的张三冲却最终勇敢地站出来制止了这次勒索行动。那个混社会的年轻人见到张三冲人高马大的，便也没有继续纠缠，骂骂咧咧地走了。

这次正义行动给张三冲带来了莫大的心理满足，也让他对惩恶扬善的警察行业产生了向往。整个高中，他都以当警察为目标锻炼身体、好好学习，最终考上了警校，成了一名警察。

这一天，张三冲正参与一次捣毁地下赌场的行动。看着眼前的自己抓着一个个赌徒威风凛凛的样子，我不禁感慨万分。原来世界的我，有一次就是在地下赌场遇到警察清扫，还被行政拘留了几天。

仅仅是高中一次偶然的善念，人生就完全走向了不同的方向。

“一念成魔，一念成佛。”原来这句话是真的。

【星期六·Saturday】

今天的张三冲，是一个僧人。

天还未亮，寺院就响起了打板声，他便随着一众僧人起床、洗漱，静默无声。

不久之后，晨钟敲响，悠远、空旷，一众僧人聚集到大殿开始礼佛。礼毕响起三通鼓声，开始打坐、上早课。

一天的生活规律而安静，他的言辞精简、举止静默，于念经、冥想之中，止息妄念丛生，精进修行。

我开始在他的记忆中搜索，惊讶地发现，他的人生轨迹与我如此相近。之前也是求不得，爱别离，庸庸碌碌、一事无成，放弃了爱情，放弃了梦想。母亲去世时心灰意懒，创业失败后债台高筑，然而他最终没有选择赌博，企图侥幸翻身，而是老老实实地做苦力去赚钱还债。在一次去寺院修建新殿的过程中，他被寺院中宁静、祥和的氛围所感染，生出了出离心，于是在还清了债之后，出家为僧。

此后的日子虽然简朴、单调，但他的内心却日渐得到了救赎与平静。在研读佛经的过程中，他终于感受到一切有为法，皆如梦幻泡影。

我怎么也想象不到，原来我的平行世界中，还有这种选择。

这几天经历的平行人生让我明白，我的悲剧真是活该，是我自己一步一步把生活搞得回不了头。原来，我本有那么多机会去重新开始，而我总是选择了逃避，选择了最差劲儿的那条路。

晚上，听着僧人们诵经的晚课，我开始忏悔，也开始意识到，一切只在当下，人永远不该放弃自己。

如果我真的可以回到原来的世界，我会选择活下去，认真、努力地去活，去过不后悔的人生。

9 点以后，山寺万籁俱寂，钟声响起，到了僧人们入睡的时间了。

当僧人张三冲躺下的时候，我忽然听到有个熟悉的声音对我说：“我知道，你来了。”

“你发现我的存在了？”我惊讶地想。

“你本是我，我本是你。”那个声音，就是张三冲的，与我的声音一模一样。

“我希望我也可以像你这样重新开始，平静地活。”

“可以的，万般带不走，唯有业随身。只要你真心想改变，一切都会不同。”

“嗯。”我试着消化他的话。

“过去心不可得，未来心不可得，现在心亦不可得。当你的愿力超过业力，过往的业障自可消除。”

我感受到我的意识正在变淡，看来是他即将睡去。

“去吧，一切都还来得及。”

【星期天・Sunday】

醒来，只感到阳光刺眼。

这个世界的张三冲从沙发上坐起来，我的眼前一片模糊。

正奇怪是怎么回事，他从桌上摸到一副眼镜戴上。瞬间，世界变得清晰无比。这是一个颇为宽敞的书房，堆满了各种外文图书。

我才意识到，这个平行世界的我，是个近视眼。这可真难得，我的视力从小就特别好，从来没用过近视眼镜。

戴眼镜的感觉，还蛮别扭的，我一时还不习惯。

张三冲很快洗脸、刷牙之后，打开冰箱拿出一些燕麦片就着牛奶吃了起来。

刚一吃完，他就立马回到了书房，拿出一堆草稿纸开始运算起什么，反正我也看不懂。

趁着他埋头苦干的时候，我渐渐搜索到了他的记忆。意外地发现，分岔点竟然是小学六年级暑假的一次逛书店。

我想起那一次逛书店，不知道出于什么原因，我打算买一本霍金的《时间简史》。 就在我拿着书准备去付账的时候，却看到一本封面很酷炫的玄幻小说，颇为心动。我手中的钱只够买一本书的，当时就犹豫起来，是买《时间简史》，还是玄幻小说？

当然，在我的世界里，最终还是忍不住买了那本玄幻小说。我至今还记得那本书的名字叫《重生之傲视天下》，从此养成了看玄幻小说的习惯，一发而不可收，对学业造成了不小的影响。当然，这不是玄幻小说的错，是我自己没有自制力。就在我跳楼的前一天，我还在看网上的玄幻小说。

这个世界里的张三冲却在那次犹豫之后，还是坚持买了《时间简史》。这小小的一次买书的差异，却对今后的人生产生了意想不到的连锁反应。正如蝴蝶挥一挥翅膀，就可能引起一场飓风。命运的蝴蝶效应，有时候竟可以小到一本书，一次不经意之间的小小犹豫。

这个张三冲在买了《时间简史》回家后，看得津津有味却又云里雾里。于是，他就去请教邻居家的哥哥。那位邻居哥哥是某名校物理系的学生，我记得他，不过我和他没什么交集，顶多就是路上遇到问一声好。而这个张三冲，以《时间简史》为契机，在这个无所事事的暑假里，在这位物理系高才生的指导下，打开了对物理学充满向往与好奇的大门。

从此以后，他立志成为一个物理学家。一晃十多年过去了，他竟真的成了量子力学领域的专家。

我一路沿着记忆线回顾他的人生，脑海里不停地发出“厉害”两个字。万万没想到，我这个不爱读书的人竟然会有一个成为学霸的世界线，人类的潜能真是无可限量。

眼前的白纸上写满了各种复杂的公式，对我来说仿佛天书一般，不过张三冲似乎越来越兴奋。他时不时地望着窗外的天空出神、放空，有时候又会一下跳起来在书房的一块黑板上奋笔疾书，然后从书柜里拿出一本本与量子力学、天文学、多重宇宙等相关的资料文献，埋头苦读。除了中途草草吃了点儿面包和泡面之外，他几乎没有出过书房。

我知道他肯定不会感到无聊，但他的世界中的我实在是浑身难受！

这简直比坐牢还痛苦，盯着一大堆看也看不懂的文字和公式，我就像一个古板的老年人坐在说唱艺人演唱会的观众席，如坐针毡，还无法离席。

终于熬了一天之后，天都黑了，他还是动也不动。我实在忍受不了这种枯燥，即便发不出声音，我也感到狂躁，就在他的脑海里嘶吼道："烦死了，赶紧去睡觉！去睡觉啊，呆子！"

物理学家张三冲本在稿纸上计算的笔猛地一抖，划破了稿纸。他惊讶地左右张望，略带惊恐地问："是谁？"

"我也是张三冲！听我的！赶紧睡觉！"我试图与他沟通。

"啊？难道我精神分裂了？这声音好像是从我脑海里出现的。"张三冲开始喃喃自语。

"我是另一个平行世界的你，不知怎的就跑到你大脑里了。我受不了了，你赶紧睡吧，我好去下一个世界。"

"平行世界，你怎么过来的？"他好像很快就接受了这个设定，果然厉害。

"我不知道，我是身不由己。"我无奈地坦白。

"观察者，与被观察者……"他开始反复嘀咕这两个词。

"你说什么呀，赶紧……"

"安静！"他忽然严肃地说道。

我一时吓得不敢说话。

"海森堡，测不准。当观察者也是被观察者时，多世界诠释，量子永生……"此后，他陷入非常非常长，且非常非常沉默的思考之中。

虽然身体不是我的，但我还是感到越来越困，昏昏欲睡。在不知等了多久后，我陷入了迷迷糊糊的瞌睡状态。

忽然一声巨响！

“我知道啦！”张三冲一声大吼，一跃而起，膝盖撞到了桌角，疼得他在地上呻吟不止，同时又疯狂大笑。

“我知道了！我知道了！我知道了怎么获得最重要的参数。谢谢你，另一个世界的我！”

“啊？你吓死我了，别是疯了吧？”

“多亏你的到来,这下我可以研发出让意识穿梭平行宇宙的机器了。”

“不是吧，我什么都没做啊。”

张三冲二话不说，冲出家门，开着车前往实验室。

在实验室,他穿上白大褂的时候,我惊恐地发现,在他的办公桌旁边，竟然放着一个熟悉的猴子面具。那个送我来这里的科学怪人就戴着这个猴子面具!

“是你？！”我惊恐地大叫。

“什么？”

“送我来这里的就是你！我记得这个猴子面具！”

张三冲奇怪地拿起面具看了看，纳闷道：“这面具是前几天万圣节同事放在这里的。我不可能去过你的平行世界。”

“我知道了，那是另一个宇宙已经研发出了穿梭机器的你制造的。”

“那我更要加油了，说明这条路是行得通的！太棒了！”

说完，张三冲就打开各种机器和电脑，开始进入工作狂的状态，简直跟吃了兴奋剂一样。

没等到他睡觉，我猜应该是 12 点了，我的眼前逐渐开始模糊，我渐渐进入一片黑暗之中，应该是我在这个世界的时间到了。

我浑身轻飘飘的，没有质量、没有身体、没有视觉，只感到在无垠的黑暗之中自由自在地飘荡。

没有声音。

没有画面。

没有方向。

没有时间。

什么都没有。

这该死的地方如同无间地狱一样空空如也。

恍惚之间，我突然感到一阵眩晕。也不知在这无限的黑暗中待了多久，远处终于出现了一道亮光，如同一道门——一个指引我走向光明的出口。

我就像原始人在黑暗的岩洞里度过了漫长的冬天后，看到了春天的第一缕阳光。

我迫不及待、不由自主地被那光芒所吸引，倏忽之间融入了亮光里……

【某一天・Someday】

我以为我会回到原来的世界，见到那个戴着猴子面具的怪人。

经过这一周的奇异经历，我觉得我已经有了重新面对生活的勇气。即便那个人不替我还债，我也打算好好工作，慢慢弥补之前犯下的错，从头再来。

当我的意识恍恍惚惚地回到身体时，我仿佛听到有人在喊我的名字。

“张三冲，张三冲！”

我试着睁开眼睛，忽然感到旁边有人用手臂轻轻地撞我的手臂。

“张三冲，老师叫你呢。”

好熟悉的声音。

老师？

什么老师?

我缓缓地睁开眼，循着声音的方向望去。那一瞬间，我想我应该是死了。

我看到了徐思思。

记忆中那个绑着马尾辫、眼睛里有星星的女孩——我的女同桌。

我和她真是缘分不浅，竟然又相见了。

“思思，我好想你！”

我管不了那么多，不管活着还是死了，我只想拥抱当下。

所以，我二话没说猛地抱住了徐思思，眼泪如同黄果树瀑布一样一发而不可收。

一阵诡异的寂静。

然后是惊天动地的噪声。

起哄声。

欢呼声。

尖叫声。

咒骂声。

声声入耳，如此真实而震撼。

我感受到徐思思的脸庞红得发烫，烫得我都燥热起来。

她一把推开了我，正准备骂我的时候，看着我一脸泪痕、委屈巴拉的表情，顿时愣住了。

“张三冲！你给我站起来，滚出去！在我的课上睡觉不说，还敢调戏女同学，明天找你家长来！”

我回过头，发现自己坐在高一的教室里，眼前的讲台上，是班主任兼数学老师“白眼”。“白眼”是他的外号，因为他思考的时候总喜欢翻白眼，叫习惯了这个外号，我倒真想不起来他的本名了。

"'白眼'，你怎么在这儿？！"我不假思索，脱口而出。

又是一阵死一般的寂静。

我感到全班人的目光都集中在我身上，那是一种看待烈士的目光，敬佩而惋惜。

"张三冲！""白眼"的声音在颤抖，我似乎看到他的怒气值如同超级赛亚人一般在突破上限。

片刻之后，我站在教室外的走廊上，擦着嘴角睡熟时流出的口水，看着楼下操场上正在踢足球的学生们——风华正茂。隔壁的班级传来集体朗诵英语课文的声音，天空的白云流淌着无忧无虑的岁月。

一低头，看到身上熟悉而遥远的高中校服。这一年，我 16 岁。

浮云一别后，流水十年间。

黄粱如一梦，何处是真实？

我不知道明天的我将会在何处，我不知道此刻的世界是否真实，我甚至不确定，现在的我是否就是原来的我。

然而，当我回望窗内，凝望着教室里坐着的马尾辫少女，我想，这就是属于我的，最好时光。

【咖啡馆内】

庄非听完张三冲的故事，挠了挠头，看着眼前这个穿着高中校服的少年。

"故事是不错，我也希望停留在最后这个瞬间。所以……你再也没有回到原来的世界？"

"是的，从那天后，我就一直停留在高中这个世界里。"

"估计是实验室那边出了什么问题，无法回收了……不好意思，职责所在，我想我需要把你送回去。”

“我可以不回去吗？”张三冲眨眨眼，一脸渴望听到肯定回答的表情。

“你不觉得奇怪吗？那原来这个世界的高中生张三冲去哪儿了？”庄非问。

张三冲顿时露出了困惑不安的表情。

“是啊，原来那个‘我’去哪儿了？不关我的事，我真的不知道。”

这时，吧台的青轩悄悄走过来，对着庄非的耳朵耳语了一番。听得庄非时而蹙眉，时而点头。

“现在的情况有点儿复杂，你原来那个时间线等于是断了。而现在这个世界的张三冲的意识体去向不明，我需要你暂时代替他活着。”

“万一他回来了呢？”张三冲忐忑不安地问。

“那我就只能把你抹除，或者让你跟之前一样，作为潜意识体寄居在这副身体里。”

“也行，也行。”张三冲露出了欣慰的笑容。

“这样吧，我暂时把你列入监察名单。只要你在这个平行世界不做出过于影响因果律的事，我就睁一只眼闭一只眼。但是，一旦你做出影响时间线的事，我就会毫不犹豫地把你抹杀。”

“影响因果律的事，是指什么？”

“比如，利用其他世界得到的情报在这个世界牟利，或者救了本会死亡的人等，改变了自己或他人的命运之类的。”

“那我该怎么活？”

“老老实实地活，你可以做你想做的事，但必须靠自己的力量，而不是利用时空穿越的纰漏。我会给你三次警告的机会，如果再犯错，我就只能将你抹除了。”

张三冲老老实实地点头，感激涕零。

正要离开的时候，庄非忽然想到了什么，叫住了他："好好学习啊，这个世界的张三冲成绩还不错，你要是让他高考考砸，也要被抹除。"

"我的天！考不好，还要命啊！"

第十二杯

盗梦人生

01

我曾经跨过山和大海

也穿过人山人海

我曾经拥有着一切

转眼都飘散如烟

我曾经失落失望失掉所有方向

直到看见平凡才是唯一的答案

……

咖啡馆里播放着朴树的《平凡之路》，店里的人都在安静地做着自己的事。

庄非斜躺在沙发上，双脚架在取暖器上，全身包裹着毛毯，看着窗外纷纷扬扬的白雪。

整整一天，他都自己跟自己下着围棋，一会儿换一边，忙得不亦乐乎。

青轩坐在吧台，戴着巨大的耳机听着歌闭目养神。

鹿蝶在烘焙机前尝试着做新的蛋糕。

起风了。

雪纷飞。

天变得愈加冷了。

咖啡馆门口的风铃摇曳，清脆、悦耳的响声不时地回荡在街道。

“青轩，快来看，雪下大了。”庄非对吧台的咖啡师喊道。

一个衣衫褴褛、蓬头垢面的流浪汉散着一头油腻腻的长发，脚步蹒跚地走到咖啡馆门前，踟蹰着想要推开门，却又轻叹了一声，坐了下来。

“这……是梦？”流浪汉看着这条幽远而神秘的长街，喃喃自语。

流浪汉抬起头盯着空中飞扬的雪花，眼中含泪。他的脸虽然很脏，但五官挺端正的，看得出年纪其实不大，只是神情有种饱经世事的颓唐老态。

门开了。

“这位客人，怎么不进来？”庄非温和地招呼流浪汉。

“我吗？”流浪汉四下张望，只有他一个人在门口。

“这里还有别人吗？天这么冷，进来喝杯热咖啡吧。不收你钱，你给我讲个故事就好。”

庄非的声音透着某种魔力，让流浪汉感到舒心而信赖，不由自主地，他就跟着庄非走进了店内。

咖啡师已经开始忙碌起来，糕点师也在厨房做起了蛋糕。庄非调整着坐姿，拿了几个抱枕垫在身后，笑意盈盈地说："你会来到这里，想必有奇妙的经历吧。说出来，也许我可以帮你。"

流浪汉露出了意外而惊喜的神色，激动得有些发抖：

"好的，那我先整理整理，太久没说话了，我怕自己语无伦次。"流浪汉有些忐忑地说。

02

当流浪汉喝下特制咖啡，整个人都神清气爽，他长长地深呼吸了一次，然后缓缓地讲述起自己的神奇故事。

流浪汉的名字叫林伟男，28岁，目前是个流浪汉，然而事实上，他却拥有巨额的财富。可为何会沦落至此呢？故事要从他毕业那年说起。

林伟男是个单亲家庭出身的孩子，跟着父亲一起生活。父亲嗜酒、嗜赌，家里经常入不敷出。父亲一旦喝醉酒或者不顺心，就会拿他出气。他从小就伤痕累累，得不到家的温暖，感到孤独与悲哀。于是，他高中没读完，就离开家乡出去打工了。

工地搬砖、发传单、送外卖、洗盘子……各种苦活、累活他都做过。为了生存，流血、流汗毫无怨言，至少终于拥有了属于自己的生活。他去过很多地方，为生活吃了许多苦。他一个人默默地忍受煎熬，不曾怨天尤人。

有天早上醒来，他发现自己的枕头开裂了。为了省钱，这个枕头用了好多年，又破又脏，是该丢了。

当天下班回去的路上，他走着走着，正想着等会儿去买个新的枕头，就看到了小巷子里有一家亮着灯的杂货铺。

“第六天集团？”林伟男站在店门口发愣，“我每天经过这条路，什么时候开了这么一家店，我怎么没注意？”

带着纳闷，林伟男不由自主地走了进去。店里的东西挺少的，排列也很随意。

一个和蔼可亲的白发老头坐在柜台后面，笑眯眯地对林伟男说：“小伙子，想买什么呀？”

“你这儿有枕头吗？”

“有、有、有。”老头起身，走到林伟男面前，端详了他一番，说，“你是要睡得香的枕头，还是要做美梦的枕头呀？”

“啊哈，枕头还有这些功能？有什么区别？”

“睡得香就是没有梦，一觉醒来让你精力充沛，更加努力地工作。做美梦的枕头会让你一夜美梦，让你在梦里满足所有的愿望。”

“哈哈，真的假的？老板，你真能吹。那我买一个美梦枕头好嘞，我还真是没怎么做过美梦呢。”

“好嘞，一个美梦枕，让你梦中不知谁是我，醒来方晓我是谁。”老头浮夸地用戏腔唱着，随即从仓库里拿出来一只造型古朴的竹枕，递给了林伟男。

“多少钱啊？”

“10元钱。”

“这么便宜啊。”

“小本买卖，童叟无欺。”老板笑得眼睛都眯成了一条缝，一脸忠厚实在，停了一下，他忽然说，“年轻人，你要记住我的话，梦和现实，你只能满足其中一个。现实越煎熬，梦越美好。反过来也一样，所有命运赠送的礼物，早已在暗中标好了价格。”

“哈哈，我的梦和现实都不怎么样。我只希望吃得香、睡得着，就满足了。”林伟男嘻嘻一笑，没当回事。

林伟男买了枕头离开后，老头看着他离去的背影，笑容陡止，喃喃道：“做个美梦吧，孩子。梦中有你向往的生活。”

林伟男回到家，把枕头一换，洗漱之后就困得不行了，早早就入睡了。

果然，他很快就进入了梦乡。

他发现自己站在一条昏暗的胡同里，前方雾气迷蒙，看不清东西。奇怪的是，他意识到这就是梦中的世界。循着前方的一点儿光亮，他缓缓地前行。

走出昏暗的胡同，眼前忽然变得人声鼎沸，热闹了起来。

这是一个黄昏时分的街道，下班的人与放学的学生鱼贯而行。人们或三五成群，或行色匆匆。街边小摊的叫喊声、自行车的铃声、汽车的鸣笛声、人们的交谈与脚步声，声声满是人间烟火味。

他看着人来人往，头有些蒙。眼前的人都好真实，每一个人的样貌、年纪、体格，甚至衣服的花色、头发都截然不同。他开始有些分不清，这到底是不是梦。

他随着人群走动，茫然无措。

忽然一个熟悉的身影出现在他眼前。

“小伟，还愣着干吗，赶紧跟我回家呀。”

他抬眼一看，是父亲，是自己多年未曾回家探望的父亲。

他凝望着父亲，有些恍惚，父亲似乎变得年轻了许多，气色不错，人也精神，跟记忆中那个总是愁眉苦脸、醉醺醺的酒鬼很不一样。此刻的他穿着一身足球队服，身上都是汗水。

“爸？这是？”

“你这孩子怎么有点儿灵魂出窍啊。你妈打电话说饭都做好了，让我们赶紧回去，我们俩踢球踢得太晚了。”

“啊？妈？妈不是走了很多年了吗？”

“嘿，你这臭小子说什么晦气话，脑子坏了吗？赶紧回去，不然菜凉了，你妈要生气了。”

林伟男还没搞清楚状况，就被父亲拉着走了。

穿过几条街，来到了一个看起来蛮新的小区，环境还不错。父亲打开了楼道的大门，两个人坐上电梯到七楼，进了一户公寓。

屋子虽然不大，但布置得干净、温馨，很有家的气息。客厅的圆桌上已经摆满了各种家常菜，酸菜鱼、红烧肉、辣子鸡、番茄炒蛋，还有一碗骨头汤，都是林伟男小时候爱吃的。

“你们总算回来啦。踢个球踢这么久，再晚点儿回来，饭都不给你们吃了。”厨房传出妈妈嗔骂的声音，不过反而让人觉得是一种宠爱之情。

林伟男迫不及待地跑进厨房，看到了正在收拾的妈妈。

他已经十多年没有见过她了，自从小时候妈妈生病去世之后，家里就越来越冷了。他都快忘记记忆中妈妈的长相了，可是在梦中一见到，那种熟悉的温暖又回来了。

“妈！”林伟男忍不住一把从背后抱住了妈妈，“妈，我真的好想你呀！”林伟男的眼泪像决了堤，只感到多年的忍耐、坚持、辛酸与艰难都找到了一个出口，眼泪喷涌而出。

林爸爸和林妈妈都一脸惊诧地呆住了。

“小伟，你这是怎么了？这才多久没见，怎么这么矫情啊。”

林妈妈转过身来，看到满脸鼻涕、眼泪的林伟男，一脸震惊。随即，妈妈又微笑着用手抹去他脸上的鼻涕、眼泪，哄孩子似的说：“小伟是不是遇到什么事了，这么难过？没事的，没事的，妈妈在呢。跟妈妈说，吃顿热饭就过去了。”

林伟男看到妈妈还是记忆中年轻、亲切的模样，终于忍不住，“哇”的一声放声痛哭……

吃饭的时候，爸爸与妈妈都不停地给他夹菜，对他嘘寒问暖。

“多喝点儿汤，促进消化，别吃那么急。”妈妈疼爱地说。

“妈妈做的菜，真的太好吃了。”林伟男不停地往嘴里塞食物，感受到满满的幸福。这么多年了，再也没有人给他做过饭，也没人这么亲切地对待他了。

妈妈慈祥地拍打着林伟男的背，说：“慢点儿吃，慢点儿吃，喜欢妈就再给你做。”

爸爸在一旁开玩笑：“哟，那老公呢，我也想你给我夹菜。”

“自己夹！你没手吗？”妈妈娇嗔道。

一家人和谐、美满的气氛弥漫在这小小的屋子里，林伟男微笑着看着父母斗嘴，心中是满满的幸福。

好希望这不是一个梦啊，好希望这个梦再做得久一点儿，再久一点儿，该多好。

这一晚，他熟悉着梦中的家，洗了热水澡之后，妈妈端来了水果和热牛奶，还帮他整理好了床铺。

“妈，这些我自己能来，你不用这么辛苦。”

“应该的，小伟你跟妈客气什么。明天，你要去上大学了，以后妈就没机会照顾你了，您好好照顾自己哦。”

“什么，我要上大学了？”

“你这孩子，稀里糊涂的，上大学这么大的事都忘了？你不是说你自己一个人去报到，不用我们陪你吗？对了，妈这里有些钱，给你当零花钱。你拿好了，别花得太快。”

说着，妈妈拿出了一个厚厚的红包，塞进了林伟男的衣服口袋里。

“收好了哦。在大学里遇到喜欢的女孩子要勇敢一些、大方一些，早点儿带个女朋友回来。”

“啊？”

“早点儿睡吧，明天你还要早起赶火车呢。”

“嗯……晚安。”

林伟男想，这梦中还需要睡觉吗？他有点儿舍不得，想跟妈妈多聊一会儿，想在这个梦中温馨的家中多生活一阵。

这种平凡而普通的生活，是他这么多年来多么向往与憧憬的呀。但也只能在梦中才能体会了。

他躺在床上，辗转反侧，握着妈妈给的红包，心里百感交集。直到天都快亮了，他才沉沉地睡去。

从梦中醒来，现实中的天也刚亮，林伟男看着自己出租屋内简陋的一切，怅然若失。梦总是要醒的，醒来以后是更大的空虚与失落。

他起身准备到浴室洗漱，一站起来，忽然听到什么东西掉落的声音。他一低头，发现是个红包。

就是梦中妈妈给他的那个红包！

林伟男大为诧异，俯身捡起红包，打开一看，里面有厚厚的一沓人民币。

“这，是怎么回事？”

林伟男有些回不过神来，梦中的东西，怎么会来到现实中？

他看了看那个竹枕头：“莫非真的是美梦成真？”

不过，一夜美梦之后，白天的林伟男依然处于恍惚状态，工作中好几次分了神，被领导批评了。

下班回家的路上，他试着用那个红包里的钱买了些水和食物，还忐忑着担心不能用。结果，一点儿问题没有，这让他更是感到又惊又喜。

回到家中，早早洗了个澡，他就迫不及待地盖上被子，枕上竹枕，闭目养神，准备进入梦乡。

03

梦中，他在大学宿舍，室友都是非常有趣、友善的人，大家相处融洽，关系很好。大家一起打球、一起开黑玩游戏、一起喝酒，痛快、肆意地度过青春年华。大学还遇到了喜欢的可爱女孩，在梦中经历了初恋、初吻，青涩而美好的爱情。

眼看就要毕业了，大家就要各奔东西了，一帮人拿着啤酒瓶泪流满面，回忆时光匆匆，岁月如梦。

“如梦？”林伟男突然意识过来。

“我好像就是在做梦吧！算了，管他那么多，兄弟们，再喝！”喝着喝着，他终于失去了意识。

晕晕乎乎之间，他醒了过来，眼前依旧是逼仄、破旧的出租屋，手里还拿着一瓶快喝完的啤酒。

“这……就是传说中的南柯一梦吧？明明只是一场梦，我却好像有了读完四年大学的回忆，真神奇。还有，好像在梦醒之前，只要是手里拿着的东西，就会出现在现实中。”

林伟男再去找那家杂货铺，却再也找不到了。问周围的人，也没人说看到过有这么一家杂货铺。

“这一切，太奇幻了。”林伟男抱着这神奇的枕头，喃喃自语，“也许，这是上天赐给我的礼物吧！”

于是，他开始对每天的睡觉格外期待，白天敷衍地工作完之后，就火急火燎地回到家中，枕上枕头，让自己快速入睡。

今天这个梦里，他成了一个侠客，手执利剑，雄姿英发，狐鳖轻裘，身处荒野，踽踽独行。

“今天这个梦是武侠风吗？感觉这身装扮好帅啊。”

走着走着，到了一条小河边，忽然一群黑衣人追赶着一个穿着锦服的清秀少女从林伟男身边经过。

“不是吧，这么老套，英雄救美？不过，我喜欢。”

林伟男提起了手中宝剑，缓缓走向黑衣人。

“站住！光天化日之下，竟敢调戏良家女子，王法何在！”林伟男挡在了少女面前，大义凛然。

“臭小子，与你无关，不要管闲事，小心丢了性命。”

“少侠救我！”

“放心，路见不平拔刀相助，这件事我管定了！”

“地狱无门你偏要闯，臭小子找死！”

“台词也太老套了！”

林伟男冲入人群，一阵胡乱挥舞。结果，众黑衣人的动作变得特别慢，简直就像是慢动作回放，林伟男随随便便就把他们都打败了。

“臭小子，你等着！”黑衣人说完就捂着伤口一溜烟跑了。

“感谢少侠救命之恩，小女子无以为报，唯有以身相许。”少女娇羞地一低头，面色绯红。

“不是吧，这个梦太假了！不过，我喜欢。”

随后，回到女子家乡。原来，她是一位富甲一方的员外的女儿。两个人火速成亲，拜堂，然后入洞房。

“夫君,这是我母亲祖传的宝玉。今天赠予夫君,一堂缔约,良缘永结,匹配同称，白首到老。”

“这块宝玉能值不少钱吧？”林伟男拿着玉心想。

“夫君，要不要听我给你唱段曲啊？”

“好啊好啊。”

“并刀如水，吴盐胜雪，纤手破新橙。锦幄初温，兽烟不断，相对坐调笙。低声问向谁行宿，城上已三更。马滑霜浓，不如休去，直是少人行。”

林伟男躺在床上听着妻子美妙的歌声，手握美玉，美不胜收。他满足地笑着，一不小心就睡了过去。

在出租屋里醒来，林伟男抬手一看，果然美玉在手中。

“哎，春宵一刻值千金，我怎么睡过去了……”

林伟男拿着宝玉去当铺问价钱。

“你这块玉非常像北宋时期的白玉童子坠啊……我不敢确定，你要找专家鉴定一下。”当铺的老板回答。

“如果是真品的话，值多少钱？”

“如果是真品，那在城中心买一套房子没问题了。”

林伟男又拿着宝玉找到了相关玉器专家。经过鉴定，这的确是宋代的精美玉器，青玉质地，温润无瑕，圆雕而成，造型古朴、美观，在拍卖市场上非常受欢迎。

林伟男委托相关拍卖机构将宝玉拍卖之后，看着银行卡里的钱，他的嘴巴半天闭不上。按照他原来辛苦打工赚的工资来算，一辈子都未必能赚这么多。

这期间，他每天也都做着不同的美梦，各种时代、各种背景、各种人物……

有成为集团总裁、商界巨子的，宝马香车出入豪宅；

有成为世界拳王、格斗冠军的，身手矫健所向披靡；

有成为当红演员、国际歌手的，迷倒万千妙龄少女；

还有冒险家、超级英雄、天才、皇帝、将军等不同的身份，度过了各种无比精彩的人生。

种种人们幻想中最痛快、最开心的人生，他在梦里都经历了一遍。

而从梦中得到的金银财宝、收藏的古玩等，也让他拥有了越来越多的财富。

一开始，他还不太敢花钱，后来他辞职之后，买了房、买了车、买了一些投资理财的产品。在现实中，他也成了人生赢家。

他穿着昂贵的名牌西装、开着跑车，去之前不敢去的场所一掷千金。也有了越来越多的狐朋狗友，以及帮闲的伙伴。

夜夜笙歌，灯红酒绿，从前那个吃苦耐劳、坚忍不拔的年轻人变了。

他变得醉生梦死、变得左拥右抱、变得自以为是，觉得自己是上天选中的人。无论醒着还是在梦中，都无比快活。

终于有一天，美梦，不见了。

这天晚上的梦中，他成了一个阶下囚，被人五花大绑在一个潮湿、阴暗的刑房里。

一个满脸横肉的兵卒恶狠狠地对他说：“赶紧交代了，大家都省事儿。”

“什么情况？”林伟男有点儿意外，这个梦境一点儿都不像是美梦啊。

“还不说！找死！”兵卒狠狠地抽了他一鞭子，顿时皮开肉绽、痛彻心扉。

“啊——”

这种真实的疼痛感让林伟男头疼欲裂。

“说不说，你说不说，赶紧说！”兵卒恶狠狠地一鞭子一鞭子不停地抽，抽得林伟男仿佛觉得自己在地狱。

“我真的什么都不知道啊！”

“还嘴硬！看来得来点儿狠的了。”

兵卒从一旁的火炉中取出一个红彤彤的火钳子，狞笑着向他靠近。

“不是吧，这不都是电视剧里的套路吗？不要啊，我是真的不知道。”

“滋——”

“啊——”

林伟男疼得休克过去。

惊醒之后，他一下子坐起来，喘气不止，胸口竟然还隐隐觉得生疼。他一看自己的手，竟然有绳子绑过的痕迹，鞭子抽到的伤口依然还在流血。

林伟男赶紧包扎了伤口，心中巨大的恐惧感涌上心头。

“这是用这个枕头之后，第一次做噩梦，太可怕了。”

第二天晚上入睡前，林伟男有些忐忑，但还是用了那个竹枕头。

结果，依然是噩梦。

梦中，他发现自己在一辆囚车上，两边的道路上有无数百姓围观。大家骂骂咧咧，有不少人还向他扔了烂白菜和鸡蛋，砸在了他脸上。

“难道，又是噩梦？”林伟男有种不祥的预感，想要立刻找个方法醒来，可是身体却不能动。

他被押到了刑场，主审官道：“林伟男将军卖国求荣、屠戮百姓，罪不可赦，凌迟处死！”

现场掌声雷动，人们欢呼雀跃，大声叫骂："去死吧！林伟男，你个杂种！"

"林伟男，你不得好死！死后下十八层地狱！"

"我要吃你的肉、喝你的血！"

"杀了他！杀了他！"

大家都红了眼睛，看来这个身份非常遭人恨啊。

林伟男绝望得快要窒息了，只恨自己怎么不能快点儿醒来？！他不停地挣扎，左摇右晃，想要挣脱开来去撞墙，好让自己失去意识。

行刑之人把他按得死死的，然后把他绑在了刑场的大柱子上。刽子手阴森森地登场，开始将他一刀一刀地凌迟。

他在忍受了几刀之后，终于失去了意识。

所幸醒来了，林伟男面色惨白、痛哭流涕，梦中那种无比残忍的刑罚让他想起来就觉得全身发冷，赶紧去浴室泡热水澡。

"难道，从此以后，都没有美梦了吗？"

一刹那，他忽然想起当初买枕头的时候，离开前老板说的一句话："梦和现实，你只能满足其中一个。现实越煎熬，梦越美好。反过来也一样。所有命运赠送的礼物，早已在暗中标好了价格。"

林伟男吓得一哆嗦，赶紧把竹枕头藏了起来，另外换了一个普通的枕头。

不过，就算换了枕头，一切也没改变。

当晚，他梦到自己成了一个贪官，皇帝亲自主刑，将他抛入滚烫的油锅，活活烫死。

他醒来之后，气得一怒之下烧掉了藏起来的竹枕头。

然而，一切都无法改变。

噩梦依然继续着。

活埋、宫刑、腰斩、剥皮……各种传说中的可怕刑罚，他在梦中都经历了一遍。短短几天工夫，他憔悴得好像老了10岁，白头发也陡生不少，那双手上满是伤痕。

“我到底该怎么做？”林伟男仰天咆哮，无语凝噎，“难道，我一定要过得很惨，才能不做噩梦吗？”

他试着不住大房子、不大吃大喝、不花天酒地。果然，梦境不再像之前那么恐怖，但也都是一些被人辱骂、冤枉、陷害之类不愉快的梦。

随后，林伟男变卖了所有房产和资本，把大部分钱都用匿名的方式捐给了慈善机构、希望工程。然后，他开始浪迹天涯。

“那段时间，我已经有五天不敢入睡了。每天都强撑着，生怕不小心就进入了地狱。在几乎所有财产都失去之后，我才非常不安地进入了梦乡。那一天，终于没有再做噩梦了。”

“你梦到了什么？”庄非问。

梦中，他回到了从前的老家，还是童年时记忆的模样。

房子虽然破旧，可是里面熟悉的饭菜香，让他知道妈妈在里面。

他推开门，妈妈微笑着在阳光中看向他：

“回来啦，好好吃个饭，一切都会过去的。”

“妈，我回来了。”

他的眼泪，她的微笑，阳光正好，从前，现在。

04

在流浪的日子里，梦境慢慢朝着美好的方向发展了。

他的梦境变得连贯而持续，从童年时代开始，一步步到中年，都是平凡而温馨的。

他在梦中家庭美满。恋爱，工作，结婚……一切都顺遂而幸福，令他流连忘返、依依不舍。

在梦中，他有最真挚的至交、最体贴的妻子、最可爱的孩子。他们一家人一起去旅行，时间总停留在最美好的时刻。

每一次梦境都无比快乐、温暖、亲切，让人感动，如同一场场拍得最好的人生电影。

他知道是梦，他只是再也离不开这些梦，尽管醒来后备受白眼和冷漠、风餐露宿、衣衫褴褛、蓬头垢面。可是，现实何尝不是另一种梦境？如果感受和记忆都是真实的，是梦是真，还重要吗？

醒来的时候，就当是一次梦游吧。

05

“所以，你选择了流浪汉的生活。为什么不租个房子，过简单的生活？”庄非问。

“只有我醒来时什么都不拥有，我才能拥有最美好而连贯的美梦世界。一旦得到了自己梦想中的东西，人们就不会那么珍惜了。最一无所有的人，也是最能做梦的人。”

“嗯……”庄非若有所思。

“我之前在现实中所拥有的一切，如今想来，无聊透顶，还不及我一晚上梦境的精彩。所以，我选择做个梦中人，就算笑我痴、笑我傻，我也无怨无悔。即使明天就会死去，我也没有怨言。最好和最坏的人生，我都已经承受过无数遍了。”

“你开心就好。到底什么才是最好的人生，谁又真的说得清楚？毕竟每个人只能活一次，能像你这样经历无数人生的，也值了。”

“谢谢你的咖啡，很好喝，也很舒服，我知道你这家咖啡馆不一般。我想知道，回去之后，我会怎么样？”

“不会怎么样。如果你觉得现在这样挺好，我不会对你做什么。反而是我，失眠了太久，只有靠你们的故事才能入睡。”

“你会做梦吗？”

庄非沉默了良久，终于轻轻地摇头。

“庄子说，真人无梦，梦醒一如。看来，你是个无欲无求之人啊。”林伟男感叹。

庄非笑笑，没有说话。

一颗芥子豆，一杯清水。

庄非一饮而尽，眼神望向窗外。

人世浮华，虚苦劳神。不如归去，做个闲人。

第十三杯

空房间

01

零点时分。

老挂钟的声音清寂地回荡在安静的咖啡馆里。

咖啡师青轩戴着耳机静静地看电影，糕点师鹿蝶在角落的藤椅上跷着二郎腿看一本畅销书，书名叫《从我的全世界滚蛋》。

钟声骤停，庄非在沙发上睁开眼睛，看着门口发愣。

“奇怪，都过零点了，今天怎么没有客人来？”庄非对着门口自言自语。

“我怎么知道？没人不是更好？落得清闲。”鹿蝶满不在乎地嘟囔，头都没抬。

“不会是你最近偷懒了吧？”庄非伸了个懒腰，缓缓起身。

"这里最懒的人就是你好吗？"鹿蝶毫不示弱地戗声。

"拜托，我是店长。店长有更重要的事要做，好吗？"庄非走到吧台喝了口水，顿觉神清气爽。

"每天不是睡就是吃，你这店长做得也太爽了吧。"鹿蝶翻了一个大白眼，表达了对懒汉店长的鄙视。

"你不懂，大道至简。"庄非笑笑，突然听到肚子发出了咕咕声。

"我饿了，蝶，做点儿吃的给我呗。"庄非柔声说。

"好烦啊你，就你事儿最多。"鹿蝶说归说，却还是放下书站起来，走到厨房忙活起来。

就在这无比祥和、温馨的时刻，大门突然被人一脚踹开，只听"哪"的一声巨响，一个高大的人影横空出现。

"欢迎光临。"庄非转身温和地问候。太好了，总算有客人来了，不然漫漫长夜，可够无聊的。

"少废话！赶紧把食物交出来！"来人拿出一把短枪，恶狠狠地吼道。

没人回应他，青轩调制着咖啡，鹿蝶在打着鸡蛋，庄非自顾自地喝水，大家好像都当他不存在。

"敢逗老子？老子可不是开玩笑的，这是真枪！"说着还举起枪装模作样地要瞄准谁的样子。

可是看他的样子，似乎很紧张。

店里的三个人神色不变，一脸看戏的轻松表情。

"店长，有人打劫。"鹿蝶用一种你看这边有只猫的语气跟庄非说。

"也是新鲜。"青轩笑得露出了白牙。

"看来这人完全搞不清状况。"庄非放下杯子，慢慢地走了过去。

"砰！"

只听一声枪响，片刻之后，有人轰然倒地。

当然，倒地的人不是咖啡馆的三人组，而是那个劫匪。

劫匪的胸口中枪，殷殷鲜血溢出，他瘫倒在地，一脸见到鬼的不可思议，随即就晕死了过去。

“青轩，准备一杯咖啡。蝶，来帮他疗个伤。等他醒过来，咱们准备听故事喽。”庄非躺倒在沙发上，打了个哈欠。

02

“我叫白铁汉，33岁，是个被通缉的劫匪、杀人犯。”白铁汉眼神恍惚、面无表情，开始自我介绍起来，“我这人从小就能打，长得也壮实，天不怕地不怕，就没怵过谁。

“本来吧，我的人生梦想是做个职业拳手，在擂台上所向披靡。既能打架又能赚钱，多风光。谁知道几年前有一次去酒吧，喝多了去泡妞，不小心跟人起了冲突。结果，一冲动把人打残废了，坐了一年牢。

“倒霉的是，被我打残的那个人的家人不依不饶。我从监狱出来后，他们依然三天两头来找碴儿。有一次，他们把我惹怒了，我就拿了根棍子打死了两个人。从此，我不得已走上了亡命天涯的道路。

“在我亡命天涯的途中，我也就索性破罐子破摔，打家劫舍、杀人放火什么都做过，警察我也杀过。我知道，我肯定没有好下场，死对我来说反而是种解脱，我根本不怕。我一路逃啊逃，有一天，来到了一个奇怪的地方。”

劫匪白铁汉眼神呆滞，开始幽幽地讲述自己的经历。

咖啡馆的三个人都饶有趣味地看着他，心里有种期待，想知道他遇到了什么倒霉事。

一天夜里，白铁汉逃到了一个偏僻的小山村。

虽然身上带了几十万元抢来的现金，却没地方用。白铁汉决定在这里找个地方埋一些钱，然后去村子里买点儿吃的。

他发现荒山的半山腰有一个废弃的木屋，门半开着，他就想晚上在木屋里过夜。

木屋不大，里面空空如也。白铁汉用打火机照了照，发现屋子里出奇地干净，好像每天都有人来打扫一般。

他没在意，拿根棍子闩上门，靠在一个角落就睡下了。

睡到半夜，他突然听到一声巨响，从睡梦中惊醒过来。

刚睁开眼，他就觉得眼前亮得惊人，眼睛刺痛得睁不开。

白铁汉本能地拔出腰间的枪大喊："谁？！不要乱动！我有枪！"

什么声音都没有。过了一会儿，白铁汉缓缓地睁开眼睛，不禁呆住了。

此刻，他正站在一间四面白墙的明亮房间之中。房间不大，10 平方米不到，然而墙体似乎自己会发亮，照得整个房间通透无比。

房间甚至没有门，除了墙面之外，空无一物。

"见鬼了。"白铁汉揉了揉眼睛，又给了自己一拳，确认自己没有在做梦。

"莫非我已经被警察抓了？这里是什么新型监狱吗？"

白铁汉小心翼翼地四处走动，看看有没有摄像头或出入口。

什么都没有，除了发光的墙面，一无所有。

"有人吗？出来呀！"白铁汉举起枪朝墙面开了三枪，墙面上留下了三个弹孔。然而，弹孔很快就如同波纹一样快速消失了，墙面好像海绵一般。

"这里到底是什么地方？有种来个人呀！"

任凭白铁汉在里面怎么大叫大闹，还是什么人都没有出现，什么声音都没有，安静得匪夷所思。

他开始用力地撞击墙面，抬腿踹，拿头撞，用拳头击打。没用，什么反应都没有。

他不停地骂着脏话，试图把始作俑者喊出来，不过都白搭。渐渐地，他感觉筋疲力尽，肚子也开始饿了。

白铁汉抱头蹲在角落，陷入了混乱。

也不知过了多久，焦虑不安的白铁汉已经又累又饿，颓丧地躺在地上看着天花板。

全是雪白的，他觉得自己好像被关进了一个纯白的积木当中。

他试着脱下外套盖在头上睡觉，可翻来覆去还是睡不着，只觉得黑眼圈越来越深。

好饿。好闷。好困。好难受。

白铁汉活这么大，从来没有感觉这么憋屈过。他觉得心里有满腔的怒火，却无处发泄。

想睡，怎么也睡不着；想吃，什么食物都没有。他甚至觉得呼吸都变得很短促，每一次呼吸，都变得越来越沉重与压抑。

又过了好久，好久。在这一无所有的地方，时间变得毫无意义。白铁汉身上也没有手表和手机，不知道到底过了多久，只觉得在外面的一辈子都没在房间里这段时间这么长。

他终于受不了了，用尽最后的力气吼道："不管你是谁，算你牛！老子这条命，给你！"

说完，他拔出枪给自己的脑袋来了一枪。

"砰。"

眼前一黑，他露出了解脱的笑容。

无尽的黑暗中，他的意识逐渐恢复，只觉得在不远处有光亮出现。似乎有吸力一般，他不由自主地走了过去。

他一睁眼，发现自己还是在那个四面白墙的房间里。

与之前不同的是，这次房间里出现了两扇门——两扇相对着的门。

他摸摸自己的脸，有些不知所措。

“明明我刚才已经死了，怎么会？”他缓缓地站起来，有些忐忑地打开了其中一扇门。

门的那一侧，是一个一模一样的房间，四面白墙，两扇对着的门。

他走入那个房间，那个房间的角落里也有一件跟自己一模一样的夹克外套。

他盯着那件夹克外套，拿起来一摸，里面有着一模一样的烟盒和打火机。很明显，这些就是自己的。

“怎么回事？”白铁汉双眉紧锁，想不明白。

他试着点了一根烟，抽了没几口便将烟熄灭，扔在了地上。

他立即转身回到原来的房间，只见地面上果然有一个正在冒烟的新烟头。

“这两个房间，莫非是一个房间？”白铁汉睁大了眼睛，觉得自己鬼撞墙了。

“鬼撞墙，我遇到鬼撞墙了！”

一想到这儿，向来天不怕地不怕的悍匪也觉得害怕起来。

“完了，我出不去了。”白铁汉悲哀地喃喃自语。

没有食物，也没有水，这个空空如也之地只剩下一个绝对孤独的自己。

“无论谁都好，来个人陪陪我吧！”白铁汉想，就算来个鬼能说说话也好。

这时候，门开了。

走进来一个满脸惊诧的壮汉，长了一张跟白铁汉一模一样的脸。

两个白铁汉面面相觑，忽然其中一个怒吼：“你他妈是人是鬼？”

“老子还想问你呢，是你整我的吗？”

话不投机，两个白铁汉二话不说举起枪对射了起来，他们分别倒地。

又一阵黑暗的光景，白铁汉的意识逐渐恢复，如同之前一样，他看到远方有光亮，就迷迷糊糊地走了过去。

“咔嚓——”开门的声音。

白铁汉看到房间里有两个扭打在一起的壮汉，穿着一样的破夹克。

扭打的两个人看到门开了，同时望向白铁汉，三个人皆是一惊。

三张一模一样的脸。

“你们是谁？！”白铁汉惊恐地问道。

“你又是谁？怎么跟我长得一模一样？”

两个大汉面面相觑，又是惶恐又是惊奇。

“老子叫白铁汉！”

“老子也叫白铁汉！”

“这世上只有一个白铁汉，你们都是假冒的。”其中一个满脸乌青地怒吼。

三个暴脾气，谁都不服谁，气氛一时剑拔弩张。

也不知哪个白铁汉先开的枪，瞬间血肉横飞，大家再次死去。

这次复活之后，白铁汉开始思考，自己似乎进入了一个不可思议的世界。如果一直这样下去，重复自己杀自己，真是永远没有尽头。

他打开房间，果然，这个房间里有一个跟自己长得一模一样的人。

“管他是什么呢，不能再自相残杀了。”白铁汉心想。

他勉强自己露出难看的笑容，对那个“白铁汉”说：“兄弟，你先别慌，我们静下来好好聊会儿。”

话还没说完，就忽然听到两声枪响。一阵刺痛之后，白铁汉低头发现自己的两条大腿被对方射穿了两个窟窿。

房间里的白铁汉 2 号（我们暂时称为 2 号好了）拿着枪狞笑着走到白铁汉面前，恶狠狠地说道：“什么鬼东西？竟敢冒充老子，是你把老子关到这里来的？”

“不是……我就是你，你就是我，你还没明白吗？”

“少废话，快放我出去！”2 号对着白铁汉的伤口又是狠狠一脚，“不然，老子有的是方法折磨你。”

白铁汉咬着牙，感到刺痛无比，他说不出话来，只能无奈地面对 2 号的暴力。

2 号显然认定白铁汉是始作俑者，用尽残暴的方式虐待他，逼他说出逃生的方法。

一段时间后，白铁汉已经毫无人样，全身上下都是血迹，关节被扭曲，骨头被砸断，没有一处好地方。奄奄一息之际，他憋出一句话：“你赶紧杀了我，我不会放过你的。”

“想死，没那么容易。”2 号露出狰狞的目光，说出了一句让白铁汉毛骨悚然的话，“我已经饿得快疯了，我要生吃了你！”

白铁汉惊恐至极，竟然休克了过去。

又一次复活，此刻的白铁汉只有满腔的怒火，他要找那个虐杀自己的浑蛋报仇。开门之前，他就已经准备好了枪。开门的瞬间，还没等房间里的人反应过来，他就给对方来了个爆头。

他打开另一面的房间门，里面有两个白铁汉在搏斗。他二话不说，一枪一个解决了他们，并拿走了他们的枪。继续打开房门，里面有三个白铁汉在互相持枪对峙，他一脚踹翻一个，连开两枪。正准备解决第三个的时候，房门开了，又进来一个自己。二话没说，直接给了他一枪。

无尽的循环，数不清的死亡与复活。每一个白铁汉都被愤怒与戾气所包围，在空无一物的房间里与无数个自己殊死搏杀。

他们不知道自己为什么要杀自己，为什么大家不能坐下来好好说话，为什么白铁汉是个这么恐怖又愚蠢的王八蛋。

他第一次感受到那些被自己所杀害之人的心情。

“地狱，这里就是地狱。我终于明白了。”经历过不计其数次死亡之后，他终于领悟到，自己可能早就死了，这个地方就是上天惩罚自己的地狱。

已经太晚了，每一次死亡之后，都会产生又一个自己。如今的情况是，他不杀人，人就要杀他。果然应了那句话：“冤冤相报何时了。”最可笑的是，那些杀与被杀的，其实都是自己。

命运的恶业，就像多米诺骨牌，一旦倒下了第一张，后面的牌就由不得你控制了。

也不知重复了多少次，忽然有一次，他再度回到了最初的房间，四面白墙，没有门窗。除了一身衣服和手里的枪，他什么也没有了。

他长叹了一口气，自言自语道：“还是这样好，还是这样好。”

在这空无一物的房间里，他只是躺着，不再想死，也不对逃生有幻想，只想让自己什么都不想，安安静静地待着。

饥饿、困倦、无数杀戮带来的惊恐回忆缠绕着他，他不停地拍着自己的脑袋，希望所有念头都消失。

没用。

创造这个房间的未知存在根本不在乎他的情绪，就算他哭、他叫喊、他跪地求饶，也永远得不到任何回应。

在感觉上，他好像过了上千年、上万年，甚至可能更久。

身体无力，精神崩溃。

求生不得，求死不能。

意识逐渐模糊、消失，他感觉到身体和念头都在逐渐消失，一切好像都回到了母亲的肚子里，混沌无知……

等他再次清醒过来，发现自己在一条幽深的小巷里。小巷的尽头是一家灯火温暖的咖啡馆。

他不禁流出了热泪，心想不管是幻觉也好，是做梦也好，终于离开了那个一无所有的鬼地方。

小心翼翼地走近咖啡馆，他透过窗户看到了里面的三个人：一个满头乱发，斜躺在沙发上睡觉；吧台有个人高马大的英俊青年，对着电脑或哭或笑；一个梳着马尾的娇俏少女在角落里安静地看书。

白铁汉犹豫了一下，是不是应该自然地进去点些吃的，这些人怎么看也没什么攻击性。可是转念一想，这些人多半可能是什么妖魔鬼怪，这里的一切都好像《聊斋》里描述的一样不可思议。

推门的手，迟迟没有动，腰间的枪，牢牢握在手上。

此刻的他，一念天堂，一念地狱。

店内的庄非微微睁开眼睛看了看大门，目光复杂。

“嗡——”

午夜的钟声敲响了六下后，庄非终于缓缓地起身。

“奇怪，都过零点了，今天怎么没有客人来？”

白铁汉的神经随着每一次钟声的敲响而紧张一分，他忽然有种感觉，里面的人可能就是阎罗王的黑白无常、牛头马面。

不管了，神来杀神，鬼来斩鬼。

这最后的一念起后，恶向胆边生，他猛地拔枪，一脚踹开了门，面目狰狞地出现在了众人面前……

白铁汉的故事讲到这儿，庄非露出了难得的严肃表情，直视着白铁汉，冷若冰霜地说：

“你知不知道，就在你进门的前一刻，你本来有逃离那个地方的机会的，可是……”

白铁汉的眼神终于恢复了正常，两眼已经不自觉地流出了眼泪：

“我知错了，求求你别让我回去，让我做什么都可以。真的，神仙，你大慈大悲救救我。”

“我不是神仙，我也救不了你，只有你能救你自己。”庄非默默起身，背对着白铁汉。

白铁汉“扑通”一声跪倒在地，不停地磕头求饶，喊着“救救我”，如同孩子般痛哭流涕。

“自作孽，不可活。青轩，动手吧。”庄非缓缓地走开。青轩点头，挽起了袖子。

就在那一瞬间，白铁汉委屈的眼神再次变得凶狠，心里的杀气涌上心头。

就在他准备起身做最后反抗的时候，庄非忽然说：“等等。”

白铁汉愣住了，因为他发现自己的身体无法动弹，像被什么捆住了一般。

庄非转过身，眼里是深深的悲哀：

“白铁汉，这次，你是真的失去最后的机会了。”

鹿蝶一脸惊恐地躲在角落里，看到庄非露出了难过的表情。

青轩在白铁汉脖子上一个重击，白铁汉轰然倒地。青轩拎着白铁汉的衣领，毫不费力地把他拖往仓库。

仓库的门打开后，里面是无尽的黑暗，如同黑洞一般深邃。

“咻”的一下，白铁汉被扔入了黑暗中。这次，他是真的无处可逃了。

青轩回到庄非身边，庄非已经恢复了懒洋洋的神情，斜躺在沙发上，盯着手中的黑色芥子出神。

“店长，像这种人你还想着救他，何必呢？”青轩说。

“我始终相信，人总会有一点儿善根存在。只要还有善根，就有救了，原来真的有人起心动念、言语造作，无不是邪恶。这次，我终于看到，原来一阐提真的存在，还是如此冥顽不灵。”

“什么是‘一阐提’啊？”鹿蝶问庄非。

“就是我执太重，自己就是自己的地狱，永远逃不离。”

庄非长叹了一口气，点燃一根烟，对两位店员喊道：

“下班吧！”

我执太重，自己就是自己的地狱。

第十四杯

告白诅咒

01

长街上走来一位僧人。

月光下的佛门弟子穿着一身黑色布条的百衲衣,步履平缓,神态宁静。

他的眉眼与脸上的棱角如同雕刻一般深邃、英俊，即便剪去了三千烦恼丝，依然可以是多少少女的梦中人。

秘密咖啡馆前，年轻的僧人驻足良久，终于轻轻地推开了门……

02

“稀客稀客！”鹿蝶一看来的是一位僧人，莫名兴奋地雀跃起来。她一蹦一跳地来到僧人面前，看了两眼后惊叹道：“和尚我是见过不少，这么帅的和尚还是第一次见，你都可以去演唐僧了。”

“女菩萨打趣了。”僧人轻轻摇头，似有一丝忧愁在眉间。

“庄非你快过来，我已经迫不及待想要听故事了！”鹿蝶的好奇心被勾起来了，急忙将僧人引导至沙发就座，然后一把拎起满脸困意的庄非，在他胸口一记重锤，差点儿没让庄非缓不过气。

“咳咳咳——你是想让我魂飞魄散吗？”庄非捂着胸口，龇牙咧嘴。

“青轩，赶紧做你的，别看了。”鹿蝶一屁股坐下，拿起抱枕环抱着，用肩膀蹭庄非，提醒他赶紧开始。

庄非开始调整呼吸，凝神望着僧人，忽然正色道：“难得，你是自己找到这里来的。是谁告诉你来这里的方法的？”

“是我的师父，他出家前曾来过贵处，是您告诉了他如何来此地的方法。师父前日告诉了我，我于今晚一试，果然没错。”僧人恭敬地双掌合十，语气谦卑。

“你师父是？”

“延镜法师，出家前的名字叫陆离。”

“哦……原来是他，没想到他最终还是放下了执着，不错不错。”庄非很快想起了这个人，那又是另外一个记忆深刻的故事了。

“既然如此，就不需要我多做什么了吧？来吧，出家人，说出你的故事。”

03

15 年前，江南小城，宋易正少年，面如冠玉。

最好的年纪，这个光彩照人的少年注定如此突出、显眼。刚上高一不久，就已经不断有女生送来情书告白了。

没想到，他却也惹来多少桃花债，一生因此而纠缠。

其中，就有一个引发后续故事的姑娘，名叫周淑。

周淑人如其名，是个温婉、乖巧的女孩，学习成绩也挺好，长得还有几分娇柔、清纯，不乏男生爱慕她。然而从她初次遇到宋易之后，整个人就好像着了魔一般。

那是开学不久后的某个傍晚，周淑和室友在操场散步、闲聊，忽然被人撞到了肩膀，一个趔趄没站稳，眼看就要摔倒了。这时，一双手有力地扶住了她，让她半个人陷入了那个人的臂弯。

在操场幽暗的灯光下，那个男生的眼睛如同潭水一般映照着光亮，额头上的汗水，宽阔的肩膀，无不透着健康、青春的气息。在那一瞬间，她觉得自己仿佛成了以前看过的无数言情小说中的女主角。而这个突如其来邂逅的男生，满足了她对小说中男主角脸庞所有的想象。

宋易并没当回事，一番道歉之后就跑开了，却不知道这一撞，在周淑的心里留下了难以抹去的印记。

“周淑，你没事吧？怎么看你像丢了魂似的。”室友问。

“没……没事，就是太突然了。”

“哇，刚才那个人好帅啊。我听说开学不到一周，女生们都在传学校有个校草级新生叫宋易，好像就是他。”室友还望着宋易的背影感叹。

周淑依然魂不守舍，感觉自己心里小鹿乱撞，心跳快得就要喘不过气来了。

“你说他不会是故意撞你的吧？这么大个操场，怎么会这么不小心？肯定是看你背影婀娜多姿，想搭讪你哦。”室友调侃地开了一句玩笑，没想到却无意说到了周淑的心坎上。

周淑暗暗觉得，宋易就是故意的，这是男生笨拙的接近方式。

从那以后，她就开始特别关注宋易了。

偷偷地喜欢，情窦初开的暗恋，每天在学校里能够见到他，就觉得心中开满了鲜花。

知道他喜欢打球、喜欢夜跑，她就经常装作不经意地在操场看书、散步；

打听到宋易回家坐的公交车，她就特意和他坐同一班公交车绕远路回家；

宋易常穿在身上的衬衫和 T 恤，她都买来一样的藏着，不敢穿，幻想有一天两个人穿情侣装……

她以为宋易应该会慢慢注意到她，毕竟她长得也不错呀。

谁知宋易还是少年心性，根本没往心里去，一直没有理睬她，从来都是和一帮男生混在一起，一点儿都不懂少女心。

时间久了，周淑慢慢忧郁起来。她本来就不是主动的人，已经做了很多自己觉得难为情的事了，可是那个人却一点儿都不在乎，这让她感觉很挫败。她不知道怎样才能接近喜欢的人，怎样才能和他说说话。

她每天胡思乱想，饭也吃不下，觉也睡不好，心神不定。

周淑的好朋友宁心看在眼里，便忍不住想拔刀相助。

宁心跟周淑初中就是同学，两个人的关系向来不错，考上高中后又分在了一个班，更是亲如姐妹。与周淑截然不同，宁心是个大咧咧的短发女孩，生性直率、活泼，甚至有点儿莽劲儿。她二话不说，直接上篮球场找宋易，对他说："我好朋友喜欢你。不管你有没有兴趣，认识她一下吧，她很不错的。"

现场打球的男生都大笑了起来。

"哟，宋大帅哥，看来又有人为你得相思病喽。"

"你们闭嘴啦。先打着，我马上回来。"

宋易有些尴尬地挠挠头，让宁心过去跟他单独说会儿话。

“你那个朋友是谁啊，不会是你吧？”

“想得美，别以为长了一张小白脸，全天下的女人都要爱上你。我朋友叫周淑，四班的。开学不久，你还在操场撞到过她，有印象吗？”

“嗯……撞到人我有印象。当时，我在想连载的《海贼王》的剧情，一不留神就撞到人了……不过，我根本不记得我撞到了谁……不是吧，这就要我负责？”

“人家可是想你想得茶饭不思，你一点儿都不理她，太冷酷了吧？”宁心愤愤不平。

“难道别人喜欢我，我就一定要喜欢她？那我得活得多累啊。再说了，我也不知道她是谁呀！”

“谁叫你长了一张‘招蜂引蝶’的脸呢？就算不喜欢，也交个朋友，给她个机会认识一下也好。不认识，你怎么知道你不会喜欢呢？”

“这话说的，这脸是我自己能选择的吗？还有，我凭什么就非得去认识呢？你给我一个理由。”

宁心灵机一动，说：“那我跟你打个赌如何？如果我赢了，你就跟她交个朋友。”

宋易爽朗地一笑：“有点儿意思，什么赌？如果你输了呢？”

“看你每天打篮球，那就赌篮球吧。我跟你单挑，一对一，打十个球，如何？”

“这……”宋易看着眼前高挑的姑娘，心里有些不屑，“你这就太小看我了吧，别以为你长得高就会打篮球。”

“你就说你敢不敢赌吧？！”

“这样吧，我跟你赌，不过我进十个球之前，你只要进三个球就算我输，说出去也不算我欺负女人。”

“嘿嘿，这可是你说的哦。男子汉大丈夫，一言既出，驷马难追。”

“我还怕你了不成？”

结果，那场比赛引发了一阵小范围的轰动。好多人听说之后都纷纷赶来围观，球场围满了人，多半是为宁心加油的。

万万没想到，宁心的篮球技巧真不是吹的，运球、过人、上篮、中投都相当有水准，打得宋易一下没反应过来，就被对方进了三个球。

“怎么样，我已经赢了，还打吗？”

“这个赌算我输，怪我有眼不识金镶玉，小看你了。接下来，我就拿出真正的实力跟你打。”宋易虽然输了，却很开心，一种畅快的江湖写意，看宁心如同看古龙小说中的奇女子一般潇洒不羁。

最后的比赛打成了十比七，宋易到底是个运动健儿，真拿出实力也不差。不过，他却也输得心服口服。

比赛结束后，宋易主动过去握手。两个人相识一笑，阳光灿烂。

全场围观的群众中有人大喊了一声：“在一起！”

莫名其妙的就有好多人跟着大喊：“在一起！在一起！在一起！”

本来英姿飒爽的宁心，忽然觉得难为情，耳根都红了，说了句“别忘了你的约定啊”，就仓皇跑开了。

这件事情随后就在校园里传开了，连宁心的班主任都八卦地过来询问什么情况。

宋易果然没有爽约，放学后主动来到四班的门口找宁心，引得全班人一片起哄尖叫。

“我一打听才知道，你初中就是校队的，还去市里比赛拿过女子篮球亚军。好家伙，我可是被骗了。”宋易笑着说。

“我可没骗你，你也没问呀，还自以为是地让我。”宁心有些得意地挠挠鼻子。

“行行行，君子一言，快马一鞭。你，还有你那个朋友，我都交了。”

宁心转身回到教室，把一脸状况外的周淑带出来，对宋易说：“怎么样，我朋友可爱吧，便宜你了。”

周淑看到宋易，一下绯红了脸，低下了头。

宋易伸出手，自我介绍：“你好，同学。我是一班的宋易，宋江的宋，《易筋经》的易，哈哈。”

周淑怯怯地跟他握了握手，不敢看他：“我……我叫周淑……周恩来的周，淑女的淑。”

周淑如果此刻抬头注视宋易的眼神，就会发现宋易虽然在跟她问好，眼睛却在笑盈盈地看着宁心。

04

之后，宋易就开始频繁地出现在周淑的生活中。宋易会在食堂跟她们主动坐在一起，经常一起在自修后散步，探讨学业和理想，周末去公园、图书馆、逛街、玩游戏等，他们的相处越发自然而亲近。

一开始，周淑感觉非常幸福，有种美梦成真的欢喜，也更加在意自己的着装打扮。开始跟亲戚中的成熟姐姐学习化妆、搭配之类，每次周末一起出去，总会梳妆打扮一番。

可是渐渐地，周淑发现，宋易似乎更喜欢跟宁心说话，跟自己聊天总是心不在焉的样子。每次一起出去玩，也总是会问宁心去不去。宁心不在的时候，他就显得没精打采或者干脆说有事不去。

周淑隐隐感觉，宋易是不是喜欢宁心呀？

可是，宁心都没什么女人味呀，跟她认识这么久，从来没有男生追过她呀。宋易怎么可能会喜欢这种女孩？

不会的，不会的，一定是宋易故意的。杂志上说男生在喜欢的女孩子面前话反而很少，而且他可能是故意想让自己吃醋。哼，他其实还是很孩子气的嘛。

然而终于有一天，宋易对宁心告白了。

不仅出乎周淑的意料，宁心也是大惊失色。

那是在高一即将结束的时候，三个人在图书馆闲聊，宋易问她们文理科的选择。

“我选文科吧，我文科的成绩比理科好太多。”周淑说。

“我记性不行，文科那么多要记的东西想想就头疼，肯定选理科啦。”宁心漫不经心地说道，“哎呀亲爱的，那我就要和你分开喽。”

本来只是随意闲聊，谁知道宋易突然看着宁心认真地说：“那我也选理科，我想高二能跟你分到一个班。”

忽然三个人都不说话了，空气中有种尴尬的气息。

“呵……你这话什么意思啊？”周淑忐忑不安地问。

“就是我喜欢宁心呀，我希望天天看见她！”宋易毫不掩饰地说出了心里话。

宁心张大了嘴，半天说不出话来。虽然她觉得宋易和自己很投缘，但一直觉得彼此是那种兄弟哥们儿般的友谊，从来没往对方会喜欢自己的方向想。

周淑也瞪大了眼睛，茫然无措地看看宁心，又看看宋易，突然觉得自己像个多余的傻瓜，脑海里回荡的是阿桑的《一直很安静》。

明明是三个人的电影

我却始终不能有姓名

……

她忍不住流出了眼泪，各种复杂的情绪涌上心头，一下崩溃地打了宁心一巴掌，二话不说，拎起包就跑了……

留在原地的两个人，沉默了良久，一个因为愧疚，一个因为惊讶。

“她……为什么要打你？”宋易终于不解地问道。

宁心缓缓起身，没看宋易，对他说：“你呀，真的是脑子缺根筋。”

那之后，周淑就再也没跟宁心说过话，见面也视而不见，比陌生人还疏远。宁心试着解释，可是周淑却一直躲避着她，不给她说话的机会。

宋易有些搞不清楚情况，不知道自己做错了什么，觉得自己只是很纯粹地表达了喜欢，为什么会变得这么奇怪。

放暑假后，周淑来找过一次宋易，鼓足勇气告白了一次：

“宋易，我真的很喜欢你。在你身边，我觉得很幸福。我每天的日记里都是你，做的梦里也是你。我一直没有勇气告诉你，可是我真的喜欢你。从遇到你开始，我就相信我这辈子不会再喜欢别的男人了。我这么喜欢你，为什么你就不能喜欢我一下呢？你知道每次见你，我多么开心，多么认真地打扮自己吗？我长得也不差，性格也好，你为什么看不到我的喜欢？”

宋易组织了好一会儿语言，最终还是坦诚地说出了心里话：“可是，喜欢是没办法勉强的呀。我知道你长得可爱，成绩也好，性格也温柔，可是，我就是喜欢宁心呀。我长这么大，第一次觉得自己这么喜欢一个女孩。我觉得她那么特别，总会给我带来惊喜。比如，跟她玩 CS 时的那种默契，打篮球时候的洒脱，笑的时候无拘无束，还有……”

“够啦！真的够啦！”周淑突然吼出了声，“我不想听你夸她有多好！”

宋易赶紧闭嘴，没有说下一句。

据说，那是第六天魔王开的店，专门与人类进行灵魂的交易。

他们告诉我，可以让你一辈子都无法和心爱的人在一起。

"我不会祝福你们的！我恨你，更恨你喜欢别的女人。你伤害了我，我不会就这么算了！"周淑咬牙切齿地说出了最后一句话，眼神中充满了戾气。

宋易有点儿被惊吓到了，半天才回过神来，愣愣地自言自语："她……是不是有病啊？"

05

那个暑假过后，周淑就转学了。从此，宋易就再也没有见过她。宁心也一直避着他，这让宋易的"直男"脑袋不能理解，自己到底做错了什么,怎么她们都要怪他？喜欢一个人有错吗？勇敢地表达爱意有错吗？为什么这么简单的事情，变得如此复杂？

难道这就是三角恋？可是，自己从头到尾就只对宁心感兴趣呀？只是宁心总是想撮合他跟周淑才变得这么别扭吧。

人与人之间，就不能多点儿宽容与理解吗？

他本以为自己喜欢一个女孩，肯定不会被拒绝，现在这种结果真的让他觉得煎熬。

爱情，到底是什么？

年少的宋易，终于第一次有了"少年维特的烦恼"。

如果故事就此结束，也许只是一段校园青春的恋爱往事。虽然宁心始终放不下心结，不肯接受他，但宋易相信随着时间的推移，他的坚持会打动宁心。

直到有一天，宋易收到了一封信，是周淑寄来的。

宋易看完信后，背脊一凉。

信上写着：

宋易：

我还是很想你。

我好像失去了快乐的能力，每天的生活如同日渐干涸的水井般暗无天日。

这一切都是拜你所赐，你给了我最美好的希望，却又残忍地打碎了它。没有比这更让人绝望的事了。

我宁愿我从来没遇见过你、接近过你，也许那样我会习惯，会说服自己慢慢淡忘。

可我不能，我16岁，脑子里满满的都是你。我不知道自己是怎么了，可是我已经走不出去了。

我知道，你不会喜欢我，现在我也不喜欢我自己了。

我已经没有活下去的希望了，但我不甘心，我无法想象任何一个女人依偎着你的画面，谁都不行！

既然你不喜欢我，我也不愿意你喜欢任何女人！

你听说过第六天集团吗？

据说，那是第六天魔王开的店，专门与人类进行灵魂的交易。机缘巧合之下，我进了那家店，店主说自己是更高维度的外星人。无所谓了，反正他们告诉我，可以让你一辈子都无法和心爱的人在一起。

今天，我就要用已经失去意义的生命，去诅咒你永远得不到幸福。你对任何人表达爱意，都会让那个人惨遭不幸。你可以不信，尽管去试试。

我要让你尝尝爱而不得的滋味。

永别了，我最爱的，少年郎。

周淑

宋易盯着这封信反复看了好几遍，一股寒意从脚底升到头顶，越看越觉得诡异。他确定，这个人真的疯了，原来印象中那个娴静、清纯的女孩，怎么会变成这样？这一切，说到底还是怪自己不懂女孩子的心思，处理得如此糟糕。

那天晚上，久未联系的宁心突然打来电话，语气惊恐："宋易，你听说了吗？"

"听说什么？正巧，我这也有事想跟你说。"

"周淑死了！"

"啊？！"

"就是前两天的事，我今天才知道。"

"怎么回事？"

"周淑自从转学后，精神状态就一直不好，后来还因为抑郁而休学了。就在前两天深夜，她服用了过量的安眠药自杀了。桌上的日记本里，写满了你的名字。"

"……"

"宋易，宋易，你在听吗？我真的好难受啊，是我害的她，是我的错啊！"电话那头传来了宁心撕心裂肺的哭泣声。

宋易拿出那封信，又看了一遍。这时，他才真正意识到，原来这是一封诀别信。

06

"情为何物？"人们苦苦地追问。

多少楚辞汉赋、唐诗宋词，都围绕着"情爱"大做文章，似乎前人都已经说透，但每一个经历过的人都又会有自己独特的感受。只要人类依旧鲜活，就会有无数种鲜活的情爱重生。

伤心的往事会随着时间而淡去，但心中的某个角落总会留下许多无形的痕迹。

经此一事，宋易变得沉默寡言，不再去打球、夜跑，不再呼朋引伴、嬉戏玩闹，而是开始看一些关于人性的经典名著。一夜之间，他仿佛从少年变成了会思考人生的男人。

他没有再去找宁心，两个人默契地不再有联系，默默地过着日子，跟所有学生一样：上课，下课，食堂，宿舍。

只是有些东西已经变化了，如同秋天的落叶、冬天的湖面，一股萧瑟的凉意，总在心头盘旋。

上了大学之后，没有了高考的压力，宋易更是女生们可以正大光明追求的目标。不过，他对所有人都显示出“离我远点儿”的冷漠，使人难以接近。似乎有一道无形的墙挡在他和人群之间，他出不去，别人也进不来。

后来，一个女孩引起了他的注意。

那个女孩的气质与周淑很像，却比周淑看上去更柔弱和孤独。这让宋易想起了休学后的周淑，她待在家中，每天都孤独而悲伤。这也让他心底潜藏的愧疚感再一次涌出。

出于某种补偿心理，他开始对那个女生好。渐渐地，两个人之间情愫暗生。

在一个花好月圆的夜晚，女生怯生生地问他：“你喜欢我吗？”

这让宋易心头一紧，想到了周淑的那封诀别信。

他犹豫着说不出口，却看到那个女生楚楚可怜的眼睛里流出了晶莹的泪水。

他心一横，想：“都 21 世纪了，怎么还会相信什么外星人的诅咒？已经伤害过一个女孩了，我不能再做错了。”

他紧紧地抱住女孩，在她耳边说：“我喜欢你，我想保护你，给你幸福与快乐。”

女孩感动地回抱住了她，感到一切宛如童话般满心欢喜。

当第二天噩耗传到宋易耳朵里的时候，宋易整个人都在颤抖。

他急匆匆地赶到医院，却被告知女孩已经去世的消息。

这才一个晚上的工夫，怎么会这么巧？

早上，女孩高高兴兴地走出寝室，说是去市区做个头发改变一下，整个人都散发着活力与快乐。寝室里的人还调侃说谈了恋爱的女人就是不一样。

结果，她出门没多久就遭遇了一场奇怪的车祸。

马路上没什么行人，女孩走在人行道上，竟然被车撞飞了。

肇事司机坚持声称，真的没看到人。他也觉得很奇怪，直到撞到之后才看到，简直就是“鬼遮眼”了。当然，这说法没人信，不过交警检查之后也没发现司机喝酒，他神志清醒得很，只是一个劲儿地声称自己撞邪了。

宋易听了后，浑身冰冷。他自然想到了周淑的那封诀别信中提到的诅咒：只要他对任何人告白、表达爱意，就会给那个人带来不幸。如果说这是巧合，未免太离奇了。

“因为我，又害死了一个人……”宋易感觉心中的愧疚感压得自己喘不过气来。

从那以后，他活得如同行尸走肉。他不敢再爱、不敢让人接近，也不敢再去想感情的事了。

压倒宋易的最后一根稻草，是工作后的第二年。

那天晚上，他和同事们聚餐。有一个一直暗恋他的女同事在他酒后送他回家。趁他喝醉酒了，这个女同事对他说：“宋易啊，你长这么帅，为什么对女人总是那么冷淡呢？”

“不是啊，我……我喜欢女人，我是怕……”

“怕什么呢？女人又不是老虎。”

“怕……怕我……伤害她们。”宋易含混不清地回应。

“真不要脸，看来你伤害过不少女人。”

“是……是啊……”

“没关系，我不怕被伤害，你也不用对我负什么责任。我不要天长地久，只要曾经拥有。”

“哦……没听清。”宋易的脑子都不清醒了。

“你喜欢我吗？”

“哈哈，喜欢呀，你这么好，送我回家……谢谢。”

“好开心呀，你再说一遍好吗？”

“我……喜欢……你！听到了没？！”宋易大吼道，其实他都不知道自己说了什么就晕了过去。

宿醉的宋易醒来后，看到手机被打爆了，是公司的同事打来的。

他打过去一问，酒劲儿瞬间就醒了。

昨晚送他的那个女同事，在送他回家之后，刚走出公寓楼的大门，就遇到一个喝多了的变态想非礼她。结果，她被活活掐死了。

宋易愣了半晌，猛地想起了昨晚晕死之前好像说了什么喜欢你之类的话。难道是因为这个？！

宋易跪倒在地，痛哭流涕，大喊：“作孽啊作孽，我真是个害人精！”

自那之后，他辞了职，离开了大城市，远离人群，独自寻山问道，寻一方清净。

直到他在一处山林遇到了延镜法师，老和尚和他很投缘，一番开解之后让宋易住了下来。渐渐地，宋易喜欢上了寺院的生活，一直以来自责、悲切的心，终于获得了宁静。

“其实，这段时间，我已经帮你解除了诅咒。你可以回去过正常的生活了。”有一天，老和尚忽然对他说。

宋易先是喜出望外、再三叩谢，随即又表示自己已经喜欢上了这种清净的修行生活，希望可以留下来陪老和尚。

“你还有心结未了，真要修行，也要了却人间留恋。此心不动，出世与入世，有何分别？去吧。”老和尚微笑着说完，飘然离去。

宋易扪心自问，确实，还有一个心结。

07

宋易还想念宁心。

得不到的总是在骚动，有时候，宋易总是被一种无言的遗憾情绪缠绕着。他忍不住会想，如果当初周淑没死，或者周淑对他们多一点儿祝福，是否现在的自己早已和宁心愉快地生活在一起了？

宁心，你现在过得如何？

我多么想和你见一面，看看你最近的改变。你是否还会想起，曾经和你斗球的少年？

他回到母校，走在熟悉的操场上。黄昏下的少年们，依然在挥洒着青春的汗水。一切周而复始，未曾停歇。

他坐在主席台上，觉得十多年前的场景似乎历历在目。

临晚景，忆当时。愁心一动乱如丝。夕阳芳草本无恨，才子佳人空自悲。

“如果再见到她，该说什么呢？”宋易一遍遍地问自己。

也许自己不应该再打扰她的人生，相忘于江湖，才是最好的归宿。

08

起风了。

女子一头长发随风轻曳，修长的身子英姿挺拔，气质过人。

娴静之中透着一股飒爽，如清风霁月、霞姿月韵。

她理了理秀发，突然感到心里一阵触动，不知为何觉得有人在看着她。她回首四望了一阵，又觉是自己多心了。

小学门口，出来一个可爱的小女孩。她喊着“妈妈”，小跑着奔向自己的妈妈。

宁心一把抱起刚上小学的女儿，亲密地蹭着她的脸。

“宝贝儿，今天在学校开不开心啊？”

“开心，今天体育课上我比男生都跑得快，果然是妈妈的女儿！”

“哈哈，瞧把你得意的。”

宁心牵着女儿的手走在回家的路上。忽然远远地，她看到了一个似曾相识的背影，停下了脚步。

她想起了那个在自己的生命中已经消失了十多年的少年，那个总是无所顾忌、自信满满的笑脸。

人在年少时，不能遇见太惊艳的人，否则余生都无法安宁。

“妈妈，你在看什么？”

“啊，没什么，一阵风罢了。”

09

“你真的放下了吗？”鹿蝶听得很是伤感，忽闪着眼睛问宋易。

“众生皆苦，都是因为我执。执念不休，痛苦不止。执着于这个我，执着于拥有，永生不得宁静。若能如实观照，荣辱不惊，来也不执，去也不执。我相信有一天，我会忘记我执，感受天地自然。水中花可爱，月也朦胧，沿途花事荼蘼，谎话‘香艳’，那才是真放下。”

“听不懂。”鹿蝶小声说道。

“出世也罢，入世也罢……”庄非伸了个懒腰，总结道，“非空非有，即空即有，就当世事大梦一场，且梦一场！”

第十五杯

不能吃肉的世界

01

风铃如同夜间的精灵，轻轻摇晃，发出悠扬、清脆的声音。

庄非躺在沙发上睁开眼睛，看了看进门的来客。

年轻，健康，中等身材，双目有神，眉眼之间是一种好奇的迷惘。

这个宁静的夜晚，又有什么样的故事发生在这位年轻人身上呢？

02

我叫赵凡，曾经，是一个大胖子。

那时候，作为一个超级大胖子的我，每当我看到镜子中的自己，就有深渊一般的绝望。

低头看着自己手臂上软软的肥肉，我就无比厌恶自己。

我家原来经营着一家火锅店，随着生意做得越来越好，就开了许多家连锁店，以及越来越多的肉食店，有烧烤、海鲜、烤全羊等。我从小就爱吃肉，什么肉都喜欢吃，我可以一天不吃饭，但不能一天不吃肉。渐渐地，我什么都不想吃，只想吃肉，不停地吃肉，体重也越来越夸张。

直到我连续相亲了 20 次，都因为我凸出的肚子、满脸的肥肉而惨遭失败之后，我开始反思：是不是该减肥了？

我开始尝试各种不同的特效减肥药，也办了健身会所的会员卡，每天坚持早晚跑步……貌似刚开始的时候也有些效果，不过因为我对肉超乎寻常的热爱，每次锻炼完总是忍不住吃了更多的炸鸡翅、大排面、小龙虾、炖猪蹄、鸭脖子、烤鸭……于是几个月后，不但没有减下肉来，体重反而增加了好几公斤……

我一边沉溺于口腹的欢愉之中，一边又总是厌恶自己，非常痛苦。越是难受，我越贪恋吃肉，简直到了无时无刻不在吃肉的状态，体重也超过了 100 公斤。体重的直线上升，使我觉得自己的人生一片灰暗，我常常想死。

在我绝望的时候，我的朋友老唐告诉我，在某座深山的一座古刹里有帮助人戒除各种陋习的修行活动，可以让我从精神上戒除对肉类食物的渴望，让自己从此变成素食主义者，变得健康。

虽然我觉得吃素未必就会健康，但像我这样每天无肉不欢，不吃到肚子撑得难受就睡不着的情况，确实挺危险的，迟早会因为高胆固醇、高血压、糖尿病等问题而受到死亡威胁。

心想如果真的能戒掉吃肉的嗜好，瘦下来找到对象，恢复健康，也算是重获新生了吧。于是，我就抱着将信将疑的态度答应试试看。

老唐和我各开了一辆车，沿着省道开了一天一夜，又绕过不少小镇，途经一个个越来越偏僻、荒芜的小村庄，终于来到了一座渺无人烟的深山的山脚下。

在爬山的过程中，我甚至怀疑这位朋友是不是想谋杀我，才骗我来到这么偏远、荒凉的山里。

终于，我在累得快要晕厥之前，看到了一座不大不小、大门旁爬满绿色藤蔓植物、看似颇有些年头的寺庙，上有牌匾名曰——摄心寺。

我们敲了半天门，终于有一个面无表情的年轻和尚来开了门。老唐对和尚说明来意，和尚点点头，带我们前往方丈的禅房。

方丈个子不高，精神抖擞，是个笑眯眯的白胡子老头儿，让我蓦地想起了《龙珠》里面的龟仙人。

“这位是方丈——延镜法师。”

“方丈，您好。”

“大老远地赶来，真是辛苦了，喝点儿茶吧。”老方丈慈眉善目，亲手帮我们泡了一壶茶。

禅房中有一个造型古朴的香炉，点着一根长长的檀香。我闻着禅房中特别让人舒适的檀香味，觉得身心的疲惫瞬间消失了，只觉得有说不出的祥和、舒坦，好想立刻躺下来睡一会儿。

喝完茶，我对方丈说：“师父，我这次是为了戒掉自己对肉食的贪婪而来的。”

“一颗放逸的心是会毁灭自己的。有心戒除，很好很好。不过，如果要戒，那就要下定完全的决心。你有这个决心了吗？”老方丈笑着问我。

我犹豫了几秒，最终狠狠点头：“下定决心了，必须戒掉。”

“所谓‘摄心为戒，因戒生定，因定发慧’，名为‘三无漏学’。

说说容易，人嘛，总是抵不过累世习性所带来的染着。”老方丈看着我一脸疑惑不解的神情，似乎对我的决心不是很相信。

“只要能让我戒肉，我什么苦都愿意吃。”我握紧了拳头，露出了诚意满满的真挚眼神。

“这可是你说的哦。接下来的一个月，你要严格按照我的安排生活。只要你认真发愿，坚持照做了，就能如愿以偿。”

“真的吗？”老方丈的语气不禁让我信心倍增。

“你要信我啊。”老方丈捋了捋胡子，露出了武侠片中世外高人那种深不可测的笑容。

我和老唐随后随便吃了点儿斋菜，然后被年轻和尚领到一个古朴的禅房，我累得不行，马上就睡着了。我还做了一个美梦，梦中我不再暴饮暴食，变得高挑、精瘦、浑身肌肉，一大群美女对我的六块腹肌尖叫。

第二天一早，朋友跟我吃过早饭后，就告辞了。从这天起，我为期一个月的山中修行也正式开始了。

方丈带我来到伽蓝殿，那里已经坐了若干善男信女，皆是在蒲团之上规规矩矩地盘腿，闭着眼睛冥想。

“哟，还真有不少人会来这深山老林修行。”我在心里称奇。

“先从打坐开始吧。从今天起，你不可起懈怠、散漫之心。大家做什么，你就做什么。感觉累了就举手，不要擅自说话和行动，知道吗？”方丈还是笑眯眯地对我吩咐着。我自然一直点头。他说完就走了，换了一个五官深邃、俊朗的年轻僧人，看来是负责大家修行戒律的管理者。他面无表情地说：“从现在开始，任何人都不许说话。有说话者，戒尺伺候。”

之后的一个月，对我来说简直是有生以来最痛苦的一段光阴：每天吃清炖青菜、蘑菇、豆腐等没有一点儿油水的斋菜，吃得我浑身疲软无力；

早上4点多钟声敲响后，大家就鱼贯而出，默不作声地刷牙、洗脸，前往禅堂静坐，听和尚们诵经。吃完早饭，大家继续重复打坐、冥思、吃斋菜……一天又一天，都是如此，没看到什么与众不同的活动。

我每天只觉得自己没吃饱，饿得不行，浑身不自在。

我开始质疑，这除了让自己快要被憋疯之外，能有什么效果？果然修行什么的都是骗人的，真要这么简单就能戒掉欲望，人类也不会这么痛苦了。

等到修行两周后，我开始连胡思乱想都没有了，只感到自己的身体与灵魂开始分离：身体越来越机械，内心越来越平静。到最后一周，我只觉得自己像个轨迹固定的卫星一般：起床—打坐—吃饭—打坐—吃饭—睡觉。

最后一天结束后，方丈出现了。他告诉我，我的修行结束，明天可以回去了。我面无表情地点了点头。

03

第二天，我独自开着车行驶在回家的路上，我总觉得哪里不对劲儿，但又说不上来。可能是因为每天的生活都一样的关系，我总觉得时间过得特别快。虽然一开始有些不适应和难受，但后来似乎一眨眼之间就过去了。

我真的改变了吗？我看着后视镜中的自己，左右端详。一个月的吃素、打坐，似乎是让我变得精神了一些，但身上的赘肉似乎一点儿都没减少。

“不管了，就当一次体验算了。”打心底里，我还是觉得没什么效果。吃了一个月的斋菜后，我反而越发想念各种肉类的口感。

“念头”这东西啊，一旦冒出来就跟泉水一样源源不绝，愈发抑制不住。我感到我的口水在不断分泌，各种各样的鸡鸭鱼肉在我眼前打转。受不了了！虽然一瞬间心里冒出了强大的愧疚，但对肉食的渴望随即把这一个月来的坚持打得七零八落。

我在一个还算热闹的小镇，找了一家看起来有点儿档次的饭馆。

“老板，你们这儿有什么特色菜？”我问。

“有油焖春笋、宫保藕丁、素烧南瓜、葱爆黑木耳、地三鲜……”老板喜笑颜开地报起了菜名，可我越听越觉得不对劲儿。

“怎么都是素的？老板，你们这儿没肉吗？鸡鸭鱼肉什么都行。”我顺势拿起菜谱看了起来，发现果然都是素菜，一点儿荤菜都没有，什么饭店啊。

“客人，你可别胡说啊，我们老实做生意的，不会做犯法的事啊！”老板的声音听起来都是颤抖的，好像听到了什么不得了的话。

我抬起头看到那中年男人忐忑不安的奇怪表情，心中纳闷，我说错什么了？

“你听错了吧，我只是说要吃肉，跟犯不犯法有什么关系？”

“这位客人，如果你是认真的，我可要请你出去了。你要是再提那个字，我可要报警了。”老板的声音听起来义正词严，非常严肃。

“搞什么啊？吃个肉而已，你有病吗？”我也不高兴了。

“滚，赶紧滚！来人啊，来了个疯子！”老板对后厨一喊，一下冒出两个大汉，拿着锅铲对我横眉冷目，面目凶狠。

讪讪然的我只好溜之大吉，心中只觉得太莫名其妙了。

随后，我又找了几家饭店，几乎都是一样的情况：只有素菜，我一提要吃肉就好像说了什么不得了的事，让饭店的人如临大敌一般把我赶了出来，有的甚至直接拨打了 110。

“莫非这个小镇的风俗就是不能吃肉？”我开始琢磨。随后在路边吃了些素面，怀着巨大的疑问开车往家走。

这一路上，我找了许多地方，去了几十家饭馆和快餐店，发现没有一家卖肉食的，甚至连麦当劳的招牌套餐都变成了“麦辣茄子汉堡”“蒜蓉粉丝汉堡”和“孜然土豆饼”等奇异的组合，除了可乐和薯条没变外，原来的肉都没了？！

因为之前的诡异经历，我也不敢随便说话了，但这让我怀疑自己是不是做了一场奇怪的梦。

等我一路奔波回到原来的城市，先是痛痛快快地洗了个澡，然后睡了一觉。等我一觉醒来，听到肚子在咕咕作响，心想这场噩梦应该过去了吧，于是打电话给我家开的火锅店的经理。

“张经理吗？是我，晚上给我做个羊蝎子火锅，我等会儿过来吃。”我吩咐道。

“赵总，您是认真的吗？”张经理的声音都颤抖了。

“怎……怎么了？”我有种不祥的预感。

“我……可不敢做犯法的事啊。我这还有一大家子人要养呢。”张经理战战兢兢地说道。

“怎么，吃个羊蝎子就犯法了？到底什么情况？”我实在是觉得莫名其妙。

“赵总，您别开玩笑了，这种玩笑可吓死我了。”隔着电话，我都能感觉到张经理汗如雨下。

“哈哈，喝多了，喝多了。你先忙，晚上我来店里看看。”我听出不对劲儿了，匆忙挂断了电话。难道不是噩梦？

这时，我才想到上网查查，打开手机输入了关键词——肉。

结果，出现的信息让我一下子从床上坐了起来。

法律规定：

凡走私、贩卖、运输、制造肉类，无论数量多少，都应当追究刑事责任，予以刑事处罚。走私、贩卖、运输、制造肉类，有下列情形之一的，处15年有期徒刑、无期徒刑或者死刑，并处没收财产：

（一）走私、贩卖、运输、制造肉类50克以下，处7年以上有期徒刑，并处罚金；1000克以上的，直接剥夺政治权利终身，判处死刑；

……

我越看越觉得毛骨悚然。是我的记忆混乱了，还是这个世界出了什么问题？怎么进山里一个月工夫，吃肉变成这么严重的犯罪了？要按照这种法律规定，我以前还不得天天被处以极刑啊……

再一查，我慢慢弄明白了如今我所处的这个奇异世界谈肉色变的原因。十多年前，除了人类以外，全世界各地的动物突然在一夜之间失去了繁殖能力，不但猪、羊、牛、马无法生育，就连母鸡都不再下蛋了。各国生物学家集思广益，深入研究了好几年也没找到明确的原因。

一开始，人们不以为然，该吃吃，该喝喝，并没有意识到事态的严重性。因为供不应求，肉类开始涨价，这引发了民众的不满。随着市面上的肉类越来越少，吃肉开始成为富贵阶层的象征。

由于肉类稀缺，市面上的各种肉食品越来越贵，人们纷纷抢购囤积，以待奇货可居。各种谣言纷飞，说什么吃了这世上最后一代肉的，可以延年益寿、祛病消灾，还能让人精力充沛、皮肤细腻等，就跟唐僧肉一样越传越神。

这使得盲目的民众们越发狂热，开始大肆捕杀大自然仅存的动物。

人们开始杀流浪猫、流浪狗，甚至杀自家的宠物做成肉食品高价出售。到了最后，实在是没有现成的动物了，甚至就连动物园里的动物也被一些无良之人偷走了。别说斑马、猴子等常见的动物，就连大熊猫也惨遭了毒手，在黑市卖得奇贵。

各种心怀鬼胎的人为了分肉而你争我抢，不但引发了经济混乱，而且还引起了一波又一波的社会动荡。

在最夸张的时候，肉食品被炒到了天价。仅拿鸡蛋而言，在最高的时候被炒到了几万元人民币一个。一头原生态本地猪，卖价超过了一辆进口法拉利的价格。饶是如此，依然是有价无货，肉食品越来越短缺。

到第十年的时候，市面上基本已经没有了肉食品，人们开始从动荡中恢复，逐渐习惯了只吃大米、面食等食物。

那个时候，谁要是在朋友圈发个吃肉的照片，那才是真的土豪，让人羡慕得牙痒痒。

三年前，整个大自然已几乎没有了飞禽走兽，连人们最讨厌的苍蝇和蚊子都不见了。

社会上几乎没有人能吃到新鲜肉了，有的也只是以前囤积的肉罐头，不过多半也都过期了。

而此时，人类的数量却日渐增多，死亡率变得越来越低。经过研究发现，所有的病菌几乎都失去了分裂、繁殖的能力，统统死去，故而人类变得越来越不容易死亡。

人越来越多，资源却是有限的，于是为了争夺可以种植的土地，出现了大量的局部战争。最终，世界在几个强权国家的主导下，出现了新的格局。

后来，某生物公司研究出了一种合成肉。这种产品可以合成各种以前的肉类味道，几乎可以乱真。合成肉让大家回忆起久违的肉味，此产品开始大受欢迎。然而，随即就出现了大量的恶性事件，凡是吃过合成肉的人，都会变得精神错乱，导致暴力伤害他人。合成肉造成了大量的社会刑事案件和恐慌。经过几年镇压和搜捕，终于压制了下去，并且禁止食用和贩卖任何肉食品被写入法律，严控肉类的出现。尽管如此，似乎还是无法一网打尽，人类对于肉食品自古以来的渴望，无法抑制，总会有人利用各种途径在暗夜中交易合成肉。

所以，在如今所处的世界，吃肉可是比吸毒还要被严厉打击的事。

“乖乖，不是我不明白，是这世界变化快。”我的脑袋“嗡嗡”作响，不确定这一切到底是怎么回事。明明去寺庙之前还很正常，怎么在山里待了一个月，这世界完全跟我记忆中的不一样了。

我想到了我那个朋友老唐。

“喂，老唐，什么情况？我从寺庙回来怎么一切都不一样了？”我打电话问老唐。

“啊？什么寺庙？什么不一样？你在说什么？”老唐的声音满是纳闷。

“你之前不是介绍我去一个叫作摄心寺的地方修行吗？”

“你搞错了吧？我从来没听过这个地方，你是不是做梦做傻了？”老唐的语气听起来不像是在撒谎。

这到底是怎么回事？我一下子蒙了。难道真的是做了个梦？我上网搜索“摄心寺”，倒是有这么一个寺，不过地点对不上。

不行，我得回寺庙看看。

我按照之前的记忆一路驱车回寺庙。随着一个个熟悉的村庄出现在道路的两旁，我确定那座寺庙里有答案。

然而，当我好不容易气喘吁吁地爬上山时，却发现哪有寺庙，只有空荡荡的一片荒地！

见鬼了！

简直就是《聊斋志异》中的故事。

我怀着忐忑不安的心情，在开车回家的路上，我百思不得其解。难道，是我的记忆出问题了？难道这个世界本来就是这样，而我因为某种原因跟大家产生了不一样的记忆？

抑或是，我进入了一个奇妙的新世界？

没有找到答案的我，也只能在这个不能吃肉的世界里跟大家一样吃素活下去。一开始，我非常不适应。慢慢地，既然大家都一样，而且也看不到肉了，我也就习惯了。因为这个世界的食物不对胃口，所以我吃的食物越来越少，倒是实现了我之前戒肉的愿望……

多年以后。

如今的我已经瘦了很多，我再也想不起吃肉是怎样一种感觉了，甚至很多时候，觉得想起吃肉就有罪恶感和恶心。一切如常，我渐渐放下了曾经的疑惑，开始相亲、恋爱、结婚生子，慢慢老去。

终于有一天，当我在病床上垂垂老矣，即将逝去时，忽然觉得人生如梦，一切都如此虚幻而不真实。

我看着远方的白云聚散，终于微笑着合上了眼。

04

在我死去的一刹那，忽然感到有人在推我的肩膀。

“赵凡，赵凡，醒醒，你怎么睡着了？”

我茫然地睁开眼，看到老唐在推我的肩膀，嘴角含笑。

“怎么回事？”我有点儿蒙。

“我这跟方丈正聊着呢，转身一看你竟然睡着了，太失礼了吧？”老唐笑着说。

“没事没事，这位先生想必是一路开车太疲惫了。”方丈依然笑意盈盈。

我觉得脑子里一片混乱，看着身旁的香炉里即将燃尽的檀香，心情似乎慢慢平静了下来，记忆开始浮现。

我想起来了，今天和朋友老唐来寺里准备修行。刚才正拜访方丈，老唐和方丈好像是老朋友了，聊着佛经越聊越起劲儿，我听不太懂就不知不觉睡着了。

“真是不好意思，最近总是觉得没睡好。”我向方丈道歉。

随后，方丈带我们来到伽蓝殿。那里已经坐了若干善男信女，皆是在蒲团之上规规矩矩地盘腿，闭着眼睛冥想。

“哟，还真有不少人会来这深山老林修行。”我在心里称奇。

“先从打坐开始吧。从今天起，你不可起懈怠、散漫之心。大家做什么，你就做什么。感觉累了就举手，不要擅自说话和行动，知道吗？”方丈还是笑眯眯地对我吩咐着。我自然一直点头。他说完就走了，换了一个五官深邃、俊朗的年轻僧人，看来是负责大家修行戒律的管理者。他面无表情地说：“从现在开始，任何人都不许说话。有说话者，戒尺伺候。”

我看着眼前的一切，忽然想起在梦中经历过一模一样的场景，不禁冷汗从背上直冒。

不过，这次修行只是短短三天。三天之后，当我从寺院中修行回来时，我所熟悉的那个世界依然可以吃肉。

莫非这一切，真的只是我的一个梦？

可是神奇的是，之后我再去找那家寺院，却怎么也找不到了。再找老唐，也联系不到他了，他似乎从这个世界上消失了。

只是从那以后，我确实再也不曾吃肉，甚至看到肉就会本能地反胃、恶心、抗拒。从此以后，加以合理的运动，我的身体愈发健康起来。可我还是很想知道，这一切到底是怎么回事?

庄非笑着晃了晃身子，说：“觉时恋梦梦恋醒，何必执着幻与真。这件事解释起来就太麻烦了，反正你也如愿以偿地减肥了，就不要纠结了。今晚过后，你会忘了所有这一切。来来来，喝茶。”

一颗芥子“扑通”一声落入清水中。

庄非默念着：“一切世界始终、生灭、前后、有无、聚散、起止，念念相续，循环往复，种种取舍，皆是轮回。”

第十六杯

记忆中的弟弟

01

“如果一个人的记忆跟周围所有人的记忆都不一样，怎么确认自己的记忆是真的还是假的？”

说话的是一个清秀的女大学生，她眉头深锁，似有无限忧愁在心中。

“我身上发生了一件特别奇怪的事。事到如今，我只能尽量逼自己接受事实，可是那个家，我却再也不敢回去了。”

“请说。”庄非打了一个响指，随即向后瘫倒，进入倾听的状态。

02

女大学生名叫吕薇，目前是个大三的学生，在离家很远的地方读大学。不过，她已经两年没有回家了。

事情要从两年前的暑假开始讲起。

吕薇的家庭很普通，父母亲都是城市里的工薪阶层。虽然家庭算不上富裕，却也是吃喝不愁，家庭温馨、幸福。

然而，自从小吕薇三岁的弟弟进入青春叛逆期后，家里就问题不断。

弟弟名叫吕枫，小时候也算是个乖巧、听话的男孩。可是，因为父母疼爱过度，过于溺爱，在上初二进入青春期后，他变得越来越乖张戾气。他经常大吼大叫、乱摔东西、旷课逃学、抽烟喝酒、打架斗殴……还特别喜欢装大哥，经常请人吃饭、上网、唱歌。家里不给钱就发脾气，扰得父母不得安宁。

父亲想把弟弟送到一些青少年行为矫正中心好好管教一番，母亲死活不同意，怕儿子在那边吃苦、被欺负。

两个人因为儿子的教育问题而互相埋怨，争吵不断，父母之间的关系也越来越糟糕。这让即将高考的吕薇心烦不已，她常常住在学校，周末也不回家。她只想着大学考得远点儿，早点儿逃离这个日渐分崩离析的家。

对于这个学坏的弟弟，吕薇也曾试图劝说，可是每次都是对牛弹琴。弟弟本性难移，她心灰意懒，不想再见。家里好说歹说，弟弟总算读完了初中，中考成绩一塌糊涂，他也不想去职高，说是男人要早点儿进社会，社会才是最好的学校。

家人拗不过他，就给了他一笔钱，他就跟着一帮朋友去大城市碰运气了。

一开始，他还会每周给家里打一个电话，说是在学做生意、跑业务什么的，也听不出具体是啥工作。半年后，他就逐渐不跟家里联系了。

就算父母偶尔打电话询问他的近况，他也是不耐烦地说两句就挂断。

渐渐地，家里也就只当没这个儿子了，只希望他在外面不要惹事，就已经是万幸了。

03

吕薇上的大学离家很远，她第一年没有回去，而是在勤工俭学，想早点儿独立。因为弟弟的关系，她对原生家庭有些抵触，总觉得父母有些重男轻女，对弟弟过于娇纵，以致弟弟变成现在这副德行。没有少爷命，却一身少爷脾气。

大一暑假，夏日炎炎。傍晚时分，吕薇提着行李箱风尘仆仆地回到家，敲响了家门。

“啊，薇薇回来啦，怎么不提前说一声，好让你弟弟去接你呀。”开门的是妈妈，笑容满面，热情洋溢。

“吕枫回来啦？”

“这不放假了嘛，他当然在家里啦。”妈妈一边帮忙提行李，一边唠家常，“他今天去图书馆了，晚点儿等你爸回来，我们一家下馆子吃点儿好的，给你接风洗尘。你先坐一会儿，我去给你拿被褥。”妈妈放下行李，就进里屋去忙活了。

“什么，吕枫会去图书馆？真是太阳打西边出来了。”吕薇有些意外，难不成出去一趟转了性子，知道没有知识寸步难行？

吕薇总感觉哪里不对劲儿，但也没有细想，换了鞋子随意一坐，忽然就意识到了是哪里不对劲儿。

家里的家具和陈设好多都变了，原来的客厅是红木家具，现在都换成了棕色的欧式沙发、茶几等暖色调的现代时尚风家具。

电视柜一侧，还放了一个咖啡色的书柜，上面密密麻麻地摆满了各类图书。可吕薇看了看，发现这些书自己都没看到过，有哲学、心理学、社会学等不一而足，看起来都挺难的。难道这些都是这一年之内买的？谁买的，父母也不是爱读书的人呀？

环视一圈之后，吕薇有种说不出的陌生感，心里不是滋味，觉得自己仿佛与这个家有些疏远了。明明是在自己家，却好像有闯入了别人家一般的不自在。

“家里换了家具，重新装修了，以前打电话也不说一声，真是把我当外人了。”吕薇心里嘀咕。转念一想，也许是吕枫在外面真的赚钱了，给家里买了东西，父母高兴，想给她一个惊喜吧。

吕薇回到自己的房间换了衣服，发现自己的房间倒还是记忆中的模样，没有变化。

不管怎么样，时隔一年回到家的感觉还是很怀念的。她随手翻了翻抽屉，找到了以前收藏的一些小物件。

“咦？我以前的日记本呢？”吕薇翻箱倒柜地找了一番，还是没找到。

这时候，妈妈进屋铺被子来了。

“找什么呢？跟妈说。”

“妈，我的那些日记本呢？你看到过没？”

“日记本？我不知道啊，你房间的东西我没动过啊。”

“那奇怪了，我一直放在底下这个抽屉的呀。”

“回头再找找，肯定在的。”

此时，门开了，有人来了。

“妈，我回来了，有客人来家里吗？”是弟弟吕枫的声音。

“是你姐，总算回家来了。”妈妈高兴地回应。

弟弟走到房门口，声音欢快地说：“姐，你总算回来了，都一年没见你了。”

吕薇抬起头，看到了弟弟后，整个人呆若木鸡。

吕枫的长相、身材并没有大变化，还是高高瘦瘦的，只是整个人的气质和风格完全不同了。

原本总是留着遮眼睛的非主流发型，穿得花花绿绿，特别招摇、俗气，言行举止痞气十足，一看就是个小流氓。而眼前这个弟弟，头发是干净、利落的板寸，穿着合身的短袖白衬衫，搭配浅色的七分裤，背着黑色皮质双肩包，看起来清爽又阳光。

“小枫，你真是让我不认识了。”吕薇惊讶地打量着他。

“姐，你是太久没见我了，我不一直都是这样的吗？”吕枫笑着挠挠头。

“看来士别三日，的确是该刮目相看啊。这一年在忙些什么，变化这么大？”吕薇以为弟弟是出去一年后改过自新、浪子回头了。

“嗯？这一年当然是在读书啦，一中的学习还是不轻松的，这不好不容易放假了吗，我和几个同学为了准备假期的奥数比赛，天天在图书馆做题讨论。”

吕薇睁大了眼睛，半天回不过神来：“一中？我们市最好的高中？你怎么会在那儿读书？”

“薇薇，你说什么呢？小枫中考完的升学酒你不是也在吗？这么快就忘了？再说，你弟弟初中的时候哪次不是考全校前几名？考进一中有那么惊讶吗？”妈妈带着疑惑和骄傲替儿子回应。

吕薇一下子蒙了，好多事都反应不过来，她皱紧了眉头整理思绪。

“姐，你先收拾，我出了一身汗，去洗个澡。晚上咱们一家人好好团聚团聚。”弟弟说完就离开了，留下一头雾水的吕薇。

“妈，这到底是怎么回事啊？吕枫什么时候转了性子，变这么乖了？你看他说话的语气和神态都好像变了一个人。”

妈妈一脸莫名其妙地望着吕薇，摸了摸吕薇的额头，一脸纳闷：“你弟弟一直都这样啊。你是不是糊涂了？”

一直，都这样？

你在逗我吗，妈？

虽然一肚子疑问，可是吕薇忽然一下子不知道从何问起。恍惚之间觉得自己在做梦，又或者，自己的记忆出问题了？

04

傍晚，一家家常菜饭馆。

吕薇的父母和弟弟坐在吕薇身旁，都挂着幸福的笑容，其乐融融。

“薇薇，多吃点儿，这个咕咾肉很不错。陪爸爸喝点儿啤酒吧。”

“干杯，欢迎姐姐回来。”

看着这久违的家庭温暖场景，吕薇心中却有种说不出来的害怕。

太诡异了，这一切实在太诡异了。这一路上，她想来想去，自己的记忆不会出问题，怎么自己眼前看到的一切跟记忆中的差别这么大？弟弟怎么会是个好学、懂事的好学生，家里怎么好像从来没有闹过矛盾一样和谐？到底是发生了什么？难道全家人都在耍她？

“薇薇，你怎么啦？是太累了吗？怎么有些心不在焉的？”妈妈关心地问。

“妈，你能让我看看你的左手肩膀吗？”吕薇突然想起来一件事。

“怎么了？”

“上面是不是有个割伤的疤痕？”

“是啊，这你们都知道啊。”说着，妈妈就把短袖撩上去，露出了肩膀上的疤痕。

“你还记得是怎么留下的疤吗？”

妈妈想了想，不由得蹙起了眉头：“奇怪，我还真想不起来了，你记得吗？跟我说说。”

吕薇正想说，这是当初吕枫乱发脾气砸碎了一个玻璃杯，碎片在墙上迸裂刺进了妈妈肩膀里留下的。吕枫还不知悔改，好几天没回家。

“妈，这是之前你去买菜经过居民楼，有一家人的小孩儿调皮，从楼上扔了一个玻璃杯，掉下来的碎片把你弄伤的，你不记得了？”弟弟吕枫突然接上了话茬儿。

吕薇惊恐地看向吕枫，吕枫泰然自若，说得跟真的一样。

“啊，是是是，你一说我就想起来了。人没事就好，这种小事儿过了就忘了。”妈妈恍然大悟的样子，好像真的想起来了。

“爸，妈，你们到底怎么了？这一年到底发生了什么？为什么你们要演这么一出戏给我看？”吕薇终于绷不住了，放大了嗓门问了出来。

其余三个人忽然都安静了，一脸奇怪地看着她。

“薇薇，你没事吧？家里不是一直都这样吗？什么叫演戏给你看？”

“他，吕枫，我不知道他怎么突然变好了。这是好事，可是你们干吗要骗我说他一直都是这样？以前，他惹是生非，害得家里鸡犬不宁的事都忘了吗？”

吕枫放下碗筷，一脸严肃地看向吕薇：

“姐，你是认真的吗？”

“我很认真。你自己说，以前的事你都忘了？”

父母的表情变得很奇怪，面面相觑。“薇薇，你没事吧？干吗这么说你弟弟？吕枫一直是我们的骄傲啊，又聪明又努力，还孝顺、懂事，真是一点儿都不用我们担心。别人说起他都忍不住竖大拇指。他怎么可能惹我们生气呢？” 妈妈说道。

吕薇惊恐莫名，捂住了嘴巴，大脑一片空白：“到底是你们疯了，还是我疯了？怎么我记忆中的事情跟你们所说的完全相反？”

“姐，你可能是读书太累，精神出现短期障碍了。要不改天去医院检查一下吧？”吕枫温柔地想安抚吕薇，手刚碰到吕薇的肩膀，吕薇就连忙避开，本能地站了起来。她觉得弟弟不仅仅是陌生了，而且充满了未知的谜团，好生可怕！

“我……可能是不舒服，我先回家休息了。”说完，吕薇头也不回地回去了。

05

之后的几天，吕薇始终回不过神来。这个家变得怪异莫名，让人匪夷所思。她暗暗观察着弟弟吕枫，虽然他非常有礼貌和谦逊，但她始终无法承认这是她的弟弟。

难道，自己真的记忆错乱了？

不，我要找到证据。

吕薇打电话给自己高中时的好朋友，约她出来见面。

“你记得我有个弟弟吗？”吕薇问好友。

“记得啊，好像比你小三岁吧？印象中见过，不过不太记得了。”好友回忆了一下，说。

“我以前谈到他，都是怎么说的？”

“呃……怎么说的？你好像也没怎么谈过吧，我还真想不起来了。”

“怎么了，姐？”吕枫问。

“不要叫我姐，你到底是谁？”

“我是你弟弟吕枫啊。姐，你没事吧？”

“别装了，我知道你不是。就算你改变了所有人的记忆，却无法伪装过去的证据。”

“怎么会？我以前周末都不回家，就是因为这个混世魔王把家里弄得一塌糊涂。作为我高中最好的朋友，我应该没少跟你抱怨吧？”

“嗯……有吗？关于你弟弟，我还真想不起来什么了，可能听过也没往心里去，不好意思了。”

“一点儿记忆都没有了吗？”

“嗯，真的记不得了。怎么了？约我出来，就是问这个？”

“真是见了鬼了……没事，我就随便问问。”

吕薇随后又去找了街坊邻居、亲朋好友，以及弟弟初中时的班主任。询问之下，要么就是不记得了，要么就是跟父母一样，对弟弟赞不绝口，说他从小就很优秀，是个有出息的孩子。总之，都与吕薇想要求证的答案大相径庭。

“到底还有什么东西,可以证明我的记忆没有错呢？”吕薇还是执着，相信自己的记忆没有出错，一定是哪里出了问题。

照片！没错，照片是没法出错的。弟弟以前叛逆的时候，家里人也一起合过影，那是过年时照的全家福。那时候，照片上的吕枫还是一脸桀骜不驯的样子。

吕薇翻箱倒柜找了一通，愣是没找到。

“妈，三年前拍的全家福，你那儿还有吗？”

“大合照？家里有这种东西吗？你弟弟不是不喜欢拍照吗，所以我们全家人一起的照片还真没有。”

“你忘了，三年前除夕夜一起拍过一张的呀？”

“没这回事。你这孩子，这次回来怎么说的事情都没头没脑的。”

果然，所有相关的证据都没有了痕迹。日记、照片可以证明往事的物件，不是说没有，就是找不到，这实在太蹊跷了！

吕薇决定单刀直入，直接找吕枫谈谈。

晚饭后，吕薇喊吕枫下楼散步。走到江边无人处，吕薇突然停下了脚步。

“怎么了，姐？”吕枫问。

“不要叫我姐，你到底是谁？”

“我是你弟弟吕枫啊。姐，你没事吧？”

“别装了，我知道你不是。就算你改变了所有人的记忆，却无法伪装过去的证据。”

吕薇忽然拿出几张纸，打开一看，是吕薇的网络日志的打印版。

“虽然你隐藏了我以前的日记，却不知道我还在网上的私密博客悄悄写日记。这几张纸上，就是我以前跟你有关的记忆，证明了我并没有记忆错乱，只是你影响了其他人的记忆。”

“姐，为什么不能是你有妄想症呢？”

“十多年的记忆，全是妄想症，那我恐怕是活在梦中了。”

“你的记忆和其他人的记忆都不一样，你为什么这么确信自己的记忆就一定是真实的呢？如果全天下的人都管红色叫蓝色，那么事实上，你原本认知的红色，就是蓝色。”

“胡说八道，你就承认吧，你到底是谁？”

“现在这个弟弟不好吗？”

“我只是不想活在谎言中。虽然我并不喜欢原来的弟弟，但也无法接受一个虚假的家。”

吕枫背过身，良久不语。

“我不明白为什么你的记忆这么难改动。我试着改写你的记忆，却发现根本无从下手。有时候，活得太清醒，痛苦的只有你自己。”吕枫的声音突然变得深沉、冷静，宛如他人，“是的，我不是你弟弟吕枫。肉体只是一副皮囊，灵魂才是一个人的本质。是你弟弟自己放弃了灵魂，主动让给我的。”

“他发生什么了？”吕薇的声音在颤抖。在这个夏夜的江边，她感觉自己似乎与寒冬的荒野一般瑟瑟发抖。

“他在外面吃喝玩乐，欠了很大一笔赌债，无力偿还，被逼无奈，想要自杀。是我刚好发现并救了他，但他的灵魂已经没有活下去的勇气了。我就把他送去了另一个地方，替他活下去。”

“你为什么要替他活下去，你又是谁？”

“我是另一种生命形式，一直在观察人类的生活，颇有兴趣。这次刚好有机会，就来体验一下地球人的生活。而且，我也是帮了他。你要知道，因为自杀而死的灵魂，将会永远无法解脱。”

“你是外星人？”

“准确地说，并不是。河里的水，江里的水，大海里的水，天上的雨，本质上都是一种暂时的轮替。”

“是你改变了所有人的记忆吗？”

“是，也不是。用你们听得懂的话说，记忆也是一种代码，而我就像是记忆的程序员。事实上，在你们人类之中，我已经发现了不少同类。地球越来越引起其他生命形式的关注，未来在这个星球上，真正的地球人将会越来越少，就好像美洲大陆上的原住民最终被欧洲移民所取代。据我所知，这些替代地球人灵魂的生命，叫作‘灵魂殖民者’。”

“你为什么要告诉我这些？不怕我说出去？”

“虽然我并不认识你，却觉得很亲切，我相信你会替我保守秘密的。况且，就算你说出去，也不会有人相信，只当你疯了，把你送进精神病院。”

吕薇默不作声，望着天空的皓月，心中苍凉。

06

没多久，吕薇就离开了家，又回到学校。从那以后，她再也不敢回那个家了，她不敢确定，自己的父母是否依然是原来的父母。当一个人的记忆被改变了、灵魂被取代了，那么这个人除了空余一副皮囊，还是原来那个人吗？

当然不算。

有时候，走在人潮汹涌的地方，看着身边的人淡漠的表情、行色匆匆的身影，她会忍不住想："在这些看似寻常的普通人之中，有多少人，其实已经被替代却浑然不知呢？"

07

吕薇走后，庄非点了一根烟，难得正襟危坐地思考着什么。

青轩走了过来，有些好奇："店长，难得看到你这么正经的神情。想什么呢？要不要我去抹除那个弟弟？"

庄非摆了摆手："上面没有这方面的指示，多一事不如少一事。我只是在想，随着灵魂殖民者的大批到来，进化的速度将会越来越快。以后，人类的烦恼与矛盾不是贫富差距，而是智慧与境界的差距了。"

青轩不解道："店长，为什么上面一直不让我们对灵魂殖民者动手？长此以往，真正的人类将何去何从？"

"我怎么知道？我们就是打工的，少干点儿活还不好啊。"

鹿蝶吃着不知从哪儿弄来的冰棍突然跳到了沙发上，一边舔冰棍，一边说："如果没有灵魂殖民者的到来，以地球人的进化速度，什么时候才能进入宇宙文明的行列啊。再说，这些殖民者从来没有强取豪夺，是那些灵魂堕落之人自愿放弃主权，才让他们占据了肉体。对于地球的进化来说，反而是好事。”

“不过，这些殖民者可未必都是善类啊。如果是用心不良，不是带来战争，就是带来动乱。”青轩说道。

“哎，神仙打架，苦了众生。我们管不了，也管不着。对了庄非，你为什么不告诉她，其实她也是灵魂殖民者？”鹿蝶问。

“她属于比较特殊的那种。她之前的灵魂在母体中还带着前世的记忆，自愿放弃了这次生命机会，所以被取代之后，一出生就忘了自己原来是谁了。就跟格式化差不多，跟她提起反而会让她不安。”

“我比较好奇的是，他们殖民者之间是无法互相修改记忆的吧，那能知道彼此来自哪层天吗？”

“维度不同，很难了解。据我调查，她弟弟吕枫是来自少光天的灵，而吕薇的本体还在欲界天。所以，彼此之间也分辨不出。”

“那她有什么特殊吗？”鹿蝶好奇。

“吕薇以后的事业会很好，但是情路不顺，迟迟结不了婚，感情上的直觉很敏锐，所以很难信任他人。不过，对于修行来说，倒也不是坏事。”

“这有什么特殊啊，好多现代女性不都这样吗？”

“呵呵，你怎么知道这么多独立、聪慧的现代女性不是来自哪层天？”

第十七杯

无眠者

01

一脸书卷气的年轻人背着一个大书包，戴着一副厚厚的圆框眼镜，蹑手蹑脚地打开门，向店内的三个人礼貌地鞠躬之后，好奇又谨慎地打量起咖啡馆。

“欢迎来到秘密咖啡馆，客人请坐。”庄非从沙发上起身，示意咖啡师做咖啡。

年轻人老老实实地坐了下来，一脸不可思议地盯着庄非。

“请问，你们是神吗？”年轻人恭敬地问。

“不是。”

“那你们是外星人吗？”

“也不是。”

“那你们是什么？”

“无可奉告，你就当我们是某种神秘力量好了。”庄非懒懒地答道。

“好吧……我明明刚在实验室里做完研究，正准备回家洗个澡、吃个饭，一开门却来到了这个奇怪的地方，莫非你们已经掌握了空间转移的技术？”

“话好多，看来自我意识很强烈。”庄非心想。于是，他慢慢地睁大了眼睛，凝视年轻人的眼睛进行催眠。不知不觉间，年轻人的眼神变得恍惚起来。随即，庄非打了一个响指，年轻人“咚”的一下晕了过去。

闻到咖啡的诱人香气，年轻人终于醒了过来，迫不及待地拿起咖啡喝了下去，露出了满足的表情：

“太好喝了，怎么会有这么好喝的咖啡？！”

“来吧，说出你的秘密。”庄非如同下命令一般说道。

年轻人愣了一下，随即开始自述：

“我叫黄文恩，25 岁，是一家生命科学研究所的科研助理，目前正在研究影响人类睡眠与大脑开发的进化基因组。”

“你身上有什么特别的事情发生吗？”

“是的。事实上，我 17 岁有一次被雷电劈中住院之后，就再也没有睡眠过。”

“是失眠吗？”

“不，是不需要睡觉，也感觉不到困意。我的大脑随时可以非常高效地集中注意力，我一个小时的信息吸收效率是普通人的五倍到七倍。而且，我不需要睡眠，所以拥有比正常人多一倍的时间用以工作和学习。我只用了一年时间就读完了本科所有的内容，两年时间就拿到了生物学博士和医学硕士学位。同时，我还会五国语言，精通‘二十四史’，熟读古今中外的名著，甚至对名著里的内容倒背如流。我的大脑就像一个计算机一样，可以准确地记录看到过和听到过的所有资料，而且能快速搜索。简单地说，我就是那种传说中的‘学神’。”

“啊，我最讨厌这种人了。”鹿蝶打了个哈欠，不感兴趣地上楼了。

02

黄文恩身上最大的秘密，就是不需要睡眠。

17 岁那年夏天，黄文恩独自在田野里抓龙虾。天气骤变，电闪雷鸣，他在躲闪之际逃到了一棵大树下，一记惊雷打在大树上。大树被雷劈成了两半，冒着浓烟，树下的黄文恩也晕了过去。

在医院醒来之后，他身上除了有些轻微的皮肉灼烧之外，没有生命危险，休养了一段时间就好了。

回到家之后，黄文恩发现自己睡不着觉，一点儿困意都没有。一开始，他不以为意，可是连续一周之后，他还是没有一点儿困意，晚上根本不需要睡眠。而且，他的记忆力变得特别好。一天经历过的事回顾起来仿佛历历在目，所有细节都能如电影回放一般清楚、准确。

他原来学习并不开窍，可是这之后他发现只要是看过一遍的内容，根本毫不费力就能记得，而且对数字与逻辑的推导，也变得无比迅速。他惊讶地发现，这场雷电竟然是福不是祸，让自己意外变成了天才。

他开始变得极其好学，慢慢地连老师都觉得自己教不了他什么东西了。他几乎把学校图书馆的书在一个学期内全部看完了，知识之庞博如同一个人脑百科，凡目之所及无所不知。

人呢，一旦睡不着，就会胡思乱想。

每晚，他只是静静地躺在床上，并不困倦。大脑里交错着各种信息，这些信息互相补充和升级，让他的智慧几何级提升。

很快，黄文恩对生命的终极问题感到了好奇。

我从哪里来？

生命是什么？

生命有什么意义和目的？

生命是如何产生的？

意识是怎样形成的？

……

不断涌出的问题让黄文恩感到困惑。他翻阅了无数科学家与哲学家的著作，始终没有找到自己心目中的答案。

牛顿、爱因斯坦、柏拉图、老子、孔子、萨特、海德格尔、佛陀、耶稣、特斯拉、薛定谔等，看得越多，他越觉得真理无穷真可怕，他感到自己的渺小与无知，在这些问题面前感觉到了绝望。

终于有一天，他想到了一个绝妙的方法：如果能让世界上的人都可以和自己一样开启大脑潜藏的功能，大家一起思考与研究，那么很多让人类束手无策的问题肯定会在无数天才大脑的共同思索下解开，人类社会就会进步好大一截。

“我要建立一个无眠者的世界，让每个人都可以开启本来就有的智慧！”黄文恩发愿。

03

由于他的天才表现，很快在高考前就被各大名校抢着要。他最终选择了北京大学的神经生物学学院。在一年就读完本科学业之后，他又到美国的哈佛大学攻读生物学硕士。在两年之内，他就发表了数篇有影响力的论文，成功地拿到生物学博士和医学硕士学位。

这位学术界火箭般崛起的新秀，无比清楚自己的目标。

他多次向生命科学研究者的圣地——位于纽约长岛上的冷泉港实验室（The Cold Spring Harbor Laboratory）提出申请。

在与实验室负责人——DNA 双螺旋结构图的发现者之一，被称为“DNA 之父”的诺贝尔奖得主詹姆斯·杜威·沃森先生进行了一番会谈之后，受到了对方由衷的称赞与推崇。终于，他如愿以偿地加入了沃森先生实施的“国际人类基因组计划”。

在加入实验室的两年里，他的无眠者计划顺利展开，得到了充足的资金与研发支持。就在一周前，他们团队成功地将无眠者的改造基因注入白鼠体内。白鼠再也没有睡眠过，而且表现出了强大的记忆能力，可以将探索过一次的复杂迷宫顺利通过。

整个团队兴奋异常，感觉人类迎来第二次全面进化指日可待。

04

此刻的黄文恩无比兴奋地对庄非说：“从此以后，人类再也不需要睡眠了，将会多出一倍的时间探索生命和宇宙的奥秘。我们也在研发让人类可以减少进食时间的药物，让全人类可以以计算机软件升级般的速度全面进化！一想到此，我简直激动得想到大街上大喊大叫了。”

庄非听完黄文恩的话，冷冷地说：“对不起，让你来到这里，就是想告诉你，你的计划不会实现了。”

黄文恩瞪大了眼睛，又气又惊：“你……你……你们想阻碍人类的进步？”

庄非："我之前看过一部电影，里面的主人公说的一句话令我记忆深刻，他说'步子迈得太大，容易扯着蛋'。人类进化太快的话，会是一个大麻烦。这也是为你们好，不是每个人都希望不吃饭、不睡觉，每天只去思考终极奥秘的。"

"我知道了！你们是地球演化的监视者！进化危险的排除者！"黄文恩大叫。

"这个称呼倒有那么点儿意思。"

庄非缓缓起身，黄文恩惊恐地向门口跑去，可是怎么用力都推不开门。

他绝望地回头，青轩不知何时已经站在了他身后，微笑着给了他一拳，他闷声倒地。

青轩回头问庄非："要全面抹除吗？"

"你怎么这么残忍，动不动就全面抹除，只处理一部分可以不？"

"那会很麻烦。"

"生命可贵嘛。我相信你可以的，加油！"

"……"

青轩默默地拖着黄文恩的身体，前往尘封的仓库。

05

第二天，美国各大媒体都在报道长岛上的冷泉港实验室发生火灾的消息。据悉，目前宣布取得重大进展的国际人类基因组团队的某秘密实验室受到全面毁坏，所有资料和数据都付之一炬，几名重要的研发人员都受了重伤，正在医院抢救。其中一位姓黄的博士苏醒过来后，在回答记者提问的时候大喊："我的记忆被偷走了！我的记忆被偷走了！"人们怀疑他是受到刺激之后的精神失常。也有科学家表示，这可能是某种神秘力量对人类重大研究突破的主动干涉。

很快，网上议论纷纷：有间谍说，有外星人说，有恐怖组织表示对此负责……这些人彼此攻讦，热闹非凡。

不久之后，受伤的科研人员都脱离了生命危险，FBI 也派出探员追寻背后的真相。然而，当被探员问到事发当天的具体情况时，所有人都惊讶地发现自己什么都不记得了。甚至，连他们之前研究的到底是什么课题，也都想不起来了。

负责调查此事的联邦调查者特别探员史考莉和穆德在经过一番深入调查之后，最终选择默默地将此事件放入了 X 档案。

第十八杯

心有灵犀

01

不知为何，今晚的月色特别美。

钻蓝色的夜空中，明月巨大而皎洁，远在天边，近在眼前。

庄非仰望着明月，只感到无言的惆怅。

风铃响动，门扉轻叩。

“如此美的月色，会有一个什么样的故事呢？”

庄非微笑着想。

02

今晚的客人，极其少见的，不是独自一人，而是一对年轻的夫妻。

男的健硕高大，女的娇俏可人。

两个人手挽着手落座，宛如热恋中的情侣。

往往世俗的夫妻之间，恰恰是彼此保留秘密最多的人。

这两个人能一起出现，说明彼此完全坦诚相待，没有在心中留下不能对对方说的秘密。

这让庄非很有兴趣。

03

男的名叫孙杰，女的叫乔柔，都刚到而立之年。二人恋爱了三年，结婚两年，尚无子嗣。

“关于你们的故事，谁来讲？”庄非问。

“其实，我们谁讲都一样，我们遇到的怪事跟我们两个人有关。小柔，你比我有文化，你来讲吧。”孙杰看乔柔的眼神中，带着宠爱与信任。

“哼，我看是有些情节你不好意思自己讲吧。让我讲，我可就一五一十地说喽。”小柔娇嗔道。

“没事没事，说吧。”孙杰的脸竟然害臊地发红。

不知不觉，鹿蝶已经悄无声息地坐到了庄非身旁，双脚交叉盘坐，手里还拿了一包薯条，一脸看好戏的期待感。

“本来呢，我们两个人就是很普通的一对情侣，在一次聚会中彼此看对眼了，然后慢慢发展成了情侣。如果没有发生那件事，也许我们早就分手了也说不定。”

乔柔的声音很好听，正如其名，轻轻柔柔，如春风拂柳，像是午夜电台的女主播，众人不由自主地开始沉浸在听故事的情境中。

04

孙杰与乔柔两个人的恋情,和世间所有小情侣一样,有甜蜜也有争吵,日子还算简单。

在交往的第二年，两个人同居了。

住在一起以后，琐碎的事情引发的矛盾就多了起来。

乔柔埋怨男友不懂女人心，总是缺乏浪漫和情调，爱跟自己较真。

孙杰时常受不了乔柔欲言又止，想要什么都不直说，老想让自己猜心思，觉得很累。

就在两个人的情感逐渐出现裂缝的时候，那件奇妙的事情发生了。

夏日的某个晚上，孙杰下班回来得较晚。走到小区门口，他看到路灯下有个面生的老大爷在摆摊卖西瓜。

孙杰是个热心肠，顺口搭了个话：“大爷，这么晚还在摆摊哪。”

“没有客人哪。”老大爷慈眉善目，让孙杰倍感亲切，顿时决定买一个回去。

“您这瓜挺大的呀，多少钱一斤啊？”

“我这瓜叫‘心有灵犀瓜’，只卖给有缘人。看你我有缘，卖你一元钱一斤吧。”大爷摇着扇子乐呵呵地说道。

“这么便宜？那可不行，我估摸着给吧，可不能让您亏本。”孙杰挑了一个大西瓜,估摸着有四五斤,就给了大爷 50 元钱,心想绝对要给足了。

“小伙子，你可真是个好心人啊，会有好报的。”大爷也不客气，把 50 元钱塞进了口袋里。

孙杰提着西瓜,给家里的乔柔发了信息,问她睡了没,准备吃西瓜。

发完信息，孙杰回头望了望刚才那个西瓜摊，发现路灯下已经空空如也，没有了人影。

“这个大爷的动作可真够快的。”

孙杰回到两个人同居的家中，乔柔穿着兔子睡衣正躺在床上拿着iPad看电视剧，看到孙杰进来，招呼道：“今天加班到这么晚呀。”

“明天周末，晚上赶赶工把事情做完好休息。对了，一起过来吃西瓜呗。”

“好嘞。”

乔柔喜欢把西瓜切成两半，然后拿个勺子挖着吃。两个人一人半个西瓜，拿着勺子，看着电视剧。

两个人有一搭没一搭地聊着。西瓜很快就吃得差不多了，两个人都有些撑了。

这时，孙杰忽然听到乔柔的声音在耳畔响起，近得像说悄悄话：“啊，突然好想去吃小龙虾啊。”

“啥？”

孙杰转头一看，乔柔并没说话，只是盯着屏幕出神。

“啊？”乔柔也有些惊讶，“干吗？”

“你刚是不是说想吃小龙虾？”

“啊，我没说话啊。”乔柔一脸诧异。

可是，孙杰的耳畔又清晰地出现了乔柔的声音：“见鬼了，我心里想的话他怎么知道？”

“啥？”孙杰眼睛都睁圆了盯着乔柔。他刚才就看着乔柔，她确实没有张嘴。

“啊？”乔柔也有些吓到了，“你干吗呀？一惊一乍的。”

“你是学了腹语吗？”孙杰傻傻地问。

“你是脑子有坑吗？”乔柔皱眉。

“什么情况？！”孙杰在心里想。

“什么什么情况？”乔柔问他。

“天哪！”孙杰喊了出来。

两个人面面相觑，忽然觉得背后汗毛竖起。

乔柔怯怯地说：“我怎么觉得哪里不对劲儿呢？”

孙杰也有些不安地回应：“小柔，从现在开始，我们都捂住嘴巴不要说话，我隐隐有种猜测……我们好像可以听到对方心里的声音。”

孙杰紧闭嘴唇，可是这声音却清晰地传到了乔柔的耳朵里。

“是真的，这是怎么回事？”乔柔也在心中回应。

“我买西瓜的时候，那个卖西瓜的大爷告诉我，这瓜叫‘心有灵犀瓜’，只卖给有缘人。莫非……”

“你碰到神仙了？！”

这一神奇的发现让两个人兴奋不已，也不想看电视剧了，只想多试验一下这神奇的能力。

“我们试试看，到底这个有效距离有多远？我现在去门外，你在房间里，看看能不能听到我的心声。”孙杰一溜小跑冲到门外。

“听得到我的声音吗？”

“听得到，听得到，非常清晰，就跟戴了耳麦聊天似的。”

“牛啊！我再走远点儿试试。”孙杰上了电梯，来到一楼，“现在听得到我的声音吗？”

“听得到，你现在在哪儿？”

“我在一楼。”

“厉害了，我们可是住在十一楼，隔着十层楼都能听到。你再跑远点儿试试。”

孙杰又跑到小区门口：“听得到吗？听得到吗？洞幺洞幺，我是洞拐，听到请回话！”

“听得到，听得到！你在哪儿？”

“我在小区门口。我再跑远点儿试试。”

两个人经过试验，发现心有灵犀的范围竟有一公里。

孙杰兴奋地跑回家，抱着乔柔开心得像个孩子。

“我们有超能力啦！”

“别高兴得太早，也许明早起来就没了。”乔柔说。

“那也知足了，简直太酷了。”

这一晚，两个人都很兴奋，生怕第二天醒来这种神奇的心有灵犀真的消失了。一直在尝试用心声聊天，直到筋疲力尽才沉沉睡去。

次日醒来已是中午，孙杰迷迷糊糊地睁开眼，想起昨晚的事还以为是一个梦。他想试试看到底是不是梦，于是集中意念，盯着熟睡中的乔柔，在心中大吼了一声：“起床呀！”

熟睡的乔柔猛然睁开眼，一脸惊恐地支起身子。

“吓死我了。”她看了看在一旁莫名其妙地大笑的孙杰，蹙眉道，“你干吗呀，喊这么大声，耳朵都聋了。”

“我并没有说话哦。”孙杰确定昨晚的一切不是梦，语气兴奋不已。

“神经病啊，我明明听到……”乔柔正要责怪，忽然间也想起了昨晚的事，眼睛一下冒出了光，“莫非昨晚的那个奇迹是真的？”

乔柔捂住嘴巴，在意念中想：“下午，我想去逛街。”

孙杰立马接道：“要我陪你去吗？”

乔柔高兴得一把搂住孙杰，惊呼：“是真的可以心有灵犀！太帅了！”

05

拥有心有灵犀之后，两个人逛街的过程变得有趣了许多。他们看起来一言不发，却在脑海中不断地进行着对话。

“我想喝奶茶。”

“好嘞，我这就去买。”

“哇，那只狗好丑啊。”

“哈哈，感觉没睡醒一样。”

“哇，前面那个美女腿好细，羡慕。”

“是啊，好漂亮。”

“你不许看！”

两个人没有任何心思可以隐瞒，乔柔想吃的、想买的，那些平时难以琢磨的小心思，孙杰第一时间就心领神会。

比如，平常孙杰问乔柔晚饭想吃什么。

乔柔嘴上会说“随便吧”，其实心里都已经想好了，“我想吃火锅”“我想吃海鲜”“我想吃日料”等。当然有时候，也是真的没胃口，随便什么都行。

现在都不需要讨论，两个人心意相通，一个眼神就早已沟通好了。

以前逛街的时候，乔柔盯着某个包包发呆，孙杰就会很为难，在想她到底是想买呢，还是只是看看呢？摸摸钱包咬咬牙，对她说：“你喜欢的话，我买给你吧。”乔柔会莞尔一笑说“看看就好”，而在孙杰看来这是女朋友在体谅自己，会很自责。

如今逛街,孙杰惊奇地发现,原来女孩子逛街有时候真的只是看一下、摸一下、试一下就好，压根儿没有想买的打算。

乔柔也开始理解，有时候孙杰不说话，看起来不高兴，仅仅是因为自己支持的球队输了，让他安静地待一会儿就好。当男人说他想静静的时候，其实只是发发呆、抽根烟，或者玩会儿游戏，很多不顺心或委屈，他只是不好意思开口。

这让两个人的感情重新开始升温，对对方的理解与体谅在刹那之间就可以让对方接收到，省去了很多解释的麻烦。两个人有了心有灵犀，和朋友们玩《狼人杀》、打牌都不怎么会输，高度的默契让他们有种偷偷开挂的愉悦。

他们不断地在想，还能用这个特殊能力做点儿什么有趣的事呢?

一天晚上，两个人在看热门的综艺节目《知识大战》，里面都是来自民间的知识达人竞赛知识量。通过百人挑战十道题，然后选出一名准确率最高、答题速度最快的选手与擂主进行 PK，胜利者得到 10 万元的奖金，并且成为下一期的擂主。

目前的擂主是清华大学的博士，已经连续赢了三场，知识储备非常丰富，可谓包罗万象。

乔柔看着这个节目，每次题目一出来她就在电脑上打入问题搜索答案。她的打字速度很快，每次选手们还没开始作答，她在网上搜索引擎就已经找到了答案。

这时，她忽然冒出了一个想法。

同一时间，孙杰也听到了乔柔的想法。

如果他们俩联手去参加节目，不就无敌了吗?

乔柔不禁兴奋起来，拿手肘捅了捅孙杰，用意念交流道：“你去参加节目，赢一期有 10 万元呢。有我帮你开挂，妥妥的！”

孙杰有些犹豫，心想：“这不是作弊吗？对其他选手太不公平了。”

乔柔说：“怕什么，没有人会知道你开挂了。有这么好的能力不去赚点儿钱太可惜了吧。我们就赢一期，拿到 10 万元好好奢侈一把，如何？”

孙杰有些被说动了，他最近一直想买个新手机，但囊中羞涩。这要是有了 10 万元，别说手机，还能把用了多年的电脑换了，和乔柔一起出去旅游一趟。

他刚转念头，心想好像也不错的，乔柔那边就接收到了信息，对他投来嫣然一笑。

于是，他们报名参加了全国最受欢迎的《知识大战》，没想到一战成名。

录制的时候，乔柔坐在电视台楼下的咖啡馆，打开笔记本电脑的搜索页面。当孙杰比赛的时候，在心中迅速默念题目。乔柔就立刻开始上网搜索答案，然后第一时间通过心有灵犀传送给孙杰，这比打电话要快许多。

孙杰以百分之百的答题准确率顺利获得了挑战擂主的资格。

在电视台播出的这一集擂台战中，高大、俊朗的孙杰每每都抢先答题，无论是天文地理、历史社会、诗词歌赋，还是自然科学，无一不准确无误。他自信满满，使得博士擂主都不由得变了脸色。最终，孙杰以压倒性的优势击败了擂主，一战成名。

孙杰原来是体育特长生，平常不爱看书，典型的四肢发达、头脑简单，这种反差在电视上更是充满了节目效果。他模特般的身材、憨厚的神情，配合博学、睿智的表现获得了无数人气，微博一下子就涨了百万粉丝，一下成了网络红人。

媒体和记者纷纷前来采访，许多综艺节目也都来邀请他做嘉宾，甚至还有影视公司想签他做演员、做艺人。

变化来得太快，不全然是好事。

原本简单、平凡的生活，一下变得五光十色，出现了种种诱惑。

孙杰第一次体会到成名的滋味，走在大街上有时候都会被路人认出来要签名，这不禁让他有些飘飘然。

乔柔自然而然成了他的经纪人，帮他接合同、谈合作等。孙杰走到哪里，乔柔都跟着，生怕他乱说话暴露了自己没文化。

孙杰出名之后，渐渐变了，变得自大、爱慕虚荣，两个人之间反而有了越来越多的矛盾。

有天晚上，孙杰很晚才回来，酒气熏天，醉得不轻。

“你去哪儿了？打你电话也不接？”

“有个网剧要拍，跟导演和制片人吃了个饭。”孙杰吞吞吐吐地说。心里却想：“可不能让她知道我们去了会所找陪酒女。”

然而，乔柔立刻就接收到了他的心思，顿时火冒三丈：“你们谈事情为什么要去那种地方呢？”

孙杰这才意识到他们有“心有灵犀”这个神奇的能力，郁闷道：“彼此之间一点儿秘密也没有可真没劲啊。人有时候糊涂一点儿，不是更开心吗？”

“这种时候，你倒是希望有秘密了啊？当初不是这个心有灵犀，不是靠我帮你，你哪有今天？”

“你当初不也是为了钱吗？你看你现在的衣服、包包、化妆品，哪个不是我赚钱给你买的？”

“好呀，那就把话说白了。之前，我一直不敢问你，你到底还有多少事瞒着我？你说在我之前只有一个女朋友，到底有几个？”

“五个。”孙杰下意识地在心里回答。

“好呀，你果然是在骗我！你这个大骗子！”乔柔生气地捶打着孙杰的胸口。

“你就没有事瞒着我吗？我一直怀疑你的鼻子整过，到底有没有？”

“没错，整容有什么错？让自己变得美好有错吗？”

“除了鼻子，还有什么地方动过？”

“没有啦！”乔柔刚说完，心里一个声音冒出来：“其实眼角也开过。”

“呵呵，女人都是大骗子！”

“去你的，男人都是‘大猪蹄子’！”

两个人一下子都失去了理智，把以前鸡毛蒜皮的小事儿都抖了出来，互相攻讦，没有好气。

“别以为我没有你就过不下去，我受够了这种没有秘密的生活！”孙杰终于忍不住吼道。

“有种就分手呀，你以为我多稀罕你吗？”

“分手就分手！”

就这样，两个人争吵之后，就分道扬镳了。

没有了乔柔的出谋划策，孙杰的傻里傻气顿时暴露无遗，在许多节目里暴露了智商。常常出现读错汉字的窘况，比如把“憧憬”念成“撞景”。还搞不清一些基本常识，闹出了不少笑话，出尽了洋相。这让网友们开始质疑当初他是不是作弊或者和电视台联合炒作欺骗观众，才得了冠军。一时之间，舆论一边倒地指责、谩骂孙杰，说他是个大骗子。

眼看他起高楼，眼看他楼倒塌。转瞬之间，他从万众喜爱的知识青年变成了欺世盗名的人。再也没人邀请他上节目，网络上都是对他的人肉搜索与辱骂。孙杰一下子众叛亲离。

他这才明白，乔柔在自己的生命中有多么重要。

当他处于低谷的时候，乔柔及时回到了他身边。

她心疼他。

乔柔对孙杰说："我从来就对你没有幻想。我早就知道你轻浮、愚蠢、没有头脑，可是我爱你。我知道你是一个庸俗而普通的男人，可是我爱你。我也知道你是个不入流的货色，可是我爱你。"

孙杰紧紧地抱住乔柔，一切尽在不言中。

06

庄非默默地听完了这个故事，望向窗外巨大而皎洁的明月，眼神迷离。

"彼此之间没有任何秘密，是一种什么感觉？"庄非沉吟后，问他们二人。

乔柔看了看孙杰，微笑道："就像一个人，拥有两个身体。或者两个身体，属于同一个人。"

"今晚，我就要回收你们的心有灵犀，是否不舍得？"

"不，我们如今即便一言不发，也能够默契地知道对方的心思。我们已经太久没有享受完全的宁静了，收走反而是好事。"

"那好吧，祝你们幸福。"

一声响指，一片阴云，眼前的这对恋人消失无踪。

"扑通"一声，一颗粉红色的芥子落入庄非眼前的水杯中。

"若得一人心，白首不相离……"庄非哼着歌曲，倒头睡去。

第十九杯

天才魔术师

01

当梁霄出现在咖啡馆的时候，鹿蝶不由得发出了一声轻叹。

“怎么了，你是他的粉丝？”庄非笑着问鹿蝶。

“倒也说不上是粉丝，只是以前看过他的演出。当时就怀疑他表演的不是魔术，没想到他果然有秘密。”鹿蝶饶有兴趣地坐到庄非的沙发上，挥手招呼梁霄坐下。

梁霄穿着一身休闲服，神态轻松地坐在两个人对面，露出标志性的神秘微笑：“我可以直接开始讲我的秘密了吗？这个秘密我憋了好多年了。”

“不急，喝杯我们店特制的咖啡吧。”

梁霄是这些年新晋的天才魔术师，长相俊秀，更重要的是他所表演的魔术匪夷所思，令观众无不惊奇到目瞪口呆，比如在众人面前穿墙而过、在街头凭空消失、透视眼、猜心术等。非常简单、直接，令不少观众怀疑他是真的有特异功能。不过，他一直否认，戏说都是节目效果而已。如今，他正当红，有至少三档以他为主的综艺节目在国内外都极其风靡，收获粉丝无数。据说，他明年准备全球巡回演出了。

这样一个当红的魔术师来到秘密咖啡馆，不禁让人好奇他到底有什么样的秘密。

一杯咖啡之后，梁霄对咖啡的美味赞不绝口。

墙上的老挂钟敲响了六下，发出沉沉的“嗡”声。

庄非换了一个舒服的姿势，把自己埋进质地柔软的沙发中，拿过一个抱枕放在胸口，静静地看着他，说：“可以说出你的秘密了。”

02

梁霄叹了一口气，说：“其实很多人的猜测没有错，我表演的魔术都不是魔术，而是我自己特殊的能力。”

鹿蝶忽然高兴地鼓起了掌：“我就说吧！”

事情要从他 12 岁那年开始讲起。

那一年暑假，梁霄和小伙伴们去水库游泳。结果，他游着游着腿抽筋了，整个人挣扎着沉了下去，幸好被其他人及时救了，险些溺水身亡。

跟很多故事一样，死里逃生的梁霄意外获得了一种惊人的能力。

那是在过了好几周后，他才偶然发现的。

那天晚上，梁霄回家经过一个街道。一个喝醉酒的大叔在路边狂吐不止，呕吐物发出的恶臭令人作呕。

梁霄在经过那位大叔身边的时候，本能地屏住了呼吸，防止闻到呕吐物的臭味。在屏住呼吸几秒钟之后，神奇的事情发生了，他眼前的街道上，所有行人的动作都静止了。

一切声音在瞬间消失无踪，安静得如同自己耳聋了一般。

呕吐的大叔保持着扶墙的姿势，一动不动；

街边的小摊贩张大着嘴叫卖，却如同雕塑一般无声无息；

路人们如同蜡像一般静止着。

眼前的街道就像一张照片，一切都静止不动。

梁霄惊讶之下忘记了屏气，刹那间，眼前的人又动了起来。该吐的吐，该叫喊的叫喊，该前进的前进，仿佛刚才那一幕只是幻觉。

梁霄立刻反应过来，又试着屏住呼吸看看。

果然，三秒钟之后，眼前又是一个静止的画面。

呼吸，一切恢复原状。

屏气，世界变成静态。

太神奇了！

梁霄张大了嘴巴，简直不敢相信自己的眼睛。

他经常游泳，所以屏气的能力还是蛮强的。当他连续两分钟不呼吸，在这个静止的世界中走动的时候，感觉自己简直成了这个世界的神。

从那之后，梁霄开始不断地验证自己的能力。

在考试中，通过让时间静止去偷看优等生的答案，让自己轻松获取了好成绩；

在体育课长跑的时候，屏住呼吸让时间暂停，一下跑到了队伍的最前端；

在雨中漫步，让静态的雨滴在自己的眼前点缀如同垂帘；

玩游戏的操作也比普通人可以快上许多，战无不胜；

……

生活中充满了无数的乐趣，让他活得自由、洒脱。

他曾经想过是不是可以利用这个能力去抢银行，后来仔细分析了利弊之后还是觉得风险太大。

终于有一天，他在电视上看到魔术师的表演后，找到了自己的人生方向——用超能力变魔术。

梁霄设计了几个小魔术。

比如猜心术，准备一副纸牌，让别人随便摸一张放在身后，然后他来猜牌的数字和花色。

怎么猜出来？当然是让时间静止，走到别人身后偷看纸牌喽。

比如穿墙术，可以在快撞到墙之前让时间静止，然后走到墙后面，在别人的视角中就好像是穿墙而出。

还有预知术，准备一个铁箱子，在里面放一张字条，一周后打开，字条上写着当天会发生的事情。

怎么预知的？当然是在当天打开之后的瞬间让时间静止，然后拿出字条写上当天的事情再放回去喽。

用这种方法预测彩票都没问题，只要彩票的中奖数字已经出来了。

其他比如瞬间移动、凭空消失、大变活人、空手变物等，都轻松无比。

在经过私下的一番练习之后，梁霄时不时会给同学们表演一下自己的魔术，引来惊叹无数。

有个同学建议：“你这么厉害，怎么不去参加选秀比赛啊，说不定就火了呢！”

这么一说，梁霄听了进去。

这一年的夏天，梁霄成了一档选秀比赛最火的选手。

他上台的第一个节目，是空手变物。一身短袖、短裤的梁霄，站在海选导演们面前，自信地说："我的手里什么都没有，但马上就可以变出无数的小东西。"

海选的导演们都发出了不置可否的轻笑，觉得这个孩子在吹牛。

随即梁霄的表演，让所有人都目瞪口呆。

他双手交叉，反复揉搓了几下，随后停顿了几秒，然后从手中变出了一枚硬币。

"这有什么了不起的。"海选的导演们都是见过世面的，觉得这种小把戏上不得台面。

然而，随即梁霄开始不停地变出硬币，一个又一个，源源不断，变出了上百个硬币。

他的双手合十，一开一合，就不停地有硬币如流水一般掉下来，好像他的双手是水龙头，流出来的是硬币一般。

这下，海选的评委们看傻了。

评委们都惊得忘了鼓掌，而梁霄的表演还没结束。他从手中搓出一条手帕，摊开手帕后，用手帕包住地上的硬币，双手在手帕上一按，再打开手帕时，地上的硬币又都消失了！

这时，他才鞠躬表示表演结束。现场的所有人都发出了惊叹声，直夸他是天才！

在随后的电视节目上，这个还在读初中的小男生上台介绍自己是天才魔术师的时候，台下那三位著名的评委都忍不住笑了。

一位评委问："那么小天才，接下来你要表演什么节目呢？"

梁霄淡然地说："猜心术。不过，我需要你们的协助。"

"怎么协助呢？"一位评委问。

"请三位评委老师随便在字条上写些什么字，然后密封到一个铁盒子里。到时候，我会说出字条上的内容。”

三位评委面面相觑，都有些不太相信。

当工作人员将字条与铁盒交给评委后，梁霄在眼睛上蒙上了黑布条，背向评委蹲在了地上。

等到把铁盒放到梁霄身边时，他打开黑布条，一步步地走向评委，他盯着评委老师的眼睛，似乎正在读心。一番装神弄鬼之后，他回到舞台上，要来笔和纸，在上面写起了起来。

然后，他宣布："三位评委的内容分别是，'晚上吃什么呢''我脖子有点儿酸'，以及'小天才'。我说得没错吧？"

梁霄说完，三位评委的脸色都变了，一脸惊诧，不可思议地点了点头。

主持人过来打开铁盒，里面字条上的内容，果然是他所说的。

为了证实自己的能力，梁霄表示可以再表演一次，并且加大难度，让现场的观众每个人写一个字，凑满一百个字。

结果出来后，果然又跟梁霄所写的一模一样。自此，全场沸腾，梁霄一战成名。

在随后的比赛中，梁霄又用一块黑布表演了凭空消失，然后出现在观众席最后。

他还挑战著名的纸牌魔术——巴格拉斯效果。据说，这个魔术世上只有创始人巴格拉斯和刘谦成功地表演过。而现在，一个名不见经传的少年在热门节目中成功完成，更是让他炙手可热。

在总决赛的舞台上，他更是惊人地表演了名为"众生之门"的魔术。

舞台上摆放着许多门框，用黑色的幕布隔离，在音乐中，他表演了一个不断穿越在各种门前后的迷路小孩儿，如同同时有许多个梁霄在舞台上。在音乐停止的那一刻，所有门框都应声倒地，而在舞台的中央，只有一个梁霄抱着膝盖迷惘地望着天。

这个惊艳的节目让所有人高声尖叫，梁霄毫无悬念地成了这一届选秀比赛的总冠军。

从此以后，他就成了全民皆知的天才魔术师，出现在各种舞台上，越来越出名。

03

现在的梁霄已经23岁了，不过因为经常暂停时间的缘故，他看上去要比同龄人成熟不少。

这些年，他不断地挑战自我，在各种魔术大赛上出尽了风头，就连去年的《中央电视台春节联欢晚会》上也出现了他的身影。可以说他意气风发、年轻有为。

可是，他却越来越不开心。

财富、名声、荣誉、赞美，这些他都轻而易举地获得了，但在享受了名利场带来的虚荣与繁华之后，他的内心却愈加空虚。

也许是一切来得太容易，他在享受了灯红酒绿、扬名立万的快乐后，反而觉得自己的内心怅然若失。

他也说不出来是为什么，只是这种空空如也的感觉日渐强烈。

一换再换的美女不能让他满足。

昂贵的奢侈品不能让他满足。

粉丝们的崇拜不能让他满足。

他开始喜欢在人声鼎沸、喧嚣的地方，屏住呼吸，独自享受喧嚣瞬间消失的寂静。

看着车马如龙的闹市街头，万籁俱寂；

看着红男绿女的酒吧，悄无声息；

让激烈的足球比赛现场定格静止。

他走在人群之中，却似乎只是孑然一人，踽踽而行……

有时候，他会想，也许自己该放弃眼前这一切，好好想想自己需要什么了。直到那个女人的出现。

那是一次剧场的年终演出，他照例屏住呼吸让时间静止，准备完成自己的魔术。忽然在观众席的中央位置，有一个人站了起来，缓缓地向他走来。

过度的震惊，让梁霄所有的注意力都放在了女人身上。

女人一头利落的短发，越走越近，已经走到了舞台的下方，她微笑着对梁霄挥手。偌大的剧院中，仿佛只有他们两个人，其他观众都成了可有可无的背景。

“原来，真的有跟我一样的人。”女人一步步地走向舞台，在离梁霄一臂的距离驻足，伸出了手。

“很高兴认识你，我的同类。”女人的眉眼之间透露着成熟与知性，看起来三十出头。

梁霄一愣之下，竟然忘了屏住呼吸，瞬时冒出一身冷汗。觉得演出要出事故的时候，现场依然没有一点儿动静，没有人动弹，也没有声音。

“你……你也可以让时间静止？”梁霄问女人。

“是的，这个静止的世界，只有我们可以感觉到。”女人微笑着说，“我叫柳樱，希望回头可以聊聊。”说着，她递出一张字条，上面写着她的电话号码。梁霄激动地收下了字条，随即又开始屏住呼吸，保持这静止的时间。女人转过身，优雅地回到了座位上。

那天演出结束后，梁霄就迫不及待地打了柳樱的电话，约她在五星级酒店的顶层餐厅详谈。

“这些年，我时不时感觉世界的时间线被暂停了，而我并没有屏住呼吸，所以一直怀疑有同类在使用能力。有一次，我在电视上看到了你的表演，就有些怀疑你跟我可能是同类。不过，电视上的毕竟是剪辑过的，记录不了静止的时间线，所以今天我才跑到现场来验证一下。没想到，你果然能让时间静止。”柳樱说。

“太意外了，我真的好高兴。在静止的世界里，原来我还有同类。说说你是怎样获得这种能力的，是天生就有吗？”梁霄激动不已，恨不得知道关于她的一切。这种兴奋，暌违已久。

“其实，我也不太清楚。我是一个外科医生。三年前，我有一个病人是个 5 岁的可爱小女孩。她患先天性心脏病，住院有一阵子了，和我特别亲。我很喜欢她，所以我特别希望她能痊愈。可是，世事无常，在给她做手术的过程中，她出现了气体栓塞。情况有些危急，很有可能对小女孩造成不可挽回的伤害。当时，我紧张得忘记了呼吸，一个劲儿地在心中呼喊，希望时间能慢下来、慢下来，希望用我的寿命换取小女孩的健康、平安。没想到奇迹出现了，在我一个劲儿地祈祷的时候，我的呼吸也因为紧张而停止了。结果，当我回过神来，我发现手术室里的其他人和机器都处于静止的状态。在时间静止的状态下，小女孩的手术最终成功完成。但是，我当时还以为是我的幻觉。”

“这么神奇？”梁霄有些意外。

“之后，我试着屏住呼吸，果然马上就看到了全世界都静止的神奇画面。虽然有些不可思议，但我依靠着这个能力，成功地帮助了许多病人做好手术。这让我很欣慰，可能这也是老天爷对我一片好心的成全吧。”

“妙手仁心，你真是了不起。”梁霄忽然有些惭愧，自己拥有这个能力后的第一反应是怎么出名、赚钱，而人家却是想着用这个能力来救人。

04

随后的日子里，两个人一有空就聚在一起，分享彼此的经验与教训，以及在静止的世界里做些有趣的事。

从此以后，梁霄感到之前那种空空如也的虚无感逐渐退去。他有了一个可以分享自己所有秘密与静止世界的同类、一个独一无二的挚友，感到无比幸运与开心。

他们俩之间，是远超出情侣与家人的默契与坦诚，纯粹而亲密。在柳樱面前，梁霄感到彻底的放松与自在。

他们一起欣赏飞花起舞的画面，一起观察大排档里的每个人定格的瞬间表情，在明星的演唱会上登上舞台跟明星合影又偷偷离开。如此种种，太多好玩的事。

两个人总能想到无数个利用静止的时间更好地欣赏与体会这个世界的乐趣的方式，一起分享这种举世无双的快乐。

然而，世事如棋，乾坤莫测。

一个月前的某夜，柳樱下班回家，经过附近一个小区时，发现人声嘈杂、火光冲天，原来是一户人家着火了。有位年轻的妈妈在里面哭喊："救救我女儿！"

人们围在外面，打水的、打 119 的、大声呐喊的，很是混乱。

柳樱没有多想，立刻屏住呼吸，冲进了火场救人。她接连救出了几个小孩儿和女人后，在背一个老人出门时，因为吸入太多有害气体，而导致神志不清，最终晕倒在火场，再也没有起来……

随后赶来的消防员都觉得不可思议，一个人在这么强火势的现场能救出这么多人，这简直是奇迹。

柳樱牺牲后，自然是受到社会各界的讴歌、赞美：报纸报道，网络宣传，政府追赠表彰……而柳樱的离去对梁霄来说，好比五雷轰顶，在他的心口挖了一个洞。

梁霄成立了柳樱基金，用柳樱的名义做慈善，默默资助贫困学生，帮助生病需要用钱的病人。

从此以后，曾经那个游戏人间的梁霄彻底消失了，他的大部分精力都放在延续柳樱帮助世人的志向上。

只是偶尔在静止的世界中，他依然会想念那个如同莲花般纯粹的女子带给自己的精神洗礼。

每当舞台上阒无人声、万物静止时，他总是忍不住看向舞台的中央，想象着柳樱突然从人群中站起来，缓缓地走向他，对他说："很高兴认识你，我的同类。"

第二十杯

月老女孩

01

烟雾缭绕中，一只金色的蝴蝶在半空中轻舞。

有个年轻的女子紧随着金蝶的飞行轨迹向前走着。

幽静的巷子中，只有一家咖啡馆的门口亮着橘黄色的灯光。

咖啡馆门口挂着“营业中”的牌子，响起清脆的风铃声。

02

咖啡馆内，一如往常般冷清、闲寂。

咖啡师在吧台示意女子先坐下，自顾自地鼓捣起了咖啡机。不多时，香气就开始在店内弥漫。

女子盯着桌上的纸灯罩看得出神。纸灯罩上有两只金蝶的剪影在柔和的烛光的映照下栩栩如生，仿佛在散发着金光舞动着。

一阵慢悠悠的脚步声后，女子的面前出现了一个流浪汉模样的邋遢男人。他打着哈欠坐在了她的对面，仰靠在沙发上，带着三分倦意、七分慵懒的语气说道：“你好，欢迎光临。”

女子显得很兴奋，按捺不住激动，身子往前倾，说：“我听说过你们，一直以为是个都市传说，没想到真的存在。你就是店长吧？”

这时候，咖啡师青轩也做好了芥子咖啡，端到了女子面前。咖啡的香气令女子身心舒畅，她忍不住喝了一口。

庄非看了看挂钟，随手打了一个响指，拿过一个抱枕，调整成让自己惬意的姿势，幽幽地说道：“闲话少说，说出你的秘密吧。”

03

桃桃是一个普通的公司白领，生活不好不坏，平淡如水。

她有一个习惯，就是喜欢写日记，无论是大事还是小事，都喜欢记在笔记本里。2020 年元旦的晚上，她整理完去年的笔记本，决定去买几本新的。刚出门不久，忽然一阵迷雾袭来，她顿时辨不清东西南北了。等到迷雾散去，她发现自己正站在一条陌生的小巷里，前方是一家颇为古旧的杂货铺，用木板写着店名——第六天集团。

桃桃感到很惊奇，就不由自主地迈了进去。

店里坐着一个慈眉善目的老人，他笑意盈盈地问：“小姑娘，想买些什么呀？我这里应有尽有。”

“有……笔记本吗？”桃桃怯生生地张望了一下，发现店家的柜子上空空如也。

“有，你等我一下。”大爷转身撩开身后的帘子，进入了黑暗中，一眨眼的工夫就拿着厚厚一沓笔记本出来了。

桃桃有些神情恍惚，她看着柜台上摆放的笔记本，一眼就看中了一本粉红色的。笔记本的封面上画着一轮硕大的明月，粉红色的桃花落英缤纷，很是绚丽。

“这本多少钱？”桃桃拿起来问老人。

“一元钱，你买不了吃亏，买不了上当。”老人笑得愈发亲切了，让人无法拒绝。

“好的，就买这本了。”桃桃掏出一元钱放在柜台上，拿着笔记本就出门了。

刚走入小巷的迷雾中，忽然一阵狂风迎面吹来，吹得桃桃睁不开眼睛。等到她缓缓睁开眼睛的时候，猛然发现自己在公寓楼下的电梯口，之前的一切仿佛只是她的幻想。可是，当她注意到手中那本粉红色的笔记本时，她的瞳孔不由得放大了，愣在了原地。

“你上不上啊？”电梯门不知何时已经打开，里面站着一位刚跳完广场舞的大妈，皱着眉头问道。

“啊，不好意思。”桃桃连忙进入电梯，脑袋依然一片混乱。

回到房间，桃桃仔细地端详着手中的笔记本，翻开来一看，就是最常见的横线网格笔记本，没什么特别的地方。然而，当她翻到最后一页时，却发现上面用毛笔写着三行字：

第一行写着：月老笔记

第二行是使用说明：名字写入同一横线格内的人一旦相见，必然相爱

第三行是有效期限：三个月

桃桃心跳不已，直觉告诉她，这很可能是真的。她很想立刻就试验一下这本《月老笔记》的效果，不过脑海里一下浮现不出合适的人。

抱着笔记本，桃桃激动地辗转反侧，久久不能入眠。

04

几天后，桃桃终于写下了第一行——两个人的名字。

公司的程序员小赵喜欢前台 Annie 的事在同事之间众所周知，不过 Annie 一直对小赵不感兴趣。小赵每次主动献殷勤，她都是一副爱搭不理的样子。

如果他们俩真的能成，就说明这本《月老笔记》真的有用。

一大清早，桃桃就来到公司，站在前台跟 Annie 随意闲扯，目的就是等小赵出现，观察两个人的反应。

“桃桃，你今天怎么这么能聊？心情不错的样子。”Annie 笑着打趣。

桃桃挠挠头，敷衍道：“这不是快放假了吗，心情很放松。”

正在此时，等待已久的小赵终于出现了！

小赵还是一如既往地穿着格子衫、牛仔裤，背着一个大书包，一身“低气压”地从电梯口走来。

桃桃的眼睛都发亮了，她不由自主地喊了出来：“Annie，你快看！是小赵！”

Annie 一脸莫名其妙地看向桃桃：“怎么了，他很稀奇吗？”

这时，小赵已经走到了前台附近，礼貌地向两个人打招呼：“早啊。”

自从小赵追求 Annie 以来，她每次见到小赵都很冷漠，可是此时的她看着眼前的小赵，忽然好像触电一样全身一激灵。

小赵好像也愣住了，盯着 Annie 一动不动。

时间，仿佛在此刻静止了。

桃桃似乎听见了电影《人鬼情未了》的主题曲 *Unchained Melody*（《奔放的旋律》）在两个人身后响起。

“Oh...my love...my darling...”

Annie（露出甜美的微笑）：“早上好，小赵。”

小赵（发愣）：“早上好。你吃早饭了吗？”

Annie（羞涩）：“吃了，你呢？”

小赵（发愣）：“没吃，起床有点儿晚了。”

Annie（关心状）：“肚子里不填点儿东西可不行，我这有些马卡龙饼干，你不嫌弃的话就拿去吃吧。”

小赵（惊喜）：“怎么会嫌弃，可那怎么好意思呢？”

Annie（拿出一盒饼干，递给小赵）：“没关系的，你吃吧。”

桃桃张大了嘴巴，看两个人这忸怩的姿态，空气中这粉红的小气泡，这恋爱的酸腐气息还可以再明显一点儿吗？

太神奇了，《月老笔记》果然是真的！

05

初步确认效果之后，桃桃立刻想到了下一个目标——她的老同学兼闺密晏子。

晏子在读高中的时候就一直暗恋班长周彬，只是一直没有勇气表白。转眼大家大学毕业都好几年了，可是晏子告诉桃桃，自己还是放不下周彬。

机会终于来了，月底有个同学聚会，班长周彬一定会来，这是可以再续前缘的好机会。月初，晏子就有些忐忑不安，开始准备同学聚会时要穿的衣服，每天都去健身房塑身，睡前都要敷面膜保养，以期待给高中时期的梦中情人展示自己最好的一面。

“有了这本《月老笔记》，我一定可以成全晏子。”桃桃开心地想，就不假思索地在笔记上的同一行写下了周彬和晏子的名字，雀跃不已地等待同学聚会那天的情景。

很快到了同学聚会这天，晏子和桃桃一起前往约定好的饭店聚会。两个人各怀心思，紧张兮兮。

“哎呀，两位美女到了！”一进包厢，还没认出谁是谁，忽然就看见一个胖子笑容满面地起身迎接。

“这是谁啊？”桃桃暗自纳闷，却突然听到《人鬼情未了》的主题曲响起。

“Oh...my love...my darling...”

桃桃惊觉不对，立马看向晏子，只见晏子凝望着眼前两层下巴、大肚子的男人，眼中尽是秋水、含情脉脉。

那胖子停下了脚步，伫立在晏子面前，两个人相望不语。

空气中一股暧昧的气息弥漫在两个人的周围，现场所有人都一副看戏的神情。

“这才几年啊，当年清秀的老班长怎么就变成油腻的中年人了！”桃桃在心中嘶吼，顿时对自己乱点鸳鸯后悔不已。

更糟糕的是，桃桃在与老同学们聊天后得知，老班长已经结婚生子，有了家庭。这下真是闯祸了，桃桃怪自己当初没有仔细调查清楚就牵红线。

幸好有效期限才三个月，希望不要造成太严重的后果。

果然，那次同学聚会后，晏子与老班长打得火热，如同天雷勾地火，陷入了热恋之中。老班长说自己终于找到了真爱，找到了生命的意义、真正的热情，甚至要抛妻弃子，跟晏子远走高飞、长相厮守。晏子也表示愿得一人心，白首不相离，只要有真爱，天涯海角都无惧。

于是，两个人私奔了。

得知消息后的桃桃头疼不已，为自己好心办坏事坑了闺密而感到惭愧不安。不过，事已至此，也只能等三个月后效果解除再赔礼道歉了。

06

经过这两次试验，桃桃对《月老笔记》的作用深信不疑。

她开始忍不住想试试给自己找一个理想男友。说起来，桃桃今年虽然25岁了，却一直没谈过恋爱。热衷韩剧的她，心目中的爱情可是很浪漫、很完美的，不能轻易就开始。

桃桃看着电脑上彭于晏的桌面背景发呆，自言自语道："要是写上我和彭于晏的名字，然后去他的活动上见他，不就可以让他对我一见钟情了吗？"仅仅只是想象，她就害羞地捂住了脸，"哎呀，太不要脸了，那得有多少女孩要把我杀了呀。算了算了，跟明星谈恋爱压力太大，还是找个普通的帅哥吧。"

周末，桃桃习惯在星巴克点一杯咖啡，坐着听音乐、看书。当她偶然间抬起头的时候，发现正对面坐的一个平头帅哥很有魅力。一看就价格不菲的西装三件套衬托出他挺拔的身姿，剑眉星目，五官俊朗，俨然一副精英范。

桃桃又忍不住偷瞄了几眼，似乎听到心中的小鹿在对她呐喊："上吧，这种精品可遇不可求！"

怎么上？直接上去问名字吗？

桃桃向来最会"高冷"，要她主动简直太难了。

可是，就这么放过难得心动的大帅哥，她实在不甘心。

正在她内心天人交战之时，帅哥那边走来一个年轻男人，说了一句话就让桃桃狂喜不已。

那个男人拍了拍帅哥的肩膀，亲昵道："邵子安，好久不见啊！"

桃桃清清楚楚地听见了那个帅哥的名字，真是得来全不费工夫，而且这个名字怎么写听起来就比较好猜。按照常理推测，"邵"多半是邵逸夫的"邵"，"子"可能是老子、孔子的"子"，"安"应该是安静的"安"。

她悄悄地从包中取出《月老笔记》，在某一行上写下自己的名字，旁边写下了"邵子安"三个字。

放回笔记本，她感到心脏都吊到嗓子眼儿了，原来这描述如此真实可信。她手里虽然拿着书，却一个字也看不进去，眼神忍不住飘忽到平头帅哥那边，期待来一次四目相对。

那边厢，正聊得兴起。

"子安，这次回来待多久？"

"暂时不回去了，我要在国内创业。今天，找你也是想问问你有没有兴趣加入。"

"跟着你混，肯定有前途呀！"

"我跟你说说具体的吧……"

邵子安始终没有抬头看桃桃，一直在热切地和朋友交谈着。这让桃桃有些着急，她心生一计，装作不小心手没拿稳书，让书掉落砸在了桌子上，发出"嘭"的一声响。果然，那边的人抬头往这边看过来。

当彼此的眼神对上的一刹那，那熟悉的旋律又在桃桃的耳畔响起……

"Oh...my love...my darling..."

邵子安顿时如失了魂一般，望着桃桃。

“子安，你怎么了？”朋友摇了摇他，觉得奇怪。

邵子安回过神后，毫不犹豫地起身向桃桃走了过来。桃桃看着他越走越近，心中如有万千小鹿奔腾在辽阔的非洲草原。

“不好意思，可以给我你的电话号码吗？”

07

很快，两个人就开始了交往。

邵子安果然是个完美的恋人，不仅条件优秀，而且知书达礼、温柔体贴，再加上《月老笔记》的作用，桃桃被无与伦比的幸福感所围绕，感觉每一天都像在梦境中一般美好而不真实。

邵子安会带她出入高级餐厅、逛艺术展、听交响乐，和她一起健身，两个人一起去海边放风筝……

和邵子安在一起，即便什么也不做，桃桃也感到由衷的满足与快乐。原来这就是爱情的滋味，能令人深深地上瘾。她顿时觉得三个月实在太短了，她希望每天都活在这种梦幻般的感觉中。

邵子安刚从美国念完大学回国创业，本来就很忙，却还是会每天抽出时间来见桃桃，虽然疲惫却感到很幸福。

两个人在最初的三个月,非常融洽且愉悦,过着如同伊甸园般的日子。

于是乎，被爱情冲昏头脑的桃桃不假思索地在《月老笔记》上接连写了三页，起码十几年的时间。

渐渐地，桃桃感到了不对劲儿。

自从邵子安的公司开始运作起来之后，要操心的事情也多了起来。他常常会通宵达旦地工作，四处见客户，还要管理好公司内部的各项开支与人员。每次忙得分身乏术，还因为《月老笔记》的作用不得不分出一部分精力来经营爱情。这让他开始失眠、精力不济，脾气也变得差起来。

而桃桃慢慢进入了邵子安的生活圈，认识了他的朋友之后，愈发感到自己配不上邵子安。无论是他们聊天时的深度与格局，还是知识与见识，都让她觉得自己与他们格格不入。有一次，邵子安让她穿好一点儿参加一位朋友的生日晚宴。桃桃一身少女打扮出现在全穿着礼服的上流社会的晚宴上，与周围的人格格不入。这让她委屈极了，感到众人注目的眼神带着嘲讽，让人有刺痛感。

如果不是因为《月老笔记》，邵子安这样的上流精英和桃桃这种沉迷于韩剧的普通姑娘一辈子都不会有交集。而桃桃越发感到，自己似乎闯入了一个不属于自己的世界。虽然邵子安因为笔记本的作用对自己的爱意并无虚假，但是他周围的人却都很不能理解，在背后议论纷纷。

当两个人越来越熟悉之后，桃桃也发觉彼此越来越没有话聊。邵子安谈的东西她不懂，也不感兴趣。他们的对话越来越像是鸡同鸭讲，难以沟通。

尽管有爱，可是长久以来生活背景与思想内涵的不同，让两个人渐渐无话可说。这个阶段开始，邵子安变得越来越痛苦。

他的理性告诉他，桃桃并不是适合他的对象，每次看到她条件一般、相貌平平，还不思进取、脑袋空空，最大的爱好就是看综艺节目、看韩剧，总是会忍不住在心中感到厌恶，并且不止一次地质问自己为什么会这么喜欢她。

然而感性上，只要一看到桃桃，他就会忍不住激发出宠爱之情，和她你侬我侬。

这种理性与感性的强烈分歧，让邵子安内心挣扎不已。只要一看不见桃桃，他就觉得该分手，然而一看到桃桃，他又只想天长地久。他甚至开始怀疑，自己是被下了“降头”。

第一次动手，是在喝醉酒之后。

那段时间，邵子安的压力特别大。公司的运营不是很理想，眼看就到了倒闭的边缘。那天晚上，他喝完酒，一想到桃桃就觉得气不打一处来。这个女人占据了自己太多的私人时间在无意义的事情上，自己陪她逛街、买东西、看无聊的肥皂剧，而那些时间本来应该用来思考如何让公司壮大。

最可恶的是，按照自己一直以来的品位，是绝对看不上这个女人的。一定是中蛊了，一定是！

带着满腔醉意和怒意，邵子安敲开了桃桃公寓的门。还没等桃桃反应过来，他就对桃桃拳打脚踢起来，把桃桃打得鲜血横流，晕厥了过去。

等桃桃醒来，邵子安又眼泪、鼻涕一大把地抱住她，诉说自己有多么爱她，请求她的原谅。

从此以后，两个人的关系变得很诡异。邵子安经常一言不合就痛下打手，可是打完之后又会哭天喊地、后悔不已，表达自己的满腔爱意。

桃桃越来越害怕，满身的瘀青还没好就又增添新的。这样下去，还没结婚就会被邵子安打死。然而，更可怕的是，自己即便被如此对待，心中对他却还是满满的爱。

眼看邵子安下手越来越重，情绪越来越不稳定，桃桃每晚以泪洗面，只希望一切从未开始过，放邵子安，也放自己一条生路。一别两宽，各自欢喜。

可是，《月老笔记》是无法更改的。桃桃试过用火烧、用剪刀剪碎、扔到河流里，但每次都是第二天醒来，就看到粉红色的笔记本躺在自己的枕头边上，上面的字迹没有一丝改变。

她快疯了，快绝望了。每当邵子安的电话打来，她的心中就如在冰与火之间忍受煎熬与折磨，想见的心情与不敢见的恐惧彼此交叠。爱情变成了一个可怕的怪物，一口一口地吞噬着她的灵魂。

每晚，她都流着泪忏悔，希望老天爷可以帮自己解脱。如果再这么下去，她甚至想到了死。

这一晚，正在她祈祷的时候，一只金色的蝴蝶在她家窗外徘徊，趁着她睡着的时候悄悄飞到她的额头，带领她的意识前往秘密咖啡馆。于是，便出现了故事开头的画面。

第二十一杯

我的神秘男友

01

“我一直觉得……我男朋友有些古怪，我跟他认识越久，就越觉得不认识他，他的各方面都透着一股难以言喻的神秘。虽然他很优秀，对我也真的很好，我应该是喜欢他的，可我真的感到有说不出的恐慌。”

今晚的来客螓首蛾眉、目如秋水，是一位气质淑雅的温柔女子，只是她的眼神中有一抹忧悒，几分惶惶，显然心事颇深。

“你们在一起多久了？”庄非漫不经心地问。

“快一年了，家人已经催我赶紧结婚了，可我总是有一些说不出来的不安。”

“请细细说来。”

“事情要从一场车祸说起。”

庄非在沙发上调整了一个姿势，将毛毯裹住大半个身子，露出脑袋，闭上眼睛，看着天花板，喃喃地说道：“乖乖，今天我怎么这么冷？”

02

“不要再挑三拣四了！你到底要什么样的男人？！”

“不用你们管，大不了这辈子不结婚了！”

“你不结婚就别回来了！”

“不回来就不回来！”

吴琳气冲冲地走出家门，头也不回地离开了家，又一次周末回家看父母毁在了相亲这个话题上。

吴琳今年29岁了，她父母为她的人生大事着急。她每次回家，父母都给她安排相亲。可是，父母安排的那些男人，不是长得歪瓜裂枣，就是话不投机半句多，根本不对她的胃口。

次数多了，只要父母一提相亲，吴琳就气不打一处来，向来温顺的她就会像刺猬一样浑身奓毛。她觉得，如果找不到自己喜欢的人，不结婚就不结婚，难道人生非要为了结婚，在一个不爱的人身上浪费一生吗？

“不过话说回来，琳琳你的条件也不错，是不是眼光太高了？”好闺密陈燕问她。

“我对高富帅什么的没兴趣，主要还是看感觉和眼缘吧。”吴琳习惯性地回答。

“这种话太虚无缥缈了，你要有具体的方向和条件，才能有进一步接触的机会呀。光说感觉，生活又不是演偶像剧。你再仔细想想，越具体越好。”

“那我想想哦……”吴琳托腮想了一会儿，拿出一张纸列出一些具体的选项。

“我对外表不看重，长相不用太帅，身体健康、五官端正就好，关键是要有内涵，有独立而丰富的精神世界。”吴琳将字纸递给闺密，闺密一看，纸上密密麻麻地几乎写满了。

外貌：普通人水准，不用很高、很壮，也不要很瘦、很矮。

不娘，身体健康，经常运动。

爱看书，有文化。

说话言之有物，古今中外、天文地理不用精通，但都要知道一些。

没有黄赌毒等不良嗜好，烟酒可以，但要适量。

为人低调沉稳、不浮躁，不会信口开河、油腔滑调。

会生活，有担当、有计划性，有一些长期的个人爱好。

嗓音好听，有磁性，为人体贴、温柔。

此外，还有几十条具体要求。

闺密一看，双眼翻白，“啧啧啧”了一番后调侃：“还说没什么要求，你这是选驸马的标准啊。”

吴琳有些不好意思，低着头说：“我也只是想想嘛，人总要有梦想的……”

“我看你就一直单着吧，我来陪你算了。”闺密调侃道。

万万没想到，那次对话后不久，吴琳就遇到了楚锋，一个符合吴琳所有要求与条件的完美男友。

周五，下雨的黄昏，吴琳下班从公司出来，开车回家，她正琢磨着晚上去做点儿什么来消磨时间。不料，她的小车刚开出一个十字路口，突然有一辆越野车从车的右后方，似乎失控一般直接撞了过来。安全气囊及时打开，吴琳受到了冲击，一下子蒙了。等她清醒后，发现车子已经打滑了一段路，自己车的右侧车门被撞凹了一块儿。

一位中等身高、戴着眼镜、神情沉稳的年轻人从后方的越野车里走出来。他来到吴琳的车边询问她："女士，是我撞的你，我愿意承担一切责任，请问你人还好吗？"

男人的语气平静、温和，声线很有磁性，有让人镇定与信任的魅力。

吴琳抬起头，有些失望，相比声音，眼前这个男人的长相很普通。他戴着眼镜，穿着西装，颇为精干，就像任何 CBD（中央商务区）里都会出现的职场人士。

她浑身检查了一下，发现并没有什么异样，而车子除了右侧门被撞凹进去以外，其他损失不大。

"你怎么开的车啊？这么宽的路都会撞到。"吴琳不免生气，刚才她可吓得不轻。

"真的非常抱歉，车子不知为何突然打滑了。我愿意承担所有责任，赔偿你的精神损失。"男人的语气始终冷静，"如果方便的话，我可以个人承担所有费用，就不麻烦保险公司和交警了。"

"啊？为什么呀？那怎么说得清？"吴琳有些不满，这个人不会想耍赖吧。

"你等我一下。"男人回了一趟自己的车，拿来一个袋子，递给了吴琳。吴琳打开一看，里面是厚厚的一摞钱，每一沓应该是一万元。

"我先付你 20 万元，不够的话我后期再补偿。今天刚好就带了这些现金，还请见谅。你可以留我的电话，我一定会承担到底。今天还有急事，我要先去处理，能否让我先走？"男人不时地看看自己的手表，貌似真有急事。

吴琳看着这满满一袋钱有点儿蒙，自己这辆车买来都没有 20 万元，一扇门被撞凹了一块儿而已，怎么也不可能要这么多？

男人给吴琳留了电话号码，吴琳试着打了一下，通了。男人还拿出身份证，让吴琳拍照。随即，男人还拍了自己车子的车牌号，发给了吴琳。

出于某种不信任，吴琳忍不住检查了一下钱。她以前在银行工作过几年，所以确定这些是真钞。

“我理解你有急事要办所以赶着离开，不过真用不了这么多钱。”

“没事，你先拿着，回头再说。”男人得到吴琳的同意后，连忙回去将车开到附近的停车场，然后打了车飞快地离开了，估计是怕车子再次打滑。

吴琳心想反正接下来也没事，就开着车去4S店修理了。换了一个车门，那边报价下来才4000元，远远低于那个男人给自己的钱。

第二天，吴琳给男人打电话，说要还他剩下的钱。

两个人约在咖啡馆见面。

男人一来就自我介绍：“昨天走得匆忙，不好意思。我叫楚锋，今年31岁，本地人，做互联网行业，现在自己开一家公司，已经买了房。”

“呃……”吴琳有些反应不过来，这不是来谈事故处理的吗，怎么好像相亲似的？

“哦，还有，我喜欢运动，每天都会坚持跑步和健身。也喜欢看书，家里有一万册藏书，作息规律，没有不良嗜好……”

楚锋一本正经地介绍着自己，坦然自若，就像在跟客户介绍自己的公司一般自然。

“等等……你跟我说这些干吗？”吴琳终于忍不住打断了他。

楚锋停顿了一会儿，扶了扶眼镜，正襟危坐，盯着吴琳认真地说：“因为我对你一见钟情。”

吴琳顿时蒙了，随即双颊绯红、心跳加速，不由得低下了头，一时不知怎么回应。

她也不是没谈过恋爱，也不是没被男人热情追求与表白过，只是这个一脸严肃的家伙，这个只是昨天匆匆见过一面的陌生人，忽然这么毫无防备地对自己开诚布公，直接告白。电视剧一样的情节，让她不由得感到意外、紧张、羞涩、惊讶等情绪叠加，脸红不但没淡去，反而都红到了耳根。

“你怎么了，身体不舒服吗？”楚锋面无表情地问吴琳。

“你……你是认真的吗？”吴琳有些不可思议，自己并没有漂亮到让人一见钟情的程度吧。或者，就是缘分到了？

“我当然是认真的。在认识你之前，我已经找了你好久。”男人说着又推了推眼镜，继续说，“终于让我找到你了，还好我没放弃。”

虽然他说的话很肉麻，但是他的语气就像在播报《新闻联播》一样认真。

“这太快了，我一点儿心理准备也没有。你昨天才撞了我，今天却突然跟我表白……”

“时间宝贵，让我们赶紧开始这份爱情吧。”楚锋瞪大了眼睛，露出迫切的神情。

“至少先从朋友做起吧，我们还互相都不了解对方呢。”

“好的，你等一下。”

楚锋走向停车场，不一会儿拿着一个包过来了。

他从包里一一掏出各种证件。

“这里有我的身份证、毕业证、房产证、驾照、户口本、公司的营业执照，以及银行的存款证明。除此之外，你想了解什么我都可以证明给你看。”

“我不是这个意思……”吴琳对这个状况感到匪夷所思，完全蒙了。这也太夸张了吧？吴琳觉得自己遇到了一个前所未有的怪人。喝了口水冷静一下后，吴琳委婉地解释：

“不是的，我是说这太突然了，感情需要慢慢培养。”

“那我们开始培养吧。”

“……”

“你喜欢我什么啊？我也不算很漂亮啊。”吴琳问出了自己的疑惑。

“你是不同的、唯一的、柔软的、干净的，天空一样的；你是纯洁的、天真的，玻璃一样的……”

“呃……别以为我没看过《恋爱的犀牛》。”

“这不重要，喜欢不需要那么多理由。当我遇到你，我知道就是你了，这比什么都重要。”

吴琳被这扑面而来的强势表白，一时弄得哑口无言。

那天，吴琳还是给了楚锋自己的微信号码，然后借口家里还有事先回去了。

一路上，她的心跳都很快，好多年没有这种强烈的悸动了。她知道这种心跳加速并非来自对楚锋的喜爱，当然，她并不讨厌他，甚至觉得他在很多方面似乎跟自己预想的完美恋人很一致。只是，这一切都太不真实了，仿佛是在什么隐蔽的角落有一个摄像头，正在拍摄一次整人节目。

随后的日子里，楚锋开始约她出去。她犹豫了一阵后，终于答应了。

“他人也不坏，没有理由一味地拒绝……”吴琳对自己说。

本以为第一次约会无非是吃饭、看电影。结果，楚锋带她去的地点竟然是某栋大楼楼顶的一处直升机停机坪，上面已经停了一架私人直升机。

“这是要干什么？”吴琳感觉自己踏入了另一个世界。

“看烟花。”楚锋拉着吴琳，不由分说地上了直升机。

当直升机来到一处僻静、海水清澈的海滩边时，夕阳的金光正染照在大海上，吴琳为眼前的景色而感到心池荡漾。这时，楚锋打了一个电话，对电话那头说“可以开始了”。

随即，在海滩的四面八方出现了各种烟花。烟花直冲云霄，照亮天地，美不胜收。

吴琳内心的少女情怀被完全点燃，捂着嘴巴惊叹到起鸡皮疙瘩。

“喜欢吗？”楚锋严肃地问，有点儿破坏情绪。

吴琳羞涩地点点头，这个人看起来一点儿都不浪漫，倒很用心。不对，重点是怎么这么有钱？

第二次约会，楚锋又给出了不一样的惊喜。在餐厅吃着饭，忽然所有的人开始玩“快闪”，唱歌的唱歌、跳舞的跳舞、玩乐器的玩乐器、唱嘻哈歌曲的唱嘻哈歌曲，俨然成了一出舞台剧。

第三次约会更让人惊喜，楚锋请吴琳晚上去体育馆。到了体育馆后，全场一片漆黑，他们走到体育馆中央，忽然一个舞台升起，全场的灯光亮起，升起的舞台上出现了吴琳喜欢了很多年的乐队——九月天！

九月天乐队就只为这两个人表演了几首歌，随即下台跟两个人握手，然后离去。

吴琳从头到尾都处于震惊过度回不过神来的状态。

就这样，吴琳彻底被楚锋征服了，答应做他的女朋友。

楚锋很高兴，立即问什么时候结婚。

吴琳说：“你为什么这么急？”

楚锋说：“事关重大啊！”

“什么事关重大？”

“呃……”楚锋出现了一丝停顿，说，“能娶你是我最重要的事。”

吴琳微笑，骂道：“神经病。”

03

随后的日子里，在吴琳的强烈要求下，两个人终于有了一些正常的约会与聊天。在接触的过程中，吴琳越发感到楚锋的奇怪之处。

他很博学，似乎无所不知，跟大脑里装了搜索装置一样准确无误。

他能下厨煲出一锅可口的鸡汤，也能手工制作出一个专业的书架；能够快速写出一个漂亮的编码、做出一个方便吴琳工作的程序，也能在她身体不舒服的时候公主抱着她健步如飞。

他身上完全找不到一点儿可以挑剔的地方，没有不良习惯，没有多余的社交。只要吴琳愿意，他可以一整天待在房间里，一本本地看书、一部部地看电影，一点儿也没有厌倦的神情。

可是，尽管如此，吴琳还是有一些遗憾。

楚锋可以说接近完美，可是他就是没有情绪，总是没有任何喜怒哀乐的表情，最多是表达情绪的时候睁大或者眯着眼睛。

虽然吴琳在相处的过程中不可自拔地喜欢上了“十项全能”的楚锋，楚锋的性格、学识、修养确实都是自己理想中的男友的样子。只是相对于智商，情商似乎有点儿低，说话的语气也没什么起伏，像一台计算精确的人形电脑。

最奇怪的，当然是这么一个优秀的人，为什么会对自己这么好？好像非她不娶的架势。

尽管如此，吴琳还是带他见了父母。

不用说，吴琳的父母自然是满意到话都说不出来，只是不停地笑和点头，暗喜终于盼来了一个金龟婿。

只是隐隐中，吴琳的直觉告诉她，整件事中都若有若无地透着蹊跷。

她去楚锋的公司看过，公司不大，只有几个人，做的业务也不像是能这么赚钱的样子。

她见过他的父母，看起来就是普通的老人，很亲切、好相处，可是他的父母全程都有一种说不出的不自然，仿佛对这个儿子还有一种敬畏感。

楚锋的房子很宽阔、很精致，装修得非常舒适、典雅，可是里面看不出多少生活气息。只有一些简单至极的日常用品和几件衣服，书是很多，不过都很新，似乎没有翻阅过。吴琳总觉得楚锋平常起居的地方在别处。

尽管楚锋非常优秀、博学，经常还会给吴琳不同的惊喜，会多门语言，运动神经超强，天文地理无所不知，而且行动力强、意志坚定，但整个人透着一种不像是人的感觉。

最让吴琳觉得疑心的，自然是女人对爱情的直觉。

有一次约会时，楚锋接到了一个电话。他躲到远处接听，吴琳似乎听到他说："一切都在计划之中。"

吴琳越发感觉自己似乎陷入了一场目的不明的巨大阴谋中。

她问过楚锋自己的疑问，楚锋却说他擅长投资理财，所以才会有这么多钱；因为从小过于聪明，长期在外面读书，所以父母对他有疏远感；因为经常出差，不怎么在家里住，所以东西很少；很多书他都看过，所以买来只是用于查询。总之，他说的理由也不是说不过去，只是吴琳还是觉得哪里不对劲儿。

如今万事俱备，婚期将至，吴琳却愈发感到不安，可她又觉得自己没什么好骗的。于是，联想到楚锋可能来头比较大，不方便暴露自己。

难道是特工？间谍？或者国家机密机关的工作人员？

每天晚上，吴琳都为此百思不得其解而辗转难眠。

终于，她被秘密咖啡馆盯上了，被请到了店里。

庄非听完她的故事，不住地摇头晃脑，陷入了沉思。

04

“好的，你先回去，我会帮你调查清楚的，我也很好奇。”庄非想了半晌，来了这么一句。他说完打了个响指，吴琳就不见了。

吴琳离开后，庄非让青轩去寻找那个楚锋，把他的意识精神体复制到店里来，好好问清楚真相。

“了解。”青轩披上风衣，立即起身。

鹿蝶吃着蛋糕坐到了庄非身边，问他：“你有头绪吗？会不会又是哪里来的灵魂殖民者？或者是智能傀儡？”

“不太可能，这帮家伙不会搞这么复杂的事，何必花这么多精力非要娶这个寻常的女人？而且，好像都是模仿爱情电影的模式。这次，我感觉不是地外文明，还是直接问本人吧。”

鹿蝶一蹦一跳地走着，摇着头说：“人类的女人还真是猜不透，明明出现了完全符合想象的男人，却又觉得不是自己想要的爱情。搞不懂啊，搞不懂。”

“那么了解宇宙万物的霍金，不还说女人完全是个谜吗？研究人类女性的重要任务就交给你了。”

“我在跟各种男人谈恋爱啊，可是我还是搞不懂爱情的乐趣。”

“你做人的时间太短了，慢慢体验吧，小蝴蝶。”

一段时间后，门外的风铃响起，青轩高大的身影出现，他的身后跟了一位面无表情的年轻人。

楚锋坐下后，便开始坦白自己的身世：“我是某项重大人类基因工程的负责人，主要负责基因间区 DNA 功能研究与开发。我们称为‘基因锁开解计划’。我从小就是个天才，目前已经在研究过程中成功地解开了自己的三阶基因锁，大脑的逻辑空间、语言记忆、运动神经等能力都大幅度提升。但与此同时，我作为人的基本欲望变得越来越少，几乎丧失了普通人对情绪的感知能力。

“我们一直在试图开启第四层基因锁，可是始终不得其法。终于在搜集和观察了无数的实例之后，发现了一个特别的方式。

“有一对非常普通的夫妇发现自己的儿子天资过人。我们进行测序后发现，原来那个孩子天生就解开了三阶基因锁。

“我们立即开始对夫妻二人的基因组进行测序分析，发现他们的基因组的差异竟然达到了 0.04%。这种概率非常低，要知道人类之间的基因组差异，基本只有 0.01%。最神奇的是这两个人竟然能够相遇与繁衍，简直是一个奇迹。

“于是，我们所有解开基因锁的相关人员都开始在全国范围内暗自采取基因序列进行测序分析，试图找到符合基因差异性最大的异性，然后与之结婚，看看生下的孩子是否可以突破三阶基因锁。

“几年前，某个女研究员首先找到了与她差异达到 0.04% 的男性。可是，那个男人不仅又老又丑，还是个生性恶劣的赌徒、无赖。我们本来都觉得非要结婚生子的话有点儿委屈她，可她还是为了国家和科学的发展，毅然决然地做出了牺牲。后来，她生出的孩子虽然也解开了基因锁，但只达到二阶，而且有强烈的反社会人格倾向。

“经过讨论和分析，我们后来一致认为，爱情的因素也是必要的，尤其是作为母亲的一方。必须是怀抱爱意生出的孩子，才可能有更大的突破，不然很有可能诞生一个超级恶魔。

“两年前，我们通过有关单位提供的数据库，惊喜地发现了吴琳。

“吴琳的基因组测序结果，与我的基因组差异性达到了接近惊人的0.05%，这真是一个奇迹。上报给上级组织之后，上级讨论后认为，如果我能与吴琳结合，生出的小孩将有极大概率突破四阶，甚至达到五阶圣人境界。刚好符合《推背图》中对中国这个世纪会出现一个‘紫薇圣人’的预言，其超人的智慧与能力可以带领我们创造天下大同的理想世界。

“于是，上级单位愿意提供最大的人力、物力，帮助我追求吴琳，以保证吴琳爱上我,然后成功地诞生出一个伟人,这就是一切的真实原因。至于我自己，爱情对于我来说，是个不解之谜。虽然我提前看了很多怎么谈恋爱的书和电影，可还是无法全身心投入，无法体会爱情的美好。我害怕因为我的恋爱能力不足而导致行动失败，我担心吴琳没有真正爱上我，生怕生出一个对社会极具破坏力的孩子。”

“原来如此……”庄非一边鼓掌，一边摇头，这古怪的肢体语言不知道在表达什么意思。

楚锋离开后，咖啡馆陷入了奇怪的静谧中。

青轩终于忍不住开了口：“老板，这个事儿得管吧？”

“我正想着呢，这属于自发进化，还是突变进化？”

“不管怎么说，对世界线的影响都很大吧。”青轩激动地说。

鹿蝶托着腮思考了一阵，轻松道：“干脆请示上面喽，他们说管就管，说不管就随便吧。”

“好主意。”庄非如释重负，长出了一口气。

05

某家五星级酒店，婚礼现场坐了好多人，竟摆了一百多桌。

虽然穿着普通，但男方那边有不少宾客的真实身份其实是国家有关单位的高级负责人，他们都非常兴奋地前来见证这一历史时刻。

司仪声情并茂地宣布：“恭喜楚锋与吴琳新婚快乐，愿二人白头偕老、永结同心！”

“好！”

一个老将军带头起立鼓掌，楚锋这边的宾客不少热泪盈眶，纷纷起立鼓掌、喝彩。

女方的宾客则一脸茫然，第一次参加婚礼看到现场这么多客人痛哭流涕、欣喜若狂，激动得就好像见到了世界巨星，至于吗……

庄非他们三个人坐在角落里，看着眼前的情景觉得啼笑皆非。

庄非说：“还没出生就受到这么大的期待，这孩子的人生可真惨啊……”

第二十二杯

小说中的人

01

阿卡对现在的工作很满意。

工作轻松，压力不大，公司的人际关系简单、纯粹，有双休日，加班又不多。老板神龙见首不见尾，几乎不管事，却经常出钱请大家吃饭、聚会。虽然每个月的工资都没什么剩余，但是每天上班的心情都是轻松而愉悦的。

他本来就没有很大的野心和欲望，只想过这种平静而幸福的小日子。

于是在上班之余，他又捡起了自己读书时候的一个爱好——写小说。

阿卡写过不少小说，大学的时候还在起点中文网上写过上百万字的各类小说。虽然点击率一般，但他也为自己挣了不少零花钱。

后来，因为忙着毕业和找工作，他也就暂时把这个爱好搁置了。

出一本自己的书一直是阿卡的梦想，所以他一直在找工作和爱好可以平衡的生活状态。

经过两次换工作后，他感到现在的状态是他最理想的生活了。上班的时候，他经常可以发呆、“摸鱼”，在电脑上写下大纲与情节设定，构思自己要写的故事内容。等到差不多有完整的思路的时候，就可以下笔如有神了。

他打算凑够一本书的故事，然后让自己做编辑的朋友帮忙出版。

就这样，在这家公司待了半年，他已经写了不少故事，都围绕着一个主题——都市怪力乱神，其中大部分人物都是以身边的人为原型的。

他写的第一个故事是以坐在自己办公桌对面的小妍为原型的。

02

小妍是个清秀、柔美的姑娘，虽然已经工作几年了，却始终有种在校大学生的清新感，特别是笑起来时嘴角有淡淡的酒窝，让人觉得特别亲切、温柔。阿卡其实挺喜欢她的，所以对她的观察比较多。

在阿卡的故事里，小妍是个天生具有月老体质的人。凡是她的手碰触过的男女，只要她衷心地祝福他们在一起，他们就一定会克服千难万阻在一起。如果是感情出现裂痕的情侣或夫妻，只要她出手，他们就能够化解恩怨，重叙旧情。

从小到大，她用这种能力帮助过身边许多人找到了美好的爱情。然而，可能是用这种能力都帮了别人，对她自己却不管用。尽管有不少异性喜欢她，但他们总是阴错阳差地错过了。她总是与缘分擦肩而过，至今还是孑然一身。

直到有一天，她的对面桌来了一位同事。这位看起来很普通的同事一开始并没有引起她的注意，然而在一次聚会后，喝醉的小妍差点儿被车撞到，是这位同事勇敢地冲上前救了她。那一刻，她突然发现彼此的手臂上有一条红线紧紧相连。

小妍终于遇到了属于自己的缘分。

写完这个故事，阿卡心里美滋滋的。虽然现实中木讷的阿卡一天也跟小妍说不上几句话，但是在自己的小说里，他却可以满足自己这小小的暗恋之心。

除了小妍之外，公司前台的 Nikki、经常来送快递的小哥阿杰、楼下停车场的收费员老袁、保洁员黄阿姨、神龙见首不见尾的老板……都被阿卡编成了一些或有趣，或温馨，或恐怖的都市离奇故事。

阿卡的幻想故事中，前台 Nikki 是个结婚狂，可老是遇人不淑，一再被甩。不过，每次情场失意之后，她总会有意外的财运：买彩票会中奖，打麻将手气好，买的股票会大涨……而且，与当时的男朋友交往的时间越长、她投入的感情越多，分手之后她的财运就会越好。终于，如今的男朋友已经交往两年了，眼看年底就要结婚了，没承想对方已婚，还被捉奸在床。万念俱灰的 Nikki 痛不欲生，却在这时发现自己买的彩票中了头奖五百万元，从此决定快意人生，做个潇洒的女人，大不了不结婚。

沉默寡言的快递小哥阿杰，在阿卡的故事里，是个兼职杀手。他天生有一种能力，只要是他的手碰触过的人，他就能看到对方曾经做过的坏事，如同电影蒙太奇一般在他眼前浮现。年少时的他渴望成为警察，天天锻炼身体，练习武术。后来，因为家境不好、读书不行，他没考上警校，高中毕业后就去工作了。

他曾经出于义愤，杀死了一个道貌岸然却猥亵并杀害了许多儿童的恋童癖者。不过，说来也奇怪，他本来做好了被捕坐牢的准备，却始终没有人怀疑过他，让他一直胆战心惊却又暗自庆幸。

自从杀死第一个人之后，阿杰就多了一种能力——能够感受到别人身上冒出的强烈杀意。从那以后，他只做过两单生意。毕竟没有杀手经纪人，很难接到合适的活，只能靠自己碰运气。

一单是一位被家暴折磨得苦不堪言的柔弱人妻。阿杰在送快递时感受到了她的杀意，并且了解到她的丈夫确实是个“人渣”之后，他才鼓足勇气对她开门见山，表示可以帮她解决问题。

另外一单，是帮助一位被逆子榨干了一切还被赶出家门流落街头的老爷爷。阿杰实在看不下去，问老爷爷要了一元钱后，找准时机杀死了老爷爷的儿子。

阿杰接触过的人，几乎都做过或大或小的坏事，或者有或多或少的杀意，唯有一个可爱的 OL（白领女性），他一点儿恶意都感觉不到，只感受到了她的美好、善良。那个女孩，就是小妍。

停车场的收费员老袁的故事就恐怖了，他的真实身份是 18 年前震惊全国的黑桐市连环奸杀案的真凶。那起奸杀案的受害者多达 11 人，至今没有找到凶手。但是在网络上，“黑桐案”依然每隔一段时间就会有人讨论，也有不少相关的影视作品以它为原型，而警方也从未放弃对罪犯的追查。老袁在停止犯罪之后，过着普通人的日子。他外表老实、忠厚，没有人会想到他内心恶魔的一面。在经历了多年的压抑之后，最近他嗜血的欲望又开始蠢蠢欲动，开始精心挑选新的受害者。

保洁员黄阿姨可以看到即将遭遇不幸与死亡之人身上的黑气，她多次试图劝阻他人，希望他们转危为安。可是，别人都不相信，还说她是神经病。最终，那些人都死于非命，村里人还谣传那些人是被她诅咒死的。黄阿姨心灰意懒，自此之后看到也不说了。

03

阿卡写得不亦乐乎，每当在生活中遇见这些人时，他总是在心里窃笑，心想着："你们肯定不知道被我编成了各种怪力乱神的故事。"

阿卡笔下的故事越写越多，就差最后一个故事收个尾，他就准备交给编辑出版了。

这天是周五，因为之前有个项目刚忙完，所以这一天阿卡都没什么事，他在电脑前忽然有了最后一个故事的灵感。

那就是公司那位神出鬼没、浑身透着懒洋洋气息的老板。说是老板，他似乎从来都不管事。阿卡入职至今半年多了，也就见过老板两次。他看起来像个艺术家，长发披肩，穿着奇装异服，看不出实际年龄。

公司所有人都不太清楚老板的来历，只知道他好像做着很多生意，特别有钱。

这么一个神秘的老板，可大有发挥想象的空间了。

阿卡想到一个点子——把之前所有的故事都串联起来，灵感迸发之后一气呵成。他满意地回顾了一下所有的故事，觉得这本书出版后一定会大卖。

时间荏苒，很快就到年底了，阿卡写完故事后没几天就是公司的年会。大家在酒店聚餐，气氛很好，部门的人相谈甚欢，便相约二次聚会，去了附近一家居酒屋喝清酒、吃烤串。

谁知刚走出酒店，跟在小妍后面的阿卡发现小妍的高跟鞋突然卡在了井盖上。她一个重心不稳，眼看就要摔到马路上去了。前方一辆快速驶来的皮卡想要紧急刹车，可似乎来不及了。就在这危急时刻，阿卡的运动神经被瞬间刺激，一个箭步冲到小妍前方伸出双手抱住了小妍的腰，用力将她拉了回来，抱在了怀中。皮卡在这千钧一发之际从两个人的面前错开，司机好不容易停下车，在路边大喊："吓死我啦！走路小心点儿！"说完疾驰而去。

小妍在阿卡的怀里惊魂未定，身后一帮同事也吓得一身冷汗，忙围过来安慰。

可是，小妍半天没有动静。阿卡有些担心，轻轻地摇了摇小妍的肩膀，问她："你还好吗？"

"没……没事……谢谢你，阿卡。"

小妍抬起头，双颊绯红，眼神中透露着几分羞涩、几分惊讶，她的视线时不时地望向两个人的手，好像彼此的手上有什么东西连着似的。

阿卡的脑子突然想到了什么，一阵惊雷霹雳在脑海里电闪雷鸣。

这个情节！

这个神情！

"这不就是我小说中小妍故事的结尾吗？！"

果然，随后在居酒屋，小妍忽然变得对阿卡感兴趣起来，主动来询问阿卡的兴趣爱好、人生经历等，同事们都感受到了小妍对阿卡的好感而争相起哄。

幸福来得太突然，阿卡暗暗掐自己的大腿，确认这不是梦。

之后的日子里，随着小妍对阿卡的主动示好，两个人的联系日渐紧密。上班的时候，小妍会主动找阿卡讨论工作，有时候分给他一点儿零食。后来，阿卡鼓足勇气约她出来吃饭、看电影。最终，两个人成为情侣。

在一起后，阿卡内敛而温柔的性格、大脑里的奇思妙想、博古通今的知识积累，以及会做菜的好手艺，都让小妍感到惊讶无比，说自己是捡到宝了，果然红线……说到这儿，小妍愣了一下，又马上转移了话题。

阿卡听到“红线”两个字，脑子里更是“嗡”的一声。他想要问小妍，却说不出口。

这一切都太突然了，阿卡有些混乱，也许只是巧合，只是巧合。

然而，随后发生的一件事却让他确信这一切不只是巧合那么简单。

04

过年前不久，一天清晨，阿卡来上班，忽然发现前台的 Nikki 不在。他有些奇怪，就问小妍：“Nikki 今天是请假了吗？”

小妍神秘地笑笑：“你还不知道吗？ Nikki 昨天就辞职了。”

“怎么这么突然？年终奖都不要了吗？”

“她哪儿还在乎那点儿钱啊，人家可是中了五百万元的彩票，要去享受人生喽！”

“什么？！”阿卡几乎是失声尖叫了起来，惹来公司所有人的注意。

“哈哈，阿卡，五百万元就把你吓成这样了啊！”经理一边喝着保温杯里的茶，一边进门，“不过，人生有得必有失，有失必有得。本来 Nikki 年后准备结婚的，我前几天听说婚礼取消了。我也不知道为什么，还在感叹现在的感情真脆弱。结果，她昨天彩票开奖，就这么幸运地中了五百万元，啧啧，人生哪。”

“什么？！”阿卡又大叫了一声，把大家都吓了一跳。

“阿卡，你这一惊一乍的干吗呢？又不是你中奖了，干吗这么激动？！”经理皱了皱眉头。

“经理，你是说 Nikki 本来要结婚，结果几天前婚礼取消了？”

“是啊，怎么，这事你不知道？”经理愣道。

阿卡可能平常比较沉默，所以跟 Nikki 没怎么说过话，完全不知道这回事。

就算小妍那次是偶然，这次连 Nikki 的事情也跟自己写的小说情节吻合了。这绝对不是偶然，没有这么巧的事。

整整一天，阿卡都陷入了一种难以言喻的震惊与忐忑中。

他回顾了一下自己下面写的几个故事，心中愈发感到不安。中午的时候，快递小哥阿杰过来取快递。阿卡的眼睛一眨不眨地盯着阿杰，忽然发现阿杰其实很壮实，像是个练家子。他的眼神很冷峻，一看就不是普通人。当阿杰注意到阿卡在盯着自己时，扭头看了阿卡一眼，吓得阿卡赶紧低头装作在看文件。

小妍过来问他中午吃什么，有些亲昵，阿卡发现阿杰在包裹快递的时候回头看了自己这边一眼，似乎有一丝惊讶与失落。

是啊，在自己的故事中，阿杰也是暗恋小妍的。

这一天，阿卡整个人都有些魂不守舍，他反复问自己：“怎么会？怎么会？只是出于好玩拿身边的人胡编乱造的故事，怎么可能真的在生活中发生？”

当他经过停车场，看到管理员老袁一边抽着烟，一边引导一个女司机倒车入库时，不禁打了一个冷战。

这个看着普通的中年人，个子不高，身体略胖，头发微秃，笑起来很亲切、憨厚，怎么可能会是连环杀人犯……小妍与 Nikki 的事，一定只是巧合，巧合。阿卡试着安慰自己，不要再胡思乱想了。可越是这样，他越是忍不住去观察老袁。

那边的老袁正盯着下车的年轻女司机的背影，嘴角突然扬起了一个弧度，还微微地点了点头。

阿卡全身的神经瞬间紧绷，脑子里想到一个情节：老袁盯上了这个女人，要让她成为自己重新犯罪的第一个牺牲品！

这一晚，阿卡一直坐立不安。他很想报警，可是报警的理由是什么？难道跟警察说自己写的小说中老袁是连环杀人犯，请警方调查一下？

他没有任何证据说明老袁是杀人犯，只是有种强烈的预感，故事似乎都在慢慢变成现实。

他翻看着自己写的老袁的故事，看到故事中老袁有一个小箱子，藏着受害者的一些物品，老袁有时会细细品味过去发生的一个个案子。阿卡越看心里越发毛。

第二天一大早，阿卡顶着一对熊猫眼去上班，他一晚上都没睡，辗转反侧、忐忑不安。

办公室里只有保洁员黄阿姨正在清扫地面，阿卡跟黄阿姨打了个招呼："早安，阿姨。"

黄阿姨抬起头对他微笑了一下，忽然笑容凝滞住了，盯着阿卡的脸看了一会儿，突然神情异样。

"黄阿姨，怎么了？"一夜未眠，阿卡的脑子很不清醒，只觉得黄阿姨是看他面色不好。

"你……没什么，没什么，注意休息。"黄阿姨欲言又止，眼神闪烁，不停地观察着阿卡。

阿卡有些莫名其妙，没有理会，然而坐到椅子上的一瞬间，他忽然想起了什么！

阿卡写得不亦乐乎，每当在生活中遇见这些人时，他总是在心里窃笑，心想着：“你们肯定不知道被我编成了各种怪力乱神的故事。”

写黄阿姨的故事中，说她可以看到有生命危险之人身上的黑气！

他立即从椅子上蹦起来，拦住黄阿姨，直接问她："黄阿姨，我身上是不是有黑气笼罩？"

黄阿姨眼睛瞪大了，一脸惊讶地脱口而出："你怎么知道？！"

"果然，您看得到我身上有黑气是不是？"

"这……呃……"黄阿姨在犹豫。

阿卡急了，说："您实话告诉我，我身上是不是有黑气？我相信您的话。"

黄阿姨叹了口气，说道："是的，凡是我看到这种黑气的人，后来都出事了。我劝过他们，可是他们都当我是神经病。后来，还有人说我是妖婆，会诅咒。对不起小伙子，一大清早的，我就说不吉利的话……你真的相信我？"

"我相信！"阿卡重重地点了点头，心中是巨浪翻腾，赶紧继续问，"您能看出一些什么，能跟我说说吗？"

"你的黑气之中带着红光，一般这样的都是血光之灾。小伙子，你是不是得罪什么人了？"

阿卡思考了一会儿，心想这下就对了。自己思考了一晚上，还是放心不下老袁，打算今天去寻求真相，防止下一个受害人的出现，很有可能会遭遇不测。

"小伙子呀，你信我的话，这几天最好躲一躲……"黄阿姨叹了口气，默默地离开了。

整整一天，阿卡的神经都高度紧张。现在，他心中无比确信，老袁就是连环杀人犯。他不停地思索着该怎么办，是该完全不去招惹老袁，独善其身，任由下一个牺牲者出现，还是想什么办法去证明老袁就是当初连环杀人案的真凶？

小妍看他的脸色很差，悄悄地问他怎么了，要不要去医院检查一下。阿卡摇摇头，一脸苦涩地说自己没事。

05

下班后，阿卡呆坐在电脑前，不停地思考自己该怎么办。

正收拾东西准备回去的小妍放心不下，过来问他："你真的没事吗？我看你今天整个人都不太对劲儿，下班了还坐在电脑前发呆，到底发生了什么？"

"我不知道该怎么跟你说，事情很不可思议。等事情过去了，我会慢慢跟你说。"

"好吧，不管怎么样，我都陪着你。我请你吃饭吧，我看你午饭也没吃。"

也许是爱的力量，小妍的话让阿卡焦躁的心情平静了许多。思绪冷静下来之后，他忽然想到了一个人。

阿杰！

既然阿杰是杀手，那么是否可以委托他去解决老袁？

阿卡拿起手机，里面倒是有快递阿杰的电话，毕竟公司的收取快递都是阿杰负责的。可是，应该怎么说？直接问他："你是杀手吧，我想请你杀个人？"搞不好反而被阿杰封口做掉了……

阿卡苦思冥想，忽然灵光一现，从座位上一跃而起，大喊："有了！"

停车场门口，老袁正在忙，忽然快递员阿杰骑着电瓶车来到小亭子前，拿出一份快件递给老袁："袁师傅，有人给你一份快件。请签收。"

老袁有些莫名其妙：“确定是给我的？”

“是啊，说是给楼下停车场的袁师傅。”

“谁寄的？”

“楼上办公室一个男的。”

“什么意思？”

“我怎么知道？自己看呗。”说完，阿杰就不耐烦地骑着电瓶车走了。

等到手头没事的时候，老袁打开了快件，里面是一张打印纸，上面写着：

我就是刚才那位快递员，我知道你11年前做了什么坏事，你肯定想知道我是怎么知道的吧？我天生就看得到别人做的坏事。不想死的话，最好老实听我的话，别再打什么坏主意。不然我不会报警，我会杀了你。

晚上10点，文化公园的雕像下。有种就过来聊聊。

阿杰

竟然还有署名！老袁看得眼冒金星，额头的青筋暴出，眼神中开始露出寒冷的杀意。

“臭小子，竟敢威胁我。我倒想看看，你有什么本事。”老袁一把撕碎了打印纸，目露凶光。

在此之前，老袁和阿杰没有任何交集，连话都没讲过。而从这一刻开始，两个人因为这封信而命运交会。

阿杰下班之后，正在小饭馆吃着饭，忽然手机振动了一下，来了一条没有显示来源的短信：我是停车场管理员老袁，你刚才见过的。我知道你杀过人的事，不想暴露的话，晚上10点带一万元来文化公园的雕像下。

阿杰心中一惊，随即一股怒气涌上心头："好你个臭老头，竟敢勒索我。"

办公室内，阿卡在电脑前思索着接下来要怎么收场。

晚上10点将至，文化公园的雕像下，依然一个人都没有。不过，在一处隐蔽的小树林后，阿杰匍匐在地上虎视眈眈，等待目标的出现。另一边，老袁缩在袖子里的手中紧紧握着一把锋利的匕首，他慢慢走向雕像。老袁相信，凭借自己的经验和技巧，一定可以一击必杀，那个臭小子选了这么一个僻远的公园，活该成为无名尸体。

当老袁出现的那一刻，阿杰就感受到了他的杀意，心里还纳闷，不是来勒索我的吗？怎么反而杀气腾腾的？

老袁走到雕像下，四处张望，时刻警备，喊了一声："出来吧，别躲了，我看到你了！"

阿杰知道他在瞎喊，不过还是站了起来，从阴影处逐渐走了出来。

"老袁，看你老实巴交的，没想到你是这么一个人呀。"阿杰语带嘲讽，缓步靠近。

"小子，你到底是要钱还是要命？"老袁严阵以待，以防偷袭。

"我还怕你不成。"阿杰不多说，从背后拿出铁棍冲了过去。

两个人一番交锋，互有负伤。不过，拳怕少壮，阿杰渐渐占了上风，躲开了老袁的匕首，拿棍子击中了老袁身体的好几处要害。只见不一会儿工夫，老袁就跌倒在地，浑身吃痛无法站起来。

"你惹谁不好，要来惹我。"阿杰冷冷地举起棍子，准备给老袁最后一击。

“等等！”老袁挣扎着喊了一句。

“我问你最后一件事，你真的天生能看见别人做的坏事吗？”老袁咬着牙问。

“你连这都知道？”阿杰一愣，准备下杀手。这时，忽然有警车鸣笛的声音传来，阿杰和老袁都不禁愣住了，两个人几乎同时怒喝：“你竟然报警！”

根本来不及跑，警察已经冲过来拔出枪警告两个人放下武器。

06

在警车上，阿杰和老袁被警察拷在了一块儿。当阿杰的手碰到老袁的一瞬间，他的眼前出现了好多年轻女性被残忍杀害的画面。他忍不住叫了出来：“你就是‘黑桐案’的元凶！”

老袁气急败坏，用尽力气狠狠地撞了阿杰。

警察们忙作一团，冷汗直冒，又兴奋又紧张。

“你确定，他是‘黑桐案’的真凶？”

“我看到了，是他没跑了！”

“我咬死你！”

两个人又开始厮打，警察只得把他们分开，又叫了一辆警车过来。

随后的 DNA 检测证实了老袁就是震惊全国的“黑桐案”的凶手。这一案件的告破引发了强烈反响，媒体持续报道，网友拍手称快，全国的警察也都长出了一口气。

审问室里，阿杰正在接受问询。

“你是怎么知道他是‘黑桐案’的真凶的？”

“说出来你不信，我天生看得到人的犯罪行为。”阿杰当时觉得自己做的事肯定也被老袁说了，所以也不遮掩了。

“怎么看到的？具体说说。”

“只要是我的手碰到的人，我的眼前就会出现他做过的坏事。”

“我们可以验证一下吗？”

“随便验证。”

询问的警官陈森露出了饶有趣味的表情，他吩咐人安排几个近期的嫌疑犯，然后带着阿杰过去一一检验。

“这是个强奸犯。”

“这个，惯偷。”

“那个人杀了他的邻居。”

“那个是诈骗犯，骗了不少钱。”

警官陈森不由得惊叹，这家伙一个都没说错，看来以后破案又多了一个得力的“武器”。

陈森对身边的警官说：“这个家伙就交给我了，我们刑警大队需要这个人。”

07

所有的事情仿佛都结束了。

小妍和阿卡的生活变得平静而美好。

春节假期前的一天，公司里一片喜气洋洋，大家都已经没有了斗志，只等着假期赶紧到来。

部门经理忽然紧张兮兮地冲进办公室，对大家喊道：“董事长回来了，所有人都给我打起精神！不要‘摸鱼’！”

“这个老板平时都不见人，怎么这个时候来了？”同事们抱怨道。

那个长发披肩的身影在几个神色冷峻的部下的簇拥下，走进了一年中大半时间空置的董事长办公室。

不久，其他人都从办公室退出，部门经理被叫了过去。

“董事长要见你。”经理一脸惊诧地回来对阿卡说。

“见我干吗？”

“我也不知道啊，点名要见你。”

阿卡大惑不解地走向董事长办公室，忽然间意识到，这个老板不正是自己小说最后一个故事中的主人公吗？

在阿卡的故事里，这位老板是个活了上千年的奇人。他原来只是春秋时期的一个普通人，后来因为一些奇遇，认识了远超地球文明的智慧生命。在智慧生命的指导和帮助下，掌握了许多神通异能，比如催眠术、记忆修改、量子态移动、精神体复制、时间暂停等匪夷所思的技能。在智慧生命的要求下，他成了地球进化实验的代理人，进行人类蜕变计划的观察。通过将各种超自然力量赋予普通人来观察地球人对突变进化的反应和后续影响。

08

阿卡敲了敲门，里面传来一声幽幽的“进来吧”。

进入办公室后，他闻到了一股奇异的香味，似乎是咖啡，他从来没闻到过这么令人放松的香味。

“庄董，您好。”阿卡有些拘谨地来到老板面前，心中早已有无数念头在闪现。

庄董的办公桌上放着他的介绍名牌——董事长庄是。

庄董喝着咖啡，翻看着手上的资料，抬起头看了一会儿阿卡。

“陈卡密，你来公司多久了？”

“有八个月了。”

“我看了你做的几个项目，你的代码写得很好，很有想法。你可能自己都没发现，你是个天才。”

“代码？我不会写代码啊，我只是做平面设计的。”阿卡有些云里雾里，心想他是不是搞错了。

庄董笑笑，从桌上拿起一沓打印纸递给阿卡。

“这些，是你写的吧？”

阿卡心中一惊，拿过打印纸一看，果然是他写的小说，可怎么会在老板手里？

“你投的那家出版社，也是我开的。”

“所以说，你真的是……”

“没错。就跟你故事里写的一样，我是一个观察员。或者，你可以认为我是进化之神的代理人。”

“可是，那都只是我随手胡编乱造的小说啊，怎么会变成真的了？”

“观察者本身，也是被观察之人。所以我说你是天才，你至少拥有两种自己都没发现的能力，一种是捕捉宇宙创造意识，另一种是现实扭曲力场。”

“什么意思？”

“前者是能在无意中捕捉到宇宙本源对万事万物的编码，也就是创造规律，很多科学家都有这个天赋。后者是对规律的利用和改变，这正是很多艺术家和作家做的事。拿你举例，你在不自知中就感受到了身边人的一些隐藏的秘密和生命走向，还有利用既有设定改变他们命运的能力。你自己想想，是不是这样？”

“可我以前也写了不少小说啊，怎么没有实现？”

“以前，你写的故事里的主人公都不是身边人，他们很可能在另一个平行宇宙的某个时空生活着。”

“听着还是让人匪夷所思。”

“创造本身，就是神的意志。”

阿卡听完这话，备受震撼。“创造本身，就是神的意志。”可不是嘛，自己在写故事的过程中，可不就像一个神一样掌管着故事中人的喜怒哀乐、命运走向？可是，故事中的人一旦成长起来，就会影响故事的发展。

庄董站起身，走到阿卡面前，突然来了句：

“其实，你肯定没有意识到，我们也是别人小说中的人物。”

“什么？！”阿卡被这句话惊到目瞪口呆。

“这没什么可惊讶的？看小说的人，也是小说中的人。就如此刻我们可能也是谁笔下的人物，而又有哪个读者正在书中看着我们的对话。他们会以为我们只是虚构小说中的人，却不知道自己也是别人创造的虚幻。创造与被创造，一直是互相纠缠、衍生的关系。”

“太深奥了。”

“不用管这么多，在自己的世界，按照自己的意志活下去就好。我今天来找你，是来邀请你的。”庄董的双手放在了阿卡的肩膀上。

“邀请我？”

“有没有兴趣跟我一起，感受做观察者的滋味？”

“观察者？”

“只要你愿意，我可以让你成为集团真正的高层管理者，你将会看到一个不可思议的世界。”

“代价是什么？”阿卡已经有些心动了。

“代价，就是你不能再过普通人的生活了。”

“我也能接触那些高级智慧生命吗？”

“会的，我会引荐。”

“我，我……我可以考虑一下吗？”阿卡的眼中冒出光芒，手心渗出汗水。

“别考虑了，我忙着呢。”庄董打了一个响指。顿时，陈卡密变了一个眼神，毅然说道：“我愿意。”

陈卡密茫然地看着眼前的一切，心里有些奇怪的感觉，似乎生命中曾经很重要的人，逐渐在意识中变得模糊，越来越淡，越来越远……

09

春节过后，小妍来到公司楼下。看着大厦顶端的招牌——第六天集团，她有些恍惚。

整个假期，小妍都有一种怅然若失的感觉。她说不清楚这种情绪的来源，只是感到自己好像遗忘了什么重要的事。她隐隐觉得好像有一个跟自己关系很亲密的人，但是怎么也想不起来那个人是谁了。

坐在办公桌前，她看着对面空着的座位，陷入茫然。她问身边的同事，对面这个位置一直都没人吗？同事愣了一下，想了想，告诉她有半年左右没有人了吧。

她感觉似乎不是这样的，那个位置肯定有人坐过，可是苦思冥想，却没有什么印象。

她看看自己的手上，一条隐隐约约的红线正在变得越来越淡、越来越细……

【咖啡馆内】

月光皎洁，风铃轻晃。

正在禅定中的庄非忽然心中一跳，睁开眼睛，望着夜空心神不宁。

“庄是，你终于出现了。”

图书在版编目（CIP）数据

七个平行世界的我 / 小岩井著. — 北京：北京联合出版公司, 2020.1
ISBN 978-7-5596-3717-8

Ⅰ. ①七… Ⅱ. ①小… Ⅲ. ①短篇小说—小说集—中国—当代 Ⅳ. ①I247.7

中国版本图书馆CIP数据核字（2019）第191378号

七个平行世界的我

作　　者：小岩井
责任编辑：郑晓斌　徐　樟
封面设计：许天琪

北京联合出版公司出版
（北京市西城区德外大街83号楼9层　100088）
三河市嘉科万达彩色印刷有限公司印刷　　新华书店经销
字数290千字　880毫米×1230毫米　1/32　11.5印张
2020年1月第1版　2020年1月第1次印刷
ISBN 978-7-5596-3717-8
定价：48.00元